女將星

卷八 完

千山茶客——著

高寶書版集團

目錄
CONTENTS

第九十四章　新年

徐敬甫在夜裡越獄，逃到城外荒野的農莊中，被他的學生楚子蘭帶著人馬趕到，大義滅親，楚子蘭在與先生爭鬥中身受重傷，如今躺在病床上生死未卜。

一夜間，朔京的風向，全然不同了。

徐敬甫這一跑，坐實了通敵叛國，以及在鳴水一案中構陷加害朝廷重臣的罪名。大理寺的案子審的很快，整個徐家上上下下全被捉拿，唯一令人意外的是石晉伯府的楚四公子。有人在背後罵他不道義，徐敬甫對他那樣好，他卻幫著人對付自己的老師。也有人說他拎的清，畢竟君恩到底重過師恩。

但如今，他躺在病榻上，不知何時醒來，令人唏噓。聽說徐敬甫拿刀刺穿他的胸膛，不知能不能活下來。

肖府裡，祠堂中，肖璟與肖玨並肩而立。

肖玨很少同肖璟一起來上香，大多數時間，他都是一個人過來。

前兩天夜裡，白容微身子不適，請大夫來看，才知已經有了身孕。當年白容微剛嫁到肖家半年，肖仲武就出了事，不久肖夫人也跟隨而去，那時候徐敬甫逼得很緊，肖家岌岌可危，懷孕不久的白容微勞心費力，動了胎氣，就此小產，也在那個時候落下病根，這些年一直調養身子。

沒想到徐敬甫的案子一落，白容微就有了好消息，也不知道是不是冥冥中自有註定。

肖璟看向祠堂中的牌位，嘆了口氣，道：「快七年了，總算能放下一樁心事。」

這些年，誰也沒有刻意提起，可鳴水一戰，無論是肖珏，還是肖璟，都沒有忘記過。

「這些年辛苦你了，」肖璟笑著看向肖珏，笑容裡有一點歉意，「肖家的重擔，全都壓在你一個人身上。」

「朔京的一切全靠大哥打理，」肖珏淡道：「何來我一人辛苦之說。」

「你就是嘴硬。」肖璟搖頭輕笑，「我雖然是你大哥，卻好像從沒為你做過什麼。你也從來沒有為自己活過，」他的目光落在嫋嫋升起的輕煙上，「如今，你總算可以暫時歇一下了。」

無論是從小被丟到山上，還是後來進了賢昌館，亦或是最後接手南府兵，那都是為了肖家而活。有時候肖璟覺得，他並不瞭解自己的弟弟想要的究竟是什麼，可能是因為，從來沒有人問過他，他要的是什麼。等想起來要問的時候，肖珏已經長大了，已經習慣了將所有的事壓在心底。

他這個做大哥的，再怎麼努力，無法走進肖珏心裡。

好在……有另一個人能走進去，也不錯。

「徐家的案子過後，也該想想你的事了。」肖璟道。

「我的事？」

「你可別忘了你的親事，如今這件事，是肖家的大事。你嫂子現有了身孕，我讓她將這些事暫且放下，由我來做。」

肖玨稍稍意外：「不必，我自己來就好。」

「徐敬甫的餘黨還在囂張，恐怕你並沒有時間親自張羅。」肖璟笑道：「你放心，這件事我有經驗，不會出錯的。當年我與你嫂嫂成親之時，亦是自己親自過問打理，最後看上去還不錯。」

當年肖夫人不願意肖璟娶一個門不當戶不對的庶女，又拗不過自己兒子，一怒之下撒手不管了，成親之事，大到新房聘禮，小到喜帖糕餅，都是肖璟親自操持。

這麼一說，令肖玨想起當年，肖璟緊張兮兮又小心謹慎地站在綢莊，親自挑選喜服布料時的模樣，忍不住低頭笑了一下。

肖璟看他笑了，也跟著笑了，有些感慨地道：「我與你嫂嫂成親時還在想，什麼時候能看到你成親，也不知道你日後要娶的姑娘，究竟是什麼樣子，現在想想，」他頓了頓，「那位禾姑娘，真的很好。」

默了片刻，肖玨淡聲道：「我也覺得她很好。」

「懷瑾，」肖璟與他並肩站著，「你要好好珍惜。」

楚府裡，昏迷了七日的楚昭，終於醒了過來。

他醒來的第一件事，是不顧自己身上尚未痊癒的傷口，拖著病體掙扎進宮，見了皇帝一面。一開始，旁人都以為他大義滅親，是要絕了徐家的路，此番入宮，是要往井裡落下最後一塊石頭。沒想到他進宮的目的，竟然是自言他與徐娉婷有了婚約，按這個時間算，徐娉婷本來該嫁到楚府了，既已出嫁，就算不得徐家人，懇請文宣帝有看在徐敬甫曾經輔理之功，饒恕徐娉婷一命。

有情有義，又是非分明，這樣的年輕人，是很得上位者喜愛的。何況楚昭自己病體未癒，臉色蒼白的執拗模樣，令文宣帝想到多年前的肖懷瑾，心一軟，就答應了楚昭的請求。但徐敬甫罪大惡極，徐娉婷雖死罪可免，活罪難逃，從此淪為罪臣之女，當然做不得石晉伯府的少夫人。

至多做個妾室。

徐娉婷被帶到楚家的時候，一直哭個不停。不過短短數日，徐家倒了，她爹娘都死了，從前交好的人全都避而不見，而眼下，能依仗的，只有楚昭。

「子蘭哥哥！」徐娉婷一看到楚昭，就抓著他的手臂哭道：「你怎麼現在才來救我，這到底是怎麼回事？他們為何要這麼對我？」

高高在上的千金小姐一夕之間從雲上跌進泥濘，除了驚慌失措，就是不肯相信眼前的一切都是真的。

「娉婷，」身前的男子看她的目光仍然溫和，「妳日後就住在這裡。」

「這是何意？我不能回自己家了嗎？」徐娉婷急切地開口，「他們都冤枉我爹，子蘭哥哥，你一定有辦法，你有辦法的對不對？」

楚子蘭只是靜靜地看著她。

徐娉婷的手漸漸從楚昭手臂上鬆開，她退後兩步，眼裡的慌張慢慢退卻，像是想起一樁舊事，她問：「子蘭哥哥，來的路上我聽人說……他們說你大義滅親，我爹帶人逃走的時候，是你將他們攔住……這應該不是真的，是他們說謊對嗎？」

楚昭嘆息一聲：「是真的。」

徐娉婷的神情僵住了，過了好一會兒，她才帶著哭腔喊道：「那我爹是不是你殺的？你為什麼要這麼做，我爹對你這麼好，他可是你的老師啊！」

嬌美的少女臉上淚水漣漣，她總是趾高氣昂，要麼放肆歡笑，要麼跋扈發火，極少有眼下這般脆弱狼狽的時候，也就是在這個時候，她看起來才不像是「徐相的千金」，就如所有普通女孩子一樣。

楚昭走到她身邊，掏出帕子，替她一點點拭去臉上的淚珠。若是從前他這麼做，徐娉婷早已高興極了，只是如今她再看眼前人，分明還是與從前一模一樣的眉眼，神情溫柔又耐心，可不知為何，竟讓她背上生出一層淡淡的寒意。

「我答應老師要好好照顧妳，」他慢慢收回帕子，語氣仍然同過去一般無二，又好像截然不同，「就一定會做到。娉婷，不要任性。」

「有些話，日後也不要再提。」他輕聲道：「乖一點，一切都會過去的。」

夜色四合，禾晏與禾雲生坐在屋子裡烤地瓜吃。

在暖爐底下的細灰裡埋兩個地瓜，等過一陣子扒開灰，地瓜烤的熟透，還沒剝開皮就能聞到香味，待剝開嘗上一口，便覺得又甜又暖，香的恨不得讓人將舌頭都吞掉。

禾晏撿了一個大個的地瓜丟到禾雲生懷裡，地瓜太燙，禾雲生拿在手裡顛了顛才敢下嘴。

「禾晏，妳少吃點。」他一邊吃，一邊還提醒對面的人，「聽說肖都督令人給妳做的嫁衣，是按妳從前的尺寸做的，妳這麼吃下去，要是到時候裙子穿不上，臨時找不到新的嫁衣怎麼辦？」

禾晏一地瓜皮朝他腦袋丟過去，被禾雲生低頭躲過去了，她道：「你姐姐我楚腰纖細，盈盈一握，怎麼會穿不上裙子，瞎操心！」

「反正我是沒見過哪個姑娘家出嫁前，像妳這般能吃的。」禾雲生嘀咕道。他看他們這條街上鄰居家姊妹出嫁，別的新娘都是提前幾月便開始餓肚子，讓自己成親那一日看起來輕盈可愛，唯有自己家這個，生怕少吃了一口，沒有半分要出嫁的自覺。

這樣下去可怎麼辦，禾雲生憂心忡忡地想，別到了肖家，旁人還以為他們禾家沒給禾晏吃飽飯吧？

「你小小年紀，思慮怎麼這麼重？」禾晏語重心長的教訓他，「爹都沒你想得多。」禾雲生大抵是當家的早，有時候禾晏覺得，他比禾綏還像爹，老氣橫秋的，還不如小時候可愛。

「徐家的案子已經了了，肖都督這之後也沒什麼事了。」禾雲生悶著頭道：「接下來要辦的大事，不就是和妳成親了嗎。禾晏，妳怎麼心這麼大呢？」禾雲生越想越氣，「妳就一點兒也不緊張？」

地瓜太燙，禾晏吹了吹，才咬了一口，含糊地回道：「不緊張。」

禾雲生無話可說。行吧，合著這家裡上上下下，只有他一個人緊張。

禾晏瞧他一臉心事重重的模樣，笑道：「你想這麼多做什麼？不是離成親還有些日子麼，雲生吶，你還小，不知道這世上之事，瞬息萬變，明日是什麼場景，誰也料不到，何必給自己徒增苦惱。譬如說那徐家啊，過去是何等的榮光，誰能料到會有這麼一日。」

說到這，禾雲生也回過神，唏噓道：「說的也是，當日慶功宴上，妳與徐家小姐一道被皇上賜婚，眼下妳的婚期將近，那徐家小姐的親事，這輩子都不可能完成了。」他皺起眉，「當時全朔京的人都將妳與徐家小姐比，說我們家比不過徐家，真氣死我了，恐怕現在再也沒有人會說這話。」

畢竟徐家已經倒了，而且這罪名極不光彩。

禾晏啃地瓜的動作一頓。

說實話，楚昭帶人「大義滅親」一事，是出乎她的預料的，這件事禾晏想來想去，都覺得這或許是楚昭做的一個局，只是他收局收的乾淨，沒什麼證據，表面上看他是在師恩與君恩中選擇了忠君，然而仔細一想，他在這件事中，實質上並沒有任何損失，相反，既乾淨俐落的與徐敬甫斬斷了牽連，也贏得了帝王的信任。除了他自己在榻上躺了許久之外。

但受傷這回事，可大可小，怎麼說，全憑大夫一張嘴。也不會有人特地帶著大夫上門求證，他是不是真的那般危險。

禾晏並不願意將人想的很壞，於是每每想到此處，便極快掠開，不願細想。算了，楚昭與她又有何干係？何必將時間浪費在不是很重要的人身上。

禾雲生又與她說了一會兒話，才起身離開。

待禾雲生離開後，禾晏將地上的地瓜皮掃乾淨。梳洗之後，上了榻。

說起來，自打禾二夫人入葬那一日後，她就沒有再見過肖玨。徐相案子到現在終於告一段落，但並不代表全都結束了。和徐相有關的人、鳴水一戰中牽連的人，都不是一日兩日能解決清楚的。

還有太子那頭……禾晏的心情很沉重，太子絕不是好的儲君，可她身為臣子，還是個沒有實權的臣子，亦不能左右帝王的決定。

她望向窗外，朔京城裡，風雨欲來。

正想得出神，突然間，一線冷光朝著她急速飛來，禾晏神情一凜，下意識伸手捉住，那東西擦著她的手心而過，將她手心微微擦破了點皮，禾晏低頭一看，她抓住一支長鏢。

鏢上綁著什麼東西，禾晏一怔，解下來一看，臉色頓時變了。解下來的，是半支簪子，簪子是玉蘭花的模樣，禾晏並不陌生，這是她送給禾心影的簪子。

自打上一次見過禾心影後，禾晏總擔心這姑娘心灰意冷之下尋短見，隔三差五的讓赤烏上魏家送點東西，東西並不多，也不是很貴重，但都是禾晏一片心意，有時是一點首飾，有時是一匹布料。她在挑選女孩子的東西上不太擅長，是以每一次挑選的時候都很認真。這玉蘭花簪她前不久才讓赤烏送過去，聽聞禾心影很喜歡，當時就戴在頭上了。

怎麼會在這裡？

那髮簪上，還裹了一張紙條，禾晏打開來看，上頭寫著一個地方，看樣子像是酒樓茶坊。有人抓了禾心影，來要脅她？

可這酒樓茶坊，是在鬧市裡，近來又無宵禁，既要動手，又怎麼會挑這麼個惹眼的地方？

禾晏思考良久，到底是擔心禾心影的念頭占了上風。她從箱子裡挑了一件男裝換上，今日赤烏不在——自打徐相的案子出來後，赤烏也忙了起來。

她打理好自己，趁著夜色偷偷出了門，一路上連猜帶問，總算是找到紙條上所寫的那個地方。

果然是一間茶室。

這茶室修繕成小苑的模樣，從外頭來看，更像是一處民宅，不遠處就是坊市，不時有城守備的兵馬巡邏。禾晏思忖一刻，抬腳走了進去。

小苑外頭，站著兩個素衣小童，看見禾晏，什麼都沒問，只道：「姑娘請來。」像是早就在這裡等著她似的。

禾晏一頓，她是穿著男裝來的，自己的男裝不說萬無一失，卻足以蒙過大多數人了。可這兩個小童直接就道「姑娘」，絕不會因為是他們二人眼光獨到，所以一眼看穿了自己的真身，只怕在裡頭等著她的那人，對她這般行徑早已了解頗深。

禾晏心裡，隱隱猜到一個人，但她還不能確定，也不太明白，對方為何要這麼做。

那小童帶著禾晏進了小苑，繞過一處花園，進了茶室，茶室外頭的堂廳裡什麼人都沒有，不知本來就冷清，還是被刻意支開了。一直走到走廊處，走廊兩側是更小的茶室，禾晏隨著小童走到最後一間。

小童道：「姑娘請進。」說完這句話，兩人也不管禾晏，逕自離開了。

禾晏推門走了進去。

茶室裡，光影搖動，滿室茶香，長桌後，坐著一名清俊男子，廣袖長袍，笑意溫雅，輕聲道：「阿禾。」

「楚四公子，」禾晏聽到自己的聲音，「你這是什麼意思？」

「只是覺得好像許久未曾見到阿禾了，想與阿禾說說話而已。」他溫聲回答，並未因禾晏的冷漠而有半分不悅。

禾晏揚手，給他看手中的髮簪：「禾小姐在什麼地方？」

「魏府。」

禾晏一怔，再看向楚昭，想了想，將手中的髮簪往桌上一丟，自己在楚昭對面坐了下來，她看向楚昭，平靜地開口：「你騙我？」

「若非如此，」楚昭道：「阿禾怎麼肯來見我？」

從前並不覺得，如今聽他一口一個「阿禾」，禾晏便渾身不自在起來，頓了頓，她問：

「那麼，楚四公子這麼著急見我，所為何事？」

楚昭將茶盞往禾晏跟前推了推，禾晏看了茶盞一眼，並沒有動。

「之前在濟陽和潤都的時候，阿禾同我也算是朋友，怎麼回了朔京，反倒變得生分起來？」楚昭微笑著開口。

禾晏望向他，「聽聞四公子前些日子受了重傷，可還好？」

「並無大礙，」楚昭笑道：「不過阿禾會擔心我，我很高興。」

禾晏便蹙眉看著他。楚昭這話，聽著怎麼像是在撩撥？從前在濟陽、潤都的時候，禾晏只當他是玩笑，並未放在心上，如今她與楚昭都已經各自被賜婚，就算徐娉婷與他的親事不能如約舉行，他們二人的身分，還是有些微妙。

難道是想借著她來對付肖玨？禾晏思忖著，眼下徐敬甫的餘黨還未全清，極大可能會入楚昭麾下，這麼說來，楚昭與肖玨還是對手，要是楚昭想要借著自己的手來對付肖玨……他居然用美男計？犧牲也太大了。

見禾晏目光古怪，楚昭愣了一下，半晌，像是看穿了她心中所想，搖頭失笑道：「阿禾又想到哪裡去了？」

「四公子，」禾晏正色道：「你從哪裡得到的禾小姐的髮簪？」

「許大奶奶？」楚昭道：「我只是看阿禾對許大奶奶諸多照顧，所以才令人拿走了她的簪子，此舉非君子所為，但我只是想見阿禾一面。」他問：「阿禾對許大奶奶，倒是十分真心。」

「禾許二家之事，到底是因我而起。我與禾小姐死去的長姐恰好同名同姓，是緣分，多照顧一些也是應該的。」禾晏對答如流。

楚昭飲了一口茶，嘆道：「如此，我倒是很羨慕那禾小姐。」

「羨慕什麼？」

「羨慕阿禾能如此真切的關心她。」

禾晏：「……」

她現在明白了，楚昭就是在明明白白的撩撥她，而且比起從前，簡直撩得肆無忌憚，光明正大。

禾晏低頭看了下自己的手，她是不是許久沒有在人前展現自己的功夫了，讓人忘記了她的拳頭可以將石頭砸的粉碎？

「四公子，你找我來，應當不是要說這些吧？」禾晏問，「不妨有話直說。」

楚昭笑了笑，神色斂了一瞬：「阿禾如今待我，像是仇敵，是因為肖都督的關係？」

禾晏看著他，沒有說話。

「快新年了，」楚昭看著她的目光柔和，似乎還有一絲難以察覺的憂傷，「再過不了多久，阿禾就要和肖都督成親了。」

「四公子是想要恭喜我？」

楚昭搖頭：「不，我是想問妳……真的要和肖都督成親麼？」

禾晏：「……當然。」

「能不能不成親？」

禾晏簡直莫名其妙：「為何不成親？」

「因為，」他含笑望來，「我喜歡阿禾。」

禾晏：「……」

上輩子她做禾二小姐時，雖然與男子打交道多，卻未曾被人表白過，與許之恒做夫妻，許之恒也沒有說過「喜歡」二字。沒想到重生一回，桃花開了不少，拋開那朵爛桃花范成，無論是濟陽城的木夷，如今的肖玨，還是眼下的楚昭，都讓禾晏有些懷疑，這禾家小姐外貌生的是挺漂亮，但也算不上國色天香的地步，何以這樣吸引人了？肖玨好歹與她還有兩世的緣分，木夷和楚昭算怎麼回事，他們連話都沒說過幾次，就這麼說「喜歡」，是否有些隨便了。

「四公子，這種話可不是隨便說的。」禾晏定了定神，客氣回道。

「我沒有說笑，」楚昭溫柔地看向她，目光竟認真的很，「在涼州衛見到阿禾時，我就喜歡上阿禾了。」

禾晏忍不住起了一層起皮疙瘩。

她想，她還是不大習慣聽人這般直白的說情話。

「多謝四公子厚愛，不過，」她道：「我已經有喜歡的人了。」

「是肖都督？」

「對。」禾晏答得爽快。

「阿禾做事總是這般直接，」楚昭仍然微笑，目光卻有些黯然，他問：「妳……為何喜歡肖都督？」

為何？

禾晏一怔，她從來不知道喜歡一個人是要講究原因的，喜歡就是喜歡了，哪有為什麼？一定要說的話，那大概是因為肖玨實在是太好了。看她想吃枇杷就把枇杷偷偷塞進她的包袱裡，讓青樓媽媽換掉烈酒變成甜甜的薔薇露，知道她力氣不夠提不起刀就故意選走了刀法的先生，見她暈船就給她暈船藥騙人說是毒藥……諸如此類種種，很奇怪的是，他從未被人溫柔對待過，卻很懂得照顧人的溫柔。

想了想，她才笑道：「我這個人，以前人緣不太好，對我好的人不多，所以每一個對我好的人，我都牢牢記住。後來我發現，對我好的原來都是同個人，我怎麼會不喜歡他？」

「我也會對妳好。」楚昭溫聲道。

禾晏抬眸看向他：「楚四公子，我們不是一路人。」

茶室裡一片沉默。

楚昭的眼眸顏色偏淺，這令他看起來，總是多了幾分別人沒有的溫柔，而如今那雙眼眸，像是即將碎裂的螢石，脆弱的讓人心痛。

「阿禾，妳這麼說，我很傷心。」

禾晏道：「抱歉。」

雖然對於人與人之間更親密的關係，她處理的不算得心應手，可關於楚昭，禾晏說出這

話時，內心卻並無多大掙扎。楚昭與她不是一路人，是毋庸置疑的事實。因為前生的關係，

她更喜歡坦坦蕩蕩的人，而不是說話說三分留七分，總讓人捉摸不透。

到底是成年人，不想讓這氣氛尷尬，禾晏也笑：「況且我即將成親了，四公子懇請皇上留下徐小姐一命，定是對徐小姐有真情。四公子不知道，」她語氣輕鬆，「我這個人善妒，所嫁之人，日後後院之中除了我便不能有別的女人，肖玨能娶到我，也是付出代價的。」

「這有何難？」楚昭看向她，認真道：「如果阿禾願意嫁我，我的後院中，必然只有阿禾一人。」

「啪──」

還沒等禾晏說話，冷不防一聲巨響，身後的門被踹開了。

「大言不慚。」有人冷笑著開口。

禾晏回頭一看，肖玨臉色鐵青地走了進來。同楚子蘭相比，他渾身帶著外頭風雪的寒氣，比風雪更冷的是他的神情，禾晏心想，如果不是不遠處就是城守備軍，他可能要殺人了。

「肖都督來的真快。」楚昭嘆息一聲，站起身來，微笑道：「差一點就成功了。」

禾晏臉色大變，差一點？什麼差一點？這種時候就不要說這種讓人誤會的話了吧！

「沒有沒有！」禾晏連忙解釋，「沒有成功，一開始就失敗了，真的！」

肖玨看也不看她一眼，只盯著楚子蘭，眼中藏刀，神色諷刺。

「肖都督，當著姑娘的面，最好不要太凶。」楚昭輕笑一聲，又看向禾晏，「今日對阿禾所說，字字句句都是楚某的真心話。如果阿禾改變主意，楚某一定會替阿禾想辦法……我也

是，真心想娶阿禾為妻的。」

最後一句話，尾音如釀了多時的蜜，誘得人心神蕩漾。

不過這蕩漾還沒來得及到達人的唇邊，就被人一劍斬斷。

長桌被飲秋劈得粉碎，桌上的茶壺杯盞碎了一地，在夜色裡響聲分外清晰。

肖玨身影修長挺拔，握著飲秋的指尖微微發白，語氣平靜，卻醞釀著十足的怒意，淡淡開口：「蠅營狗苟之輩，你也配？」

楚昭笑著看向他，氣氛一觸即發。

不遠處就是城守備，禾晏估摸著這邊動靜再大一點，就要引來人了。先前在天星臺上與人比劍時，肖玨拿飲秋當彩頭時，就有人罵肖玨色令智昏，要是今日此事一出，豈不是要坐實了她紅顏禍水的名頭？天可憐見，她什麼都沒做，何苦將事情弄成了如此模樣？

禾晏當機立斷，一把抓住肖玨的袖子將他往外拖，一邊回頭對楚昭道：「今日天色太晚，別說了，楚四公子，告辭。」

楚昭笑道：「好。」

禾晏一路將肖玨拖出茶室，那兩個門口的素衣小童，不知什麼時候不見了。出了小苑幾步，肖玨猛地甩開她的手，禾晏一愣。見這人往另一個方向走去。

毫無疑問，他又生氣了。

不過這一回，禾晏十分能理解。成親在即，當面抓住有人撬牆角，換做是她，她也心裡不爽。不過禾晏很委屈，她追著禾心影而來，見著楚昭，先頭還以為楚昭是有什麼事要與她說，禾晏還想著要不要將計就計套套他的話，沒想到楚昭上來就是一番肉麻至極的表白，砸得人暈頭轉向，她也沒料到會是這個結果啊！

哎……算了，總之肖二公子又生氣了，她得先去把人穩住才行。

「肖玨，你走慢點，我追不上了——」禾晏在背後喊他。

不過這一次，肖玨沒有如從前一般放慢腳步。

看來是氣狠了，禾晏從後面追上去，跑到他跟前轉身，攔腰抱住他：「停，別走了！」

肖玨被她抱得死緊，一時走不動，也不看她，側頭看向別處，臉色仍然很冷。

「我跟你解釋，」禾晏忙不迭地開口：「今日之事絕對是意外。他拿著心影的簪子來找我，我以為心影出了事才去見他，沒想到是騙我出來說話。我絕對沒有夜半跟他私會，絕對沒有私情！」

她不說最後一句還好，一說，周遭空氣又冷了幾分。

「不要生氣了，生氣對身體不好。」禾晏伸手去揉他的胸口，「年紀輕輕成日憋氣，小心氣出病來。」

肖玨擋住她到處亂摸的手，皺眉道：「別碰我。」

「不行，」禾晏無賴般纏在他身上，「除非你不生氣了。」

肖玨深吸口氣，垂著眼睛看她，語氣很冷：「就算他騙了妳，知道上當後怎麼不立刻離開？」

「我搞不清楚他到底想幹嘛，我還以為他是有什麼正事要與我談。」禾晏解釋：「大晚上的，來都來了……」

「來都來了？」他不可思議地看著禾晏。

「來都來了，當然要問個清楚！」禾晏一身正氣凜然，「我怎麼知道他是來……咳……說些不著邊際的事。」說罷，又小聲嘀咕了一句，「嚇死人了。」

肖玨冷笑一聲，「我早說過讓妳離他遠一點。」

「我知道我知道，」禾晏指天指地的發誓，「我以後一定離他遠一點！」這是自然，誰能想到楚昭對她居然打著這個主意，想起來都讓人毛骨悚然。

肖玨神色稍緩。

禾晏打量著他，見他好似沒有剛才那麼生氣了，才問：「不過，你是怎麼知道我在這裡的？」她驚呼，「你又讓人跟蹤我？」

肖玨沒好氣地道：「沒跟妳，跟楚子蘭。」

禾晏「哦」了一聲，感嘆道：「你對楚子蘭倒是比對我還上心，你看我多大度，我怎麼就不生氣呢。」

肖玨一言不發地盯著她。

「我說笑的。」禾晏笑咪咪道，突然想起什麼，「那你是什麼時候到的？」她一怔，「一開始就到了。」

青年微微揚眉。

禾晏：「……」

「你都聽到什麼了？」她試探地問。

「我該聽到什麼？」

禾晏不說話。

該聽到什麼？如果說肖珏來的夠早，豈不是她與楚昭之間所有談話都被肖珏聽到了？包括她堅貞不屈的表白。

禾晏鬆開抱著他的手，轉過頭去，恨不得狠狠抽自己一巴掌。

雖然她自己不在乎臉面不臉面的事，但現在想想，三番五次的，她都表了多少次白了。正面的側面的，當面的背面的，她又不是一個沒有感情的表白機關，怎麼次次都被人抓到。怪丟臉的，不過這人心也太黑了，就在外面聽著。是不是她要是同楚昭表現的親近些，就要被安一個「姦夫淫婦」的罪名了。

真是百口莫辯。

禾晏胡思亂想著，聽到他問：「還愣著做什麼？」

見禾晏看著他，肖珏頓了下，道：「回去了。」

禾晏「嗯」了一聲，走了兩步，又停下來，看著他懷疑地道：「肖珏。」

肖珏腳步一停，回頭看她：「怎麼？」

「我仔細想想，似乎有點不划算。」禾晏道。

「什麼不划算？」

禾晏眨了眨眼：「你聽過我表白多少次了，我沒聽你表白過啊。」

肖玨：「什麼？」

禾晏說得理直氣壯，勿怪她斤斤計較，現在想想，肖玨是含蓄還是怎麼的，說話都拐著彎兒，那些文縐縐的禾晏聽得雲裡霧裡。

「反正，」她往前一步，道：「你沒說過喜歡。」

「喜歡？」他定定看著禾晏，開口問。

禾晏點頭：「對！」

「禾大小姐，」他叫禾晏的名字，叫得禾晏一個激靈，「妳想確認什麼？」

禾晏一時語塞。

實話實說，她就想口頭上占肖玨個便宜，聽他說幾句好聽的罷了。不過肖玨這麼嚴肅，倒讓她一時不知道說什麼，正想找個藉口敷衍過去，就見面前這人往前走了一步。

年輕男子的臉近在咫尺，輪廓乾淨又漂亮，四目相接間，深幽黑眸裡，似有莫名情愫，教人臉紅心跳。

「你……」禾晏才說了一個字，就被他的話打斷。

他上前一步，「第一次摘的枇杷給妳，第一次教人劍術是妳，」又上前一步，「第一次幫人上藥是妳，第一次給糖也是妳。」他再上前，步步緊逼，「第一次哄的姑娘是妳，第一次替人圓謊還是妳。」

「我想來想去，第一次喜歡的人，也該是妳。」

禾晏被他逼到身後的石壁處，退無可退，一抬頭，對上的是他隱隱含笑的目光，「禾大小姐，現在妳確認了嗎？」

禾晏聽著自己的心跳聲，一時忘記剛剛為何會提到此話。

她的目光從肖玨的眼睛移到他的唇角，突然很想湊上去親一親。

她確實這麼做了，輕輕踮腳，朝著身前人湊過去。

肖玨先是一怔，隨即眼中笑意越來越盛，微微俯身，正要碰到的時候——

「哇！朔京城真是世風日下！怎麼有龍陽之好的人也敢這麼明目張膽了？」

「沒眼看！哎快走快走，你還在看什麼？」

「我想看看這兩個人是誰？沒準兒我認識。」

兩個醉漢朝著他二人指指點點，又跌跌撞撞地走開了。

禾晏嚇了一跳，忘了她夜裡出門為圖方便，穿的是男裝了。眼下落在旁人眼裡，自然是兩個男人在這裡卿卿我我。不過這大晚上的，怎麼還有人在外頭亂晃，也不怕磕著碰著。

她心裡氣惱，也不知道是因為剛剛差點就親到肖玨了生生錯過而氣惱，還是被人指責是龍陽之好而氣惱，沮喪之下，一頭埋進肖玨懷裡，沒好氣地道：「我確認了！非常確認，好了，現在回去吧。」

肖玨低頭瞥了她一眼，伸手試圖把她拔出來，奈何這人抱得格外緊，片刻後，他只得無奈地撒手，輕笑起來。

朔京城的新年，很快就到了。

去年年關時，禾晏在涼州衛，沒能回來，今年年後，又要出嫁，禾綏便去置辦了好些年貨，非要熱熱鬧鬧的在家中過年。可惜的是他本就不是朔京人，自打禾夫人去世後，家中親戚往來更少，能走親串戶的沒幾個了。

不過街坊四鄰倒是熱心的很，時不時來送些乾果吃食，這家煮了餃子送一盤，那家醃了肉放一塊，還時常拉著禾晏的手道：「晏晏啊，妳日後嫁到肖家，做了少奶奶，可別忘了咱們這些鄰居。妳小時候我還抱過妳呢。」

「對對對，我還給妳縫過小衣服！」

托肖玨的福，今年的肉是不必買都夠了。

不過禾晏還是自己出錢買了些東西，托人帶去給王霸他們，順便給幾位教頭送了年禮。他們在城外的營地裡，年只能跟著兵士們一道過。初十她就要出嫁了，禾晏想讓肖玨准他們告個假，石頭一行人都是跟著她從涼州衛一道走到現在的朋友，禾晏想請他們來參加自己的喜宴。

不過自打那天同楚昭見面肖玨出現後，這幾日，她都沒看到肖玨。想來是忙著鳴水一案後面的事。

天色漸漸暗了下來，隱隱可聽見遠處爆竹煙花的聲音。今夜沒有下雪，是個晴朗的夜，禾綏把桌子搬到院中，叫禾晏他們來吃飯。年夜飯禾晏本來也要幫忙的，被禾綏拒絕了，禾綏道：「年一過妳就要出嫁了，怎麼還讓妳幹活，坐著！晏晏，妳只管吃就好了。」

禾雲生暗暗翻了個白眼。

一大桌子菜，連帶著青梅，也不過四個人，卻放了五雙碗筷。那雙空著的碗筷，是過世的禾夫人的。

禾綏給每個人都倒了一小杯甜酒，這是他做護衛時，主人家送他的年禮。禾綏端起酒杯喝了一口，看向那雙空了的碗筷，目光柔和下來，又有些感慨：「如果阿慧還在的話，看見晏晏成親出嫁，不知道有多高興。」

「阿慧」就是過世的禾夫人。

禾晏心裡有些難過，真正的禾二小姐已經不在了，然而她如今能做的，是代替禾二小姐好好的活下去，保護禾綏與禾雲生，還有青梅。

「爹，大喜的日子就不要說這些了吧，」禾雲生眉頭一皺，「再說指不定就是我娘在天上做神仙保佑我姐，才讓她順順利利的嫁了出去。你看她這模樣，若非老天保佑，我看這輩子只能在家跟我吵架，沒人願意娶了。」

禾晏笑著看他：「是是是，不過雲生，我看你年紀也不小了，不知道你日後又會娶怎樣的姑娘？人家姑娘看不得上你啊？你這脾氣不改改，指不定日後真的只能在家裡和香香吵架了。」

「你胡說八道，我……」禾雲生立刻反駁。

禾晏托腮湊近：「哦，那你是不是已經有喜歡的姑娘了？說來聽聽？」

論打嘴仗這回事，禾雲生從未贏過禾晏，一時氣急，扭頭去找禾綏：「爹，你看禾晏！」

「你姐姐說的沒什麼錯嘛。」禾綏永遠站在禾晏這一頭，「你好好跟你姐夫學學。」

禾晏正在低頭嘗酒，聞言差點嗆住，這一口一個「姐夫」，說的倒是格外流利。

禾雲生幸災樂禍地看著她，青梅捂嘴低低笑起來。

「好了好了，不說這些了，」禾綏舉起杯盞，「新的一年，希望我們都吉祥如意，好事連連！」

夜空中能遠遠看見煙火的餘彩，新的一年快到了。

禾綏不許禾晏多喝酒，禾晏只喝了一小杯，有個意思就行了。倒是禾雲生喝了不少，原本說好的一家人一起守歲，這父子二人，還沒到時辰就趴下了。禾晏與青梅費了好大勁兒才將他們二人送回榻上，又回了堂屋，燃著暖爐。

青梅搓了搓手，道：「沒想到少爺和老爺這麼早就醉了。」

禾晏哭笑不得，禾雲生提出守歲，自己卻睡得正香，罷了，就當是幫他守了。

「妳要吃嗎？」禾晏遞了一個烤好的橘子給青梅。

青梅接過來剝開橘子皮，拿了一瓣放在嘴裡。禾家並未拿青梅當下人，不如富貴人家那麼多主僕規矩。橘子有點酸，青梅瞇了瞇眼睛，咽下去才道：「原先不覺得，今日過年，便覺得家裡人是冷清了些。老爺和少爺不在，就只有姑娘和奴婢兩個人。」

看別的人家，一大家人其樂融融，熱鬧的很。

禾晏沒覺得這有什麼不好，她一個人的時候多了去，倒是沒有青梅如此悵惘。反而看向青梅，點了點頭道：「應該把赤烏叫來的。」

青梅一愣：「這和赤烏侍衛有什麼關係？」

「有關係啊，」禾晏也拿一個橘子，邊吃邊道：「他前段時間日日住在這裡，妳沒說冷清，如今他不在，妳就說冷清。這是想他了？」

青梅呆了呆，想也沒想的否認：「我沒有，姑娘，您別胡說。」

「其實也沒什麼。」禾晏把剝開來的橘子皮放在暖爐邊上烤，堂廳裡頓時散出一陣清香，「等我去了肖家後，咱們家就妳一個丫頭，當然就是要跟著一道去的。介時妳同赤烏抬頭不見低頭見，到時候就不覺得冷清了。」

「姑娘，」青梅急得跺腳，「奴婢真的不是那個意思。」

「我覺得赤烏也不錯嘛，」禾晏故意逗她，「生的挺好的，又是九旗營的人，日後說不準還能混個官身。而且他很聽妳的話呀，我看妳讓他掃地他也掃了，讓他晾衣裳也晾了，他若對妳沒那個意思，何必如此言聽計從？」

「姑娘！」青梅惱了，臉漲得通紅，一下子站起來，橘子也不吃了，夜也不守了，只道：「奴婢沒那個意思，姑娘莫要亂說話。我跟赤烏侍衛沒什麼。」她把橘子放回去，「蹬蹬」地跑了。

「哎？」禾晏在後面追問：「不守歲了？」

「不守了！」

禾晏有點後悔，好像不該這麼逗她，眼下只有自己守夜了。她將方才青梅放下的橘子撿起來，往上拋了拋，嘆道：「口是心非的小丫頭。」

有人的聲音響起：「妳懂的倒多。」

禾晏回頭一看，肖玨倚著他們家的大門，正抱胸似笑非笑地看著她。

「肖玨？」她喜出望外，「你怎麼來了？」又望了望外頭：「你直接進來了？」

「我敲了門，」肖玨邊往裡走，邊道：「不過，你們家也沒侍衛，敲門與否，差別不大。」

這說的也是老實話。

禾晏拉他在暖爐邊坐下，順手往他手裡塞了一個橘子，「吃嗎？」

肖玨接過橘子，只握在手中，沒吃。

「你怎麼過來了？」禾晏問：「不在府上陪你兄長嫂嫂？」

「吃過年夜飯，來看看妳。」他道，又四下打量了一下，若有所思地開口：「妳爹和弟弟怎麼不在？」

「別說了，喝醉了，我把他們扶到屋裡去睡了。」她望著肖玨，「你要是再來晚一步，我也睡了。」

肖玨：「妳在等我，怎麼會睡？」

「我沒有等你啊。」禾晏莫名。

肖玨側頭看她，神色淡淡的「哦」了一聲。

禾晏福至心靈，一把抓住他的手臂，真誠地開口：「你怎麼知道我在等你！我好不容易都等大家睡了才等到你的！眼下都沒人了，正好……」

「正好什麼？」

「正好……」禾晏本就是隨口胡謅，也沒編下去，一抬眼對上的是他微亮的眸光。

「正好，請你吃個橘子。」禾晏握住他的手，把橘子舉到他胸前。

肖玨看了她一會兒，側頭低聲笑了。

禾晏覺得，自己可能是個開心果之類的，肖玨這種平日裡不近人情高高在上的，每每都被自己逗得開懷，這也是一種尋常人沒有的能力。

「屋裡坐著沒什麼意思，要不要去房頂坐坐？」禾晏熱情的邀請他。

「房頂？」

禾晏抓住他的手往外走：「對！」

禾家的宅子本來就不是什麼昂貴的宅子，屋頂也不算很高，輕輕一躍就上去了。她與肖玨二人並肩坐著，雙手撐在身後，仰頭去看遠處。

朔京城的年夜裡，遠處是燃放的煙花，離得太遠，看不太清，只看得見亮芒如流動的星子，從長空一閃而過。

「我小時候還沒去軍營前，很喜歡爬屋頂。」禾晏道：「禾家的屋頂比這裡的高，我的功夫也不好，還不能飛上去，只能借著梯子。有一次爬到一半摔了下來，怕被禾大夫人發現，不敢出聲，後來那一段時間，後背都很疼。」

肖玨為：「為什麼喜歡爬屋頂？」

「因為夠高啊，」禾晏比了個射箭的姿勢，「爬到夠高的地方，就可以上天攬月，手摘星辰。」

他笑了一聲：「幼稚。」

「誰小時候不幼稚？」禾晏反駁，「再說了，我都好些年沒爬過屋頂了。」

等投軍後，住的都是帳子，哪裡來的屋頂可以爬，等出嫁後，更別提了。現在想想，爬屋頂，已經是許久之前的事了。

「如果妳想，」肖玨道：「以後肖家的屋頂，歸妳了。」

禾晏側頭看他，試探地問：「嫁過去了再爬也行？」

「行。」

「帶著你一起爬也行？」

「行。」

「抱著吃的……」

肖玨打斷她的話：「妳想做的話，都行。」

禾晏眨了眨眼睛，低頭笑起來，笑意怎麼都遮不住，如漾開的水花，一圈圈放大。

肖玨掃了她一眼，似是無言，過了片刻才道：「爬個屋頂就高興成這樣？」

「那當然，」禾晏回道：「我這個人很好滿足的，也沒什麼昂貴的興趣，有吃有穿有屋頂爬就行了。」

肖玨笑了一下，不置可否。

「哎，」禾晏碰了碰他的胳膊，「徐相餘黨的事情怎麼樣了？」

肖玨的笑意斂去，「有一部分歸了楚子蘭。」

這是禾晏已經料到的事情，她問：「你的意思是，楚昭之前大義滅親，是故意的？」

「十有八九。」肖玨望向遠處，「他應當已經代替了徐敬甫在太子心中的位置。」

「你知不知道，皇上對烏托人那頭的看法？」禾晏問：「經此一事，皇上應當不會再接受烏托人求和的提議了吧？」

肖玨沒說話，過了一會兒，才輕輕搖了搖頭。

其實禾晏心裡清楚，文宣帝如何，都不是最重要的了。太子和四皇子之間的矛盾，只怕因為徐敬甫的死，會更快地計畫，只怕過不了多久，爭鬥就會明晃晃的擺在檯面上來。

肖玨與太子廣延之間，視如寇仇，日後若真要……必然要站在四皇子一頭，但名不正言不順，倘若皇上擬下傳位詔書，至少名頭上，都要吃些苦頭。

「不必擔心，」肖玨淡道：「我心裡有數。」

禾晏笑了笑：「也是，今日是新年，還是不要想這些為好。」

「嫁衣已經做好了，」肖玨突然換了話頭，「再過幾日，就讓人送到府上。」

「這麼快？」

肖玨目光掠過她：「只有不到十日就成親了，哪裡快？」

禾晏訕笑道：「話雖如此，但是……」

平日裡沒覺著，聽他這麼說，好像突然有點快要臨場的緊張感來。

「明日之後，我不會再跟妳見面。」

禾晏：「為什麼？」

「新婚夫婦，成親前幾日不可相見。」肖玨回答。

禾晏小聲道：「平日也不見你是這般守規矩的人。」

肖玨挑眉。

「我的意思是，」禾晏抓起他的手，誠懇開口，「你說的太對了，理應如此，有你這樣將一切都操持的好，我很放心。」

她現在明白了，肖玨就是個吃軟不吃硬的人，只要說兩句好話吹捧吹捧他，他就很高興。早知道這人這麼好哄，禾晏心想，從前在賢昌館的時候，就該使勁抱住他大腿多多奉承，指不定除了劍術，刀術馬術什麼的也一併指點了。

她演技拙劣，不過，肖玨只是看著那隻被禾晏抓起的手，頓了一下，又將她的手覆在自己掌心。

「禾晏。」他叫她的名字。

「啊？」

「新年快樂。」他淡淡道，黑瞳盛滿夜裡的星辰，比長空之中的煙火動人心魄。

禾晏愣了一下。

一種藏著暖意的滿足感從胸中漸漸升起，她突然覺得這個新年，是真的嶄新的一年了。

「不客氣，」她頭一歪，靠在肖玨的肩上，使勁蹭了蹭，「你也新年快樂。」

街道盡頭，遠遠傳來爆竹的聲音。

家家戶戶門上都貼上了新的春聯。

石晉伯府上，今年卻是格外蕭瑟。

原本按這個時候來算，楚家應當是新婦進門，正好事成雙的日子。沒料到前不久徐家出事，連帶著楚家也倒楣。雖然最後楚昭大義滅親，暫且躲過一劫。可石晉伯因為同徐家的那門親事，一時從人人稱羨淪為京中笑柄。楚臨風好臉面，整個年關大門不出二門不邁，府裡並無半分過年的喜意，冷清極了。

楚昭的院子裡，更是一片寂靜。

徐娉婷剛來的那幾日，得知了徐敬甫死亡的真相，日日在院中叱罵楚昭無情無義，以怨報德，後來被院中的嬤嬤教了幾日「規矩」，便沉默了許多。不過這樣一來，整個院子裡那唯一的一點熱鬧也消散了。

楚昭坐在屋裡，煙火的聲音離得很遠，宅門外與宅門裡，像是兩個全然不同的世界。

身後有人進來，小廝道：「四公子，應香姑娘來信了。」

楚昭接過信看了看，過了片刻，將信放在油燈的火苗裡，漸漸燃盡。

桌上還放著一塊奇形怪狀的石頭，扁平如人的手掌，仔細去看，似乎是一匹馬的形狀，只是斷裂處看起來粗糙又不平。同桌上的其他擺設陳列在一起，格格不入。

楚昭的目光落在那塊石頭上，神情逐漸變得悠遠起來。

小廝頓了頓，掙扎片刻，終於忍不住開口：「四公子，那一日見禾姑娘的時候，為何不以許大奶奶為餌，將禾姑娘留下來呢？」

禾晏如此看重禾心影，若是以禾心影為脅迫，說不準禾晏與肖珏的親事，未必能成。

「沒有用的。」楚昭回到。

小廝不解，看向眼前人。男子坐在桌前，油燈發出的光微弱，將他的身形襯的清瘦且孤獨，偌大的宅院裡，像是只有他一人，就要在這裡，天長地久的獨坐下去一般。

「她是能將命運掌握在自己手裡的女人。」過了許久，楚昭才微笑著道：「沒有人能脅迫得了她。」

「我不能，肖懷瑾不能，禾心影更不能。」

他的眼前浮現起濟陽水城裡的夜市，目光明亮的少女走在街道上，人潮洶湧，花燈如晝，她就站在那裡，同別的人都不同，如欲將展翅的鷹，只看一眼就明白，她嚮往的是長空，而不是牢籠。

他是不能掌握自己命運的人，所以，才會鬼使神差，莫名其妙，無可救藥的被她吸引，但註定又會被遺棄。

因為正如她所說，他們不是一路人。

從來都不是。

第九十五章　出嫁

從新年到初十的幾日時間，像是過得很慢，又像是很快，一眨眼，就到了禾晏要出嫁的那一日。

一大早，夏承秀就乘著馬車趕過來了。

禾家在朔京的親戚極少，這些年因為禾夫人去世，早就沒了往來。怕沒有女眷來幫忙，肖玨便同燕賀說，請夏承秀過來幫忙。燕賀當然是十二萬個不願意，夏承秀倒是好說話，早早就過來了。

她一邊替禾晏梳著頭髮，一邊笑道：「禾姑娘且放心，今日一定將妳打扮成朔京城裡最漂亮的新娘子。」

禾晏笑道：「漂不漂亮其實也沒那麼重要了。」

「也是，」夏承秀擱下梳子，「只要肖都督覺得好就行。」

禾晏不由得一陣牙酸。

青梅端著匣子走了過來，道：「姑娘，先換上嫁衣吧。」

衣裳是昨日傍晚肖家讓人送來的，當時有些晚了，禾晏只是草草試了一下，確定合身。如今匣子一打開，夏承秀驚呼了一聲。

禾晏奇道：「怎麼了？」

「這刺繡……」夏承秀輕輕撫過上頭的圖案，「像是大魏失傳的五莊繡。」

「五莊繡是什麼？」青梅是一臉疑惑。

「是從前以繡技出名的一個布莊，不過後來消失了。當年莊主家的女兒如星娘子，一手繡技鬼斧神工，宮裡的貴人們也難得一匹衣料。」夏承秀笑了笑：「肖都督不知從哪裡尋來繡娘做成這件嫁衣，可見是有心了。」

禾晏微怔，將嫁衣從匣子裡抱出來。青梅幫忙替禾晏穿戴。

嫁衣上衣下裳，彩繡龍鳳對襟大紅繡衫下，長裙下擺極大，裙裾的邊角處用金紅色的絲線繡了細密雲紋，風姿綺麗，霞帔自兩肩垂到身前，掛著一枚金玉墜子。

這衣裳穿起來並不容易，須得夏承秀與青梅二人一起幫忙，好半天才算穿清楚。此刻禾晏還未挽髮，青梅笑嘻嘻的將裡頭那頂鳳冠拿出來，假意戴在禾晏頭上：「姑娘先看看這個！」

禾晏看向鏡中的自己，那鳳冠並非如別的貴族女兒那般，以金玉為底，鑲滿翡翠玉石，相反，看起來格外小巧，似乎是用絲帛做成，薄如蟬翼。上頭綴滿了星點紅寶石與珍珠，戴在頭上，如籠著一層紅霞，耳邊綴著的晶珠，將她的臉襯的格外潔白秀麗。

「姑娘真好看……」青梅看得有些發呆。她自幼跟在禾晏身邊，知道禾晏生的漂亮，可如今卻像是寶石被拂去了上頭的灰塵，驚麗的讓人移不開眼。

「肖都督很會挑嫁衣。」夏承秀也愣了愣，半晌才笑道：「朔京城這些年出嫁的新娘裡，若論嫁衣，都比不上禾姑娘身上穿的這件。」

禾晏也覺得這件嫁衣很好看，可惜的是她於詩詞上沒什麼天分，誇不出優美的詞語，只得在心中暗暗地道了一聲好。

當年於禾家出嫁時，嫁衣亦是名貴，穿著也合身，可穿在身上，禾晏卻覺得有些不自在。後來想想，那身嫁衣格外嫵媚娟秀，與她本身的氣質截然不同。而眼下鏡子裡的這件，從頭到腳，無一不透著合適熨帖。

「妳先坐下，」夏承秀將鳳冠拿走，「我先給妳梳頭，待梳好頭後，再將鳳冠戴上，應當會更好看。」

禾晏被夏承秀按在椅子上，看著她給自己梳頭。

青梅端著裝首飾的小匣子站在一邊，不時遞給夏承秀珠釵鈿頭，忽然間有些失落，「從今往後，姑娘就要挽髮了。時日過得真快。」

成了親之後，禾晏自然要挽婦人髮髻，可當年在這小院子裡的時候，禾晏還是個小孩子。青梅還記得第一次看見自家姑娘時，那時候禾綏將青梅帶回禾家，青梅看見一個頭髮紮的亂七八糟的小姑娘站在門口，氣勢洶洶地盯著自己，要禾綏將自己趕走。青梅忍著心中的懼怕，怯生生的上前道：「姑娘，別趕奴婢走，奴婢會梳頭。」

一梳，就是這麼多年。

鏡中女子的長髮被梳得如絲綢般垂順，又在夏承秀的手中輕巧挽起，珠釵一點點簪上去，接著是絹花、瑪瑙、銀步搖……

夏承秀梳得很用心，如在裝點一株即將盛開的花，恨不得將所有美的、好的、全部用在她身上。

鏡中的女子從脂粉不施到豐容靚飾，容顏漸漸清晰起來。

禾晏有些恍惚地看著銅鏡裡的人，她不知道，原來一個女子出嫁的時候，竟然可以這般美麗。

這時候，外頭有人敲門，聲音很輕，青梅去將門打開，看見外頭的人，有些疑惑地開口：「您……」

「禾小姐？」禾晏怔住，隨即站起身來。

禾心影從門後走出來，似乎有些緊張，她先是看著禾晏，怔了怔，直到夏承秀輕聲問道：「姑娘？」她才反應過來。

「我聽說今日禾姑娘出嫁，想來看一看，」禾心影咬了咬唇，從背後拿出一個巴掌大的小盒子，「這是我的賀禮……家中出事後，就沒剩什麼東西了。這是我當年出嫁時，我娘送我的耳墜。聽說，是我外祖母留給她的。」

「我沒什麼值錢的東西，就只有這個……」禾心影頓了頓，低著頭道：「禾姑娘若是嫌棄……」

下一刻，那盒子被接了過去，禾晏朝著她笑：「太好了，我今日出嫁，配了好幾副耳墜看起來都不怎麼好看。」她打開盒子，裡頭躺著一對銜珠鳳形琥珀耳墜，將其拿出來，「這耳墜瞧著剛剛好，與我的嫁衣很相襯。」

「心影，」她叫得親暱，「妳幫我戴上吧。」

禾心影一愣，不確定地問：「我……嗎？」

「對，」禾晏拉起她的手，將耳墜放在她掌心，「妳幫我戴上，也好沾沾喜氣。」

明明是冬日，拉著自己的手卻帶著融融暖意，一瞬間，禾心影心裡極為酸澀。今日到這裡來，她鼓起了十二萬分的勇氣。她如今是罪臣之女，罪臣之妻，走到哪裡都要經受旁人鄙夷的目光。到這裡來，她怕禾晏嫌棄自己。好不容易才跟魏夫人說明，待到了門口，踟躕許久，遲遲不敢進來。而眼下，禾晏待她的目光，就像她與別人沒有任何不同。

禾心影定了定神，小心翼翼地拿起耳墜，戴在禾晏耳朵上，末了，後退兩步，打量著眼前人，喃喃道：「禾姑娘，妳真好看。」

她的眼睛慢慢溢出一陣酸意，倏而想到自己出嫁那一日。其實那時候她亦是懷著緊張和忐忑，還有一點期待與嬌羞，當時的禾二夫人也是如自己這般，將這耳墜戴在她耳朵上，那時禾心影以為，自己將要開始嶄新的、幸福的新生活，可原來那一樁親事，是如此不堪。

眼前的新娘真漂亮，禾心影想，她真羨慕禾晏。

禾晏的目光落在禾心影一瞬間變得茫然的眼神裡，頓了頓，她突然上前一步，不顧自己繁複的衣裙、頭上的髮髻，輕輕擁抱了禾心影。

禾心影一愣：「禾姑娘……」

「妳日後，也會這樣好看。」

身前的暖意如此真實，讓人一瞬間找到了依靠，她慌亂地低下頭，不知所措地開口：

「不……我不會有更好的時候了。」

家中突遭變故，身分的陡然轉變，足以讓從前驕傲任性的千金小姐，在短短的時間裡變得自卑而膽怯，禾晏心頭一酸，抱著禾心影的手臂微微收緊，她低聲道：「別忘了，妳是飛鴻將軍的妹妹。」頓了頓，她才繼續開口：「也是我的妹妹。」

禾心影心頭一震。

新娘已經鬆開手，站在原地望著她，目光是真切的溫暖親近，「我第一次見妳的時候，是在玉華寺，心影，妳可能不知道，玉華寺真的很靈。」

「佛祖會保佑虔誠之人心想事成，所以，妳一定會越來越好。」她道。

禾心影呆怔片刻，慢慢地笑起來，望向禾晏：「好。」

「既然來了，」禾晏拉著她往一邊走，「就來幫忙好了，我家中女眷實在很少，承秀一個人忙不過來，心影，恐怕要麻煩妳一陣子。」

禾心影忙擺手：「不麻煩不麻煩。」

「對了，」新嫁娘像是想起什麼，看著鏡中的她一笑：「妳日後，可以叫我『姐姐』。」

「到底好了沒有哇？」禾雲生在外面來回踱步，有些緊張。

「急什麼，」禾綏罵他，「你姐姐在裡頭梳妝打扮，當然要慢慢來。」話雖如此，他自己卻滿眼焦灼，將新做的褂子下擺揉得皺皺巴巴。

禾雲生也換了新衣，禾雲生如今長高了不少，衣裳一換，瞧著也是個翩翩少年郎，禾綏做武夫做了一輩子，鮮少有精心裝點的時候，現在想想，上一次穿的這般隆重，還是他娶妻的時候。時光倏而流轉，如今，輪到他的女兒要出嫁了。

正想著，裡頭的門「吱呀」一聲開了，夏承秀同禾心影走了出來，身後還跟著青梅，夏承秀笑道：「禾老爺，禾姑娘已經妝成，你們可以進去同她說話了。」

「哎……好！多謝夏姑娘了。」禾綏聞言，迫不及待地起身往門裡走，禾雲生也跟了進去，青梅捂嘴一笑，將門帶上了。

禾晏一轉身，就看見禾雲生與禾綏站在自己面前，愣愣的不說話。

「怎麼了？」她小心的往前走了一步，又怕晃掉滿頭的珠釵鈿頭，只得微微抬首，「不好看嗎？」

「不不不……好看！」禾綏回過神，「晏晏太好看了！」他說著，突然哽咽起來，「妳同妳娘……長得真像……」

禾晏自打醒過來後，就知道禾綏同亡妻生前感情極好，又因為禾大小姐生的肖似禾夫人，才從小對她驕縱有加。如今禾綏見此，怕是思念故人。她只好小小的挪動步子到禾綏身邊，輕輕拍了拍禾綏的肩以表安慰。

「爹，」禾雲生翻了個白眼，「大喜的日子你哭，不嫌觸霉頭嗎？再說了，禾晏哪裡及的上我娘的美貌，你也太誇張了。」

他這一句，倒是將禾綏從憂傷之中拉了回來，禾綏罵他：「有你這麼說話的嗎？」

「本來就是。」

著。」

「去去去。」禾綏將他趕到一邊，從袖中摸出厚厚一疊紙，「這是地契和田地，晏晏妳拿著。」

禾晏怔了一下：「什麼意思？」

「肖家送的聘禮，我看過了。」禾綏道：「我們家是不能和肖家相比，但妳的陪嫁，以咱們家的情況，說出去也不算丟臉。這個，沒有寫在陪嫁單子裡，妳且偷偷的藏著，勿要告訴懷瑾。日後要是手頭緊，或是沒有銀錢，就用這個……」

「等等，爹，」禾晏問：「咱們家光是聘禮就快把底子掏空了，哪裡來的田莊地契？」

禾綏臉上，顯出一點得意的笑容：「當年我同妳娘成親，我是做上門女婿，咳，沒有聘禮，可妳外祖母外祖父心疼妳娘，陪嫁照送。妳娘走了後，這些年，陪嫁我一分錢都沒動，就想著日後妳要是出嫁了，一部分好讓別人看看，咱們禾家有錢，不至於被夫家看低了去。另一部分……」他把地契往禾晏手裡塞，「妳自己拿著，妳這不是找上門女婿，是去別人府上。一定會有需要用錢的地方，別找懷瑾要，爹給妳。手裡有錢，腰桿子也硬的多。」

禾晏從來沒想到，禾綏這個看起來大大咧咧的粗糙漢子，心思竟然如此細緻。她有些哭笑不得的將地契塞回禾綏手裡，「爹，我不要這些，我自己有俸祿，怎麼都不至於手上不寬裕的。雲生現在正是花錢的時候，這些留著給他。」

「我不要。」不等禾綏說話，禾雲生先拒絕了，他道：「哪有男子漢光想著家裡的銀錢，我若想要什麼，自己去掙，娘給妳的妳自己留著吧。」

「我……」

禾綏把地契往桌上一拍，罕見的對禾晏強硬起來：「不行，這件事必須聽我的，晏晏，拿著！妳不拿著，我就不讓妳出這個門。」

禾晏：「……」

她道：「好，我收著。」心裡想，罷了，等下次見面的時候，再想個辦法放回去就是了。

禾綏看著禾晏，感慨道：「當年妳娘咽氣的時候，最放不下的就是你們姐弟二人，我在她的榻前起誓，日後永不續弦再娶，好好將你們姐弟二人養大。晏晏，妳有了好歸宿，爹心裡的石頭就放下了一半。」他伸手，想要摸一摸禾晏的頭，又怕將禾晏的髮髻弄亂，終是輕輕碰了一下，就縮了回來：「妳同妳娘的性子很不一樣，原先爹覺得妳驕縱任性，怕妳吃虧，如今看來，妳堅強有主意，就算嫁的不是肖懷瑾是別人，妳也能把日子過得很好。」

「爹以妳為豪。」

禾晏望著眼前的漢子，她前生對於父親一詞，得到的只有被利用和失望，如今上天像是要補償她似的，將這世上最好的父親送到她面前。她才知道，一個父親，是可以這樣溫柔與強壯，沉默的愛著兒女，數十年如一日。

「爹，」她握住禾綏布滿繭子的雙手，笑盈盈地開口：「謝謝你，我也以你為豪。」

外頭青梅的聲音傳來進來：「姑娘，迎親的隊伍快到了，老爺，說完的話，就趕緊出來，別誤了吉時。」

禾綏無措地鬆開手，又看了禾晏一眼，有些戀戀不捨，像是有千萬句話要說，最後卻只能憋出一句：「晏晏，爹先出去了。」

禾晏點了點頭。

青梅走了進來，讓禾雲生在門口等著，又將禾晏的衣裙整理一番，才將蓋巾小心翼翼的給禾晏蓋好，一邊牽著禾晏的手往門口走，一邊輕聲道：「姑娘，妳可千萬別緊張，別緊張。」

自己的聲音卻在微微顫抖。

禾晏有點想笑，她是成親，又不是赴火場，禾家這一個個的，居然搞出了生離死別的氣氛。

待到了門口，只聽青梅道：「少爺，姑娘出來了。」

出嫁的新娘，是要由兄弟背上花轎的，禾雲生半蹲下身子，緊張地開口：「上來吧。」

禾晏爬上他的背。

少年看起來高高瘦瘦，脊背卻寬厚溫暖，禾晏兩隻手攀著他的脖子，趁別人聽不見，小聲問：「雲生，你早上吃過飯了嗎？」

「閉嘴，」禾雲生原本還有些緊張，被她這麼一打岔，傷感全無，只道：「都說了叫妳別吃了，重的要死。」

「我重嗎？」禾晏微微蹙眉，「你連我都背不起，日後背心愛的姑娘怎麼辦？」

「如果那姑娘生的跟妳一般重，她就不會成為我『心愛的』。」禾雲生咬牙。

禾晏：「我在涼州衛的時候，同我自己這般重的石頭，一次能舉起兩個。弟弟，」她貼心提示，「你得多加鍛煉身體。」

「妳能不能別說話了。」

禾晏「哦」了一聲，果然不說話了。

從屋門口到花轎的路並不長，可禾雲生走得很慢。禾晏當真不說話後，他有些沉默，過了片刻，他道：「禾晏。」

「幹嘛？」

「妳到了肖家，想吃什麼就吃。」

「你不是讓我少吃點嘛。」

「若真想吃就吃罷，」禾雲生眉頭緊皺，「在自家都這般，總不能在別人家還規矩著。反正，妳就把肖家當自己家，不要委屈自己，如果有人欺負妳，妳告訴我，我就算拆了肖家的門，也要給妳出氣。」

禾晏伏在他背上，無人看見她蓋巾下的臉笑得直抽，「謝謝啊，不過想來也沒人敢欺負你姐姐。真有人欺負我，我自己就找回場子了。倒是你，」她教訓禾雲生，「我走了後，你別老跟爹對著幹，他年紀大了，你老跟他吵什麼，多讓讓老人家。還有你自己，在學館裡大方些，你姐姐好歹是朝廷命官，你姐夫還是大魏名將，咱不說揮金如土吧，偶爾裝裝紈褲子弟也可以……」

眼見她越說越歪，禾雲生無言以對，過了片刻後道：「到了。」

花轎近在眼前，禾晏從禾雲生背上下來，被青梅與夏承秀扶著上了花轎。

迎親的隊伍已經到了，她能聽到百姓的議論，有人的聲音傳到禾晏耳中。

「哎，那是肖都督？肖都督來了！」

「來了來了，哎呀長得真俊！又貴氣，禾家那丫頭是走了什麼好運道，咋偏偏被她遇上了這等好姻緣？」

「要說咱們家小花生的也不差，他們還收人不？就算送進去做個妾也不錯啊，日後有娃了也漂亮。」

「呸，你想的倒美，要真要收人那也輪不到你家，我家小葉子還待字閨中呢！」

禾晏在花轎裡，聽得百爪撓心，恨不得掀開花轎簾子瞧一瞧這麼快就被街坊鄰居惦記的新郎官本人是何模樣。說起來，她還沒見過肖玨穿紅衣的模樣，不知道是不是風姿如月，美玉無瑕……

她只能隱隱聽到肖玨同禾綏叩拜道別的聲音，似乎是放聘禮和送雁，再然後，花轎悠悠蕩蕩的起來，朝前走去。

起轎了。

伴隨著花轎起轎的聲音，周圍霎時間響起孩童的歡呼。封雲將軍娶妻，不說萬人空巷，街道兩邊都擠滿了觀禮的人。肖家迎親隊出手大方，隨手灑些喜錢，孩童們笑著爭搶，將喜糖分發給新來的夥伴。

沈瀚同梁平一干人正走到橋上，遠遠就聽見敲鑼打鼓的聲音。涼州衛的教頭們，以及王霸一干人難得被准了假，今日可以親自參加肖玨與禾晏的喜宴，這會兒是要隨著迎親的隊伍一道往肖府那頭走的。

「我好想看看阿禾哥穿嫁衣是何模樣啊。」小麥一眨不眨地盯著由遠而近的轎子。

「還叫阿禾哥呢？」洪山問。

「改不過來了。」小麥撓了撓頭。

王霸哼了一聲：「我反正想不出來她穿嫁衣是什麼模樣，就是個女土匪罷了。」

「不會，」江蛟笑道：「禾兄之美，自當與眾不同。」

「快到了，」黃雄也笑：「要不咱們也去搶幾個喜錢？沾沾喜氣？」

「叔，你都多大年紀了，」小麥忍不住道：「沾喜氣有何用？還是讓我哥去比較好。」他搡石頭一把，「大哥，你去搶。」

石頭看的認真，沒說話。

幾人說笑的功夫，隨著迎親隊的小孩子跑了過來。肖家的喜錢豐厚，朔京城家中貧寒些的小童從頭跟到尾，搶得熱鬧極了。

這時候，走在前面的漢子又是一把喜錢灑了出去，繫了喜繩的銅錢蹦跳著到花轎邊，從橋上滾落，一個瘦小的男孩彎下腰去撿人腳底的喜錢，可他太過瘦弱，冷不防被人輕輕一推，就往後跌去。此刻正是橋邊，橋欄低矮，只聽得人群驚叫一聲，小孩猛地往橋下栽去。

「啊——」那孩子恐懼的叫出聲來。

下一刻，有人從花轎中飛身而出，衣袍似紅霞，一手將往下倒栽的男孩拽起攬在懷裡，蹬在橋欄上，翩然落地。

蓋巾，早在飛身而出的那一刻飄落在地，露出鳳冠下新嫁娘的臉。烏髮鬢邊，裝點的耳環微微顫動，紅衣繡鳳，錦繡研妝。她目光清亮，如朔京城裡最清的一泓溪水，帶著點疑惑，帶著點恍然，同那些嬌嬌媚媚，含羞帶怯的新娘截然不同，又似朝霞映雪，顧盼生輝。

橋上橋下，一時寂靜無聲，不知是為這突如其來的變故所震，還是為新娘蓋巾下的容色所驚。

「呀，」有人的聲音打破這沉寂，「蓋巾都掉了，這可如何是好，不吉利的呀！」

禾晏鬆開手，小男孩見闖了禍，一溜煙跑走了。她站在原地，一時無措，方才在花轎中，聽到有人出事，情急之下，想也不想的出手，卻忘了這是在迎親之中。

這是不吉利的麼？

禾晏惴惴不安。

有人朝這頭走來，走到那方掉在地上的蓋巾前，彎腰將蓋巾撿了起來。

禾晏抬眸朝他望去。

她第一次見有人將烈火的顏色，穿的如此沉斂，又如此契合。大紅禮服將青年襯的如玉如金，一步一步走過來時，疏影風流。

當年金鞍白馬的美少年，於流水般的歲月裡，出落的意氣英秀，鮮衣華服裡，風姿冰冷，瓊佩珊珊。

他一步步走近，一直走到鳳冠霞帔的女子身前。

禾晏望著他，能看見他秋水般的長眸裡，一個清晰的自己。

「少爺……」一邊的婆子壯著膽子上前道：「這喜巾已經掉在地上了，不吉利……」

「那又如何？」他淡淡開口。

緊接著，他就將撿起來的蓋巾，輕輕的，溫柔的重新覆在新娘的鳳冠之上。

禾晏的視線被重新遮擋，可這一刻，縱是黑暗，亦無比的安心。

她聽到肖玨的聲音。

「沒事。」

橋頭上的變故，並沒有影響迎親的隊伍。花轎重起，隊伍慢慢向前。

沈瀚一顆被提起來的心，總算是放了下去，拍著胸道：「嚇死人了，還好沒事。」

「總教頭，你看到沒有，禾……姑娘的身手看來並沒有落下啊，」梁平摸著下巴道：「方才那動作嗖嗖的，不愧是我教出來的兵。」

「你教出來的兵，你得意？」沈瀚斜睨他一眼，「有本事你當著都督的面兒再說一遍？」

「那我不敢。」梁平訕笑道。

「現在不該叫禾姑娘了吧？」馬大梅湊上前道：「該叫少夫人？」

「不對啊，」梁平撓頭，「她現在也有官職在身，我們該叫大人才對。」

「那就……小禾大人？」

「怎麼跟個男人似的。」

「……」

小麥彎腰撿起地上一枚喜錢，剛直起身，就聽見身側的大娘道：「肖都督剛剛怎麼能去撿那地上的蓋巾呢？多不吉利！」

「就是就是，那新娘子的臉還被人瞧見了，也不講究。」

「……聽說原先就是普通民戶出來的女子，不懂這些規矩也是自然。」

「那也不能如此……」

「呔！」一聲巨喝打斷了湊在一起閒話的婦人，婦人們轉頭，就看見一個臉上帶疤的壯漢凶神惡煞地盯著她們，吼道：「她要是不出去，現在那小子都沒命了！妳們這些站著說話不腰疼的，懂個屁啊！」

婦人們嚇了一跳，為首的婦人有些潑辣的回嘴：「我們說我們的，關你什麼事？」王霸「唰」的一下抽出腰間長刀，那幾人一看，嚇得花容失色，不與王霸爭執了，轉身逃之夭夭。

江蛟輕咳一聲：「王兄，你不必如此恐嚇她們……」

「這些潑婦就知道背後嚼舌根，我不愛聽！」王霸把刀別回腰間，眉眼一橫，「什麼狗屁規矩，誰定的規矩？我說沒這個規矩就沒這個規矩！」

他慣來霸道，江蛟只是無奈笑笑，小麥倒是與他同仇敵愾，「就是，她們怎麼不說阿禾哥剛剛還救了人呢？」

「也原諒人家吧，」洪山靠著橋欄桿笑道：「朔京城的女人們最想嫁的三個人之一，如今被你們阿禾哥領走了，人心中不舒服，嘴上過把癮怎麼了？得饒人處且饒人啦。」

「禾老弟這多管閒事的性子，做回女子也沒變，」黃雄搖頭嘆道：「見人落難就想相救，不分場合地點，我看，禾大小姐同涼州衛的禾晏，沒有差別。」

王霸輕哼一聲，「不這樣就不像她了。走吧，」他把方才搶來的一大串喜錢揣進懷裡，「隊伍都走遠了。」

花轎繞了半個京城，抵達肖府門前。

下轎之前，赤烏遞上弓箭，穿著喜服的青年走到轎前，手搭長弓，朝著轎底射出三支紅箭，紅箭穩穩地釘進轎底，是為驅邪，

白容微將禾晏從花轎裡攙扶下來，將打著同心結的紅繩交到肖玨與禾晏手裡。

禾晏蒙著蓋頭，什麼都瞧不見，原來她做瞎子做了好長一段時間，縱然在黑暗裡，也可以自己行走。而今日，她卻將自己全然交給了另一個人，全身心都託付給他。

新嫁娘握著同心結，被牽著小心翼翼地跨過火盆，走向了禮堂。禮堂中，早已站滿了看熱鬧的人群。林雙鶴站在最前面，滿臉都是笑意，燕賀瞥見他的神情，忍不住嫌惡地開口：「你這是什麼表情，不知道的，還以為今日是你娶妻。」

「這可比我娶妻還要令人高興。」林雙鶴一展扇子，「有什麼事是比你的摯友娶了你的摯友，更讓人高興的呢？」

「你的摯友，未免多的太過廉價。」燕賀譏笑他。

「兄弟，」林雙鶴看向他，「如你這樣的孤家寡人，連朋友都沒幾個，為何要來參加我們懷瑾的婚宴？」

「你以為我很想來？」燕賀嗤道：「禾晏給承秀下了帖子，承秀逼我來的。誰想看肖懷瑾成親？誰沒成過親似的。」他掃林雙鶴一眼，「哦，不好意思，差點忘了，你沒成過。」

「你懂什麼，」林雙鶴扇子一合，微笑開口，「我是不會為了一朵花，放棄整個花園的。」

燕賀回他一聲冷笑。

說話的功夫，禾晏同肖玨到了香案前，奏樂鳴炮過後，兩人先向神位和祖宗牌位敬香燭。上香，俯伏，復位。然後，夫妻三拜。

肖家雙親都已經不在，白容微將祠堂牌位請出，待拜完天地雙親，夫妻二人相對，禾晏垂首拜下身去，恍惚間，似乎過了長長一生。

起身時，周圍響起了歡呼，夾雜著程鯉素看熱鬧不嫌事大的喊聲：「送入洞房！快點，舅舅快點挑蓋頭，我要看舅母！」

宋陶陶微微蹙眉：「你小聲一點。」

「為何小聲？」程鯉素滿臉興奮，「難道妳不想看舅母穿喜服是什麼模樣嗎？」

宋陶陶心裡無聲的翻了個白眼，她確實不想看，誰想看自己的心上人鳳冠霞帔的嫁給另一個人？偏偏身側還有個不懂眼色的一直在絮叨：「啊！真沒想到，我大哥最後變成我的舅母，真是不可思議！」

禾晏被青梅和白容微攙著進了新房，暫且別過了外頭鬧哄哄的人群。她蒙著蓋頭，什麼也看不見，一坐下身去，就被咯了一下，順手一抓，抓到幾顆桂圓。

白容微笑道：「恭喜恭喜，阿禾，看來妳同懷瑾，不久就會早生貴子呢。」

禾晏：「……」

青梅連忙將禾晏嫁衣上的褶皺撫平，又趕忙塞了兩粒指頭大小的點心到禾晏嘴裡，低聲道：「姑娘，您先吃兩口墊墊肚子，姑爺馬上要過來挑蓋頭了。您小心點吃，莫要蹭花了口脂。」

禾晏原本還算冷靜，被青梅說著說著，都緊張起來了。

不過，吃點東西確實能讓人緩解些緊張，她連吃了三四口，外頭遠遠傳來程鯉素跳脫的聲音：「舅舅，快點，莫要讓舅母等急了！」

緊接著，是宋陶陶回敬他的話：「你可閉嘴吧，我看最急的就是你。」

一行人吵吵嚷嚷的走了過來，禾晏兩輩子加起來，自以為見過的大風大浪不少，可到了此刻，手心也忍不住出了一層細汗。

新房其實很寬敞，可林雙鶴一行人、程鯉素一行人、梁平一行人一道擠過來，再大的屋子，都有些不夠看了。

肖璟將用紅布包著的秤桿交到肖玨手中，道：「懷瑾，該挑喜帕了。」

肖玨接過喜秤，緩步走到禾晏身前。

禾晏低頭坐著，能看得見蓋頭下，他的黑靴，倏而抿緊了唇。她今日還未曾正式見過肖玨，可揭下這蓋頭，從今往後，她的人生，就要與肖玨的人生緊密相連。他會成為同她並肩之人。

肖珏會怎麼看自己？禾晏胡思亂想著，這一刻的緊張，像是回到了前生，她坐在鏡前，緩緩揭下面具，看著面具下那張熟悉又陌生的臉，似大夢一場，如真似幻。

喜秤勾住蓋巾的邊緣，接著，眼前一點點亮了起來。禾晏抓緊身側的袍角，慢慢抬起頭，望向面前的人。

她跌入一雙黑眸。

剎那間，月色迷離，碧空皎潔，男人就站在一步遠的地方，垂眸望著自己。他紅袍如火，在這一眾人裡，漂亮的令人驚豔，瞳色如夜空，可又在夜空裡，映出一個完整的、明晰的自己。

他的眼裡沒有別人，只有自己。

禾晏愣愣地看著他，像是天長地久，要這樣永遠看下去。

屋子裡安靜的落針可聞，不知過了多久，直到林雙鶴誇張的喊聲響起：「天哪！我參加過的喜宴沒有十場也有八場，還是第一次看見如此美麗的新嫁娘！我們懷瑾這是走了何等的好運道，竟然能娶到天上下凡的仙女！上輩子究竟是修了何等的功德，今生才有此福分！」

「你是來唱戲的嗎？」燕賀掏了掏耳朵，不屑地開口，「油嘴滑舌。」

沈瀚一眾教頭看得怔住，梁平甚至還紅了臉，道：「沒想到……禾晏這小子穿上嫁衣，竟然比沈醫女還要好看。」

「你想找死的話我不攔著，」沈瀚低聲警告，「別連累我一起。」

「我舅母太好看了！不愧是我舅母！」程鯉素激動地握緊雙拳，「我宣布，朔京城第一漂亮就是我舅母了！」

宋陶陶扶額，不過，以一個女子的眼光來看，今日的禾晏，實在是美的有些過分了。雖然她扮男裝的時候風姿瀟灑，可如今坐在這裡，抬眸望向她身前的男子時，眼睛亮晶晶的，如銀河星辰灑落。

「王大哥，」小麥問王霸，「這回你得承認，阿禾哥實在很漂亮了吧！」

王霸不耐煩地擺了擺手，「馬馬虎虎吧。」又忍不住多看了幾眼。

「禾兄這樣很好，」江蛟笑道：「我看肖都督待她，亦是珍重。」

男人看男人，總是諸多瞭解。

白容微笑盈盈的輕聲提醒：「該喝合巹酒了。」

禾晏回過神，被青梅攙扶著站起身，肖珏拿起桌上的壺，分為兩盞，禾晏小心地端起一盞，同他手腕扣著手腕，低頭飲下。

白容微笑道：「合巹酒畢，夫婦一體，尊卑同，同尊卑，相親不相離。」

這就算喝過合巹酒了，禾晏輕輕鬆了口氣，不知為何，不敢抬頭再看肖珏一眼。

喝過合巹酒，新郎要去堂前，一行人熱熱鬧鬧的簇擁著肖珏離開了。屋裡只留下青梅與禾晏兩人。

禾晏待門一關，一屁股坐在榻上，拍了拍胸，道：「可算是完了，差點沒緊張死我。」

「咦？」青梅奇道：「難道姑娘方才很緊張嘛？奴婢瞧著姑娘自在的很。」

「我自在個鬼，都是裝的。」禾晏將腦袋上的鳳冠取了下來，這鳳冠看著小巧可愛，可上頭的珠子寶石點綴下來，也是沉甸甸的。頂了這麼久，脖子有些痠痛。

青梅幫禾晏將鳳冠放到一邊，見禾晏在解喜服的扣子了，嚇了一跳，忙按住禾晏的手：「姑娘，衣服就不必脫了。」

「這屋裡真的很熱，這衣裳又很多。」禾晏無奈。怕寒冷，屋子裡的暖爐生得旺，可喜袍裡三層外三層，大冬日的，她額上甚至冒出了細細一層汗。

但青梅十分執拗：「不行，姑娘，這個妳得聽奴婢的，不能脫。」

禾晏同她僵持了一會兒，敗下陣來，只道：「行吧，都聽妳的。」

她站起身，坐了半日花轎，腿腳都麻了，給自己倒了杯熱茶，一邊喝一邊打量起這間新房，看著看著，神情就古怪起來。

先前剛回到朔京的時候，禾晏曾在肖家住過一段日子，也去過肖玨的房間，肖玨的房間看起來冷清又簡單，顏色素淡至極，不是白就是黑。而眼下這新房裡，除去貼著的「喜」字與紅紙，其他布置，看起來花裡胡俏的。就連桌子腳都墊了一層淺粉色的布套，看得禾晏嘴角直抽。

肖玨的眼光，何以在這樣短的時間裡發生了天翻地覆的改變？她是無所謂，從禾大小姐的屋子住到這裡，不過是換了一個地方花裡胡俏罷了。只是肖玨難道不會感到難受嗎？瞧瞧這鑲著花邊的銅鏡，看看這掛著香囊的粉色幔帳……活脫脫就是秦樓楚館啊！

簡直喪心病狂！

她正想著，聽見青梅小聲喚她：「姑娘、姑娘……」

禾晏回頭，見青梅站在榻邊，一臉為難的模樣，就問：「怎麼了？」

「姑娘，夫人過世的早，姑娘出嫁時，雖然有承秀姑娘，可承秀姑娘到底年紀不大。前幾日巷子裡的劉嬸給了奴婢一樣東西……」她臉漲得通紅，吞吞吐吐，像是難以啟齒，從懷中顫抖著掏出一樣東西，也不敢多看一眼，一把塞進禾晏手中，「劉嬸說，姑娘家出嫁時，家裡母親都要給她們這個……奴婢就拿了回來……」

禾晏低頭一看，手裡是本巴掌大的小冊子，她狐疑地看青梅一眼，一打開，就見青梅慌得背過身去。

「咦？」禾晏瞅了一眼：「這不是春圖嗎？」

「姑娘！」青梅瞪大眼睛，一時忘了害羞，「您怎麼能直接說出來？」

「那我要怎麼說出來？」禾晏問她，「妳看過了吧？要是沒看過，怎麼這般緊張？」

「奴婢只看了一眼……」青梅急得都要哭了，「不是，姑娘，這不是奴婢看的，這是給您的……」青梅給禾晏這東西時，還萬分糾結，她到底是個未出閣的姑娘，要給禾晏這東西，還真是不知道怎麼說。誰知道禾晏這般坦蕩，居然就這麼隨意地翻閱起來，還評點道：「劉嬸也太小氣了些，這本怕不是三五年前的舊書？筆調如此陳舊，既是要送喜禮，怎麼不送最新的？嘖嘖嘖，不及我從前看的那本……」

「姑娘！」青梅不敢置信地看著她，「您從前看的那本？您何時看過的？在哪看過的？」

「呃……」禾晏憶起在這小婢子的心中，她還是從前那個禾大小姐，就敷衍道：「我胡說的，妳忘了罷。」

她轉頭就走，青梅尾巴一般纏上來，「姑娘，您倒是說清楚，您到底什麼時候看過的？」

「不記得了！」

就這麼說說鬧鬧的，又過了許久，天色漸漸暗了下來，禾晏將桌上所有的點心吃乾淨後，外頭傳來了動靜。

她忙坐直身子，裝出端莊有禮的模樣，青梅去開門，一開門，看見的就是林雙鶴扶著肖珏走了進來。

「哎？」青梅一怔，「姑爺這是喝醉了？」

禾晏聞言，站起身來，林雙鶴扶著肖珏到榻邊坐下，笑著看向禾晏，「禾妹妹……嫂子，懷瑾今日喝多了，我把他扶回來。」

「怎麼喝了這麼多啊？」青梅有些埋怨，「這樣還怎麼……」她把到嘴的話咽了下去，幽怨地望了自家姑娘一眼，同禾晏待久了，她也學會了口無遮攔。

禾晏側頭去看肖珏，他被林雙鶴扶著坐在榻邊，頭倚著床頭，眼睛緊閉，神情倒還好，並不見痛苦，不過瞧著，似不勝酒力。

「肖珏竟然會喝醉？」她所有所思地開口。

「人人都要與他喝一杯，怎麼能不醉？」林雙鶴嘆道：「要說懷瑾娶妻也是件大事，那些武人都能喝。他還算好的，妳去外頭看看堂廳裡，倒了一地，吐得稀里嘩啦。尤其是燕賀，」他覺得頗無語，「一直拉著懷瑾敬酒，不就是想比誰喝得多嘛？勝負欲怎麼這般強。」

禾晏：「燕賀贏了？」

「那哪能？」林雙鶴一笑，「被抬回去了。」

禾晏：「……」

「總之，人我送到了，」林雙鶴搖了搖扇子，「功成身退，禾妹妹妳記得照顧好懷瑾，」他唇角微揚，「良宵苦短，不要浪費。」

禾晏：「等等！」

沒等她說完，林雙鶴已經瀟灑地走掉了。

「姑娘……」青梅細聲細氣地道：「那奴婢也走了。」

「妳走什麼走？」禾晏喊道：「幫我搭把手啊！」

「這……恐是有些不方便。」青梅如臨大敵，連連擺手，「再說了，奴婢力氣不大，聽說姑娘之前在涼州衛時，一人便能舉起一方巨石，想來一個人也能照顧好肖都督。」她邊往門邊撤邊道：「那、奴婢也走啦！」

「喂！」

這小婢子有時候膽子忒小，有時候卻又挺會抬槓。禾晏嘆了口氣，這下屋子裡就真的只剩下肖玨與她二人了。

她轉身去看肖玨。

這人喝醉的時候也很安靜，既沒有撒酒瘋，也沒有亂說話。只是靠著床頭似在假寐。禾晏走了過去，先是推了推他：「肖玨？」

並無反應，她伸手在肖珏面前晃了晃，肖珏仍是安靜地閉著眼，禾晏舒了口氣，心道肖珏果然是醉了。

行吧，她從前在肖珏面前醉過，肖珏如今也在她面前醉過，一人一次，很公平。禾晏在他身邊坐了下來，探身去看。

肖珏閉著眼睛時，睫羽乖巧的垂下來，如細小的蝶翅，禾晏看得心癢癢的，忍不住伸手碰了碰。

青年眉頭微微一蹙，她忙縮回手，還以為肖珏醒了，又過了一會兒，見肖珏沒反應，膽子才漸漸大了起來。

禾晏從沒否認過肖珏的美貌，要說當年在賢昌館時，他誰也懶得搭理，照樣引得芳心不斷往身上撲，後來做了右軍都督，縱然外頭傳言狠辣無情，可到底還是沒從「朔京姑娘夢中情人」前三甲掉出來，無非就是靠著一張臉。禾晏坐近了點，目光凝著他，「嘖嘖嘖」了幾聲，嘆道：「倜儻出塵，豐神如玉。」

這人單看臉，實在瞧不出是日日待在戰場上、軍營裡的人，風霜刀劍，怎麼就他的臉半分不見憔悴，膚色如玉，五官俊秀，下頜線生的極優美，看著就讓人心中生出邪念。禾晏嘆了口氣，老天爺在捏造肖珏的時候，應當是用了十分的心思，這或許就是，旁人羨慕不來的人生吧！

禾晏看著倚著牆頭的男人，惡向膽邊生，嘴裡嚷道：「這樣漂亮的人，如今落在我手中了，這種百年難得的機會，不為所欲為一下，都對不起自己。」她一邊說，一邊去解肖珏的扣子。

喜服層層疊疊，這屋裡悶的慌，她見肖珏臉色微微發紅，想來是被熱的，也是一片好心，打算幫忙將肖珏的外衣脫掉好把他放上榻，今日就早些歇了。誰料到這扣子竟然繁複的很，她低頭去解，解開一顆，正要去解第二顆，忽然間，手被人抓住。

禾晏訝然抬頭，對上的是一雙清絕幽深的黑眸，他聲音淡淡，似有調侃，「那麼，妳打算如何對我為所欲為？」

這人目光裡盡是清醒，沒有半分醉意，禾晏失聲叫道：「你沒醉？」

肖珏勾了勾唇：「有一點。」

我信你個鬼！禾晏心裡想著，他這模樣分明是從頭到尾都醒著，還好方才沒有做更過分的事。

禾晏訕笑道：「你醒了就好……」

「說說，」他卻不打算饒過禾晏，禾晏放在肖珏胸前的手仍被他抓著，他似笑非笑地盯著禾晏：「怎麼個為所欲為法？」

禾晏掙了一下，沒掙開，莫名有點慌，話都結巴了，「我就是……看你穿的太多，屋子裡太熱，幫你解兩顆扣子……」

「說謊，」肖珏揚眉，直勾勾地盯著她，「我看，妳是想占我便宜。」

禾晏：「……」

不至於吧！解個扣子就叫占便宜了？

放在肖珏胸前的手如摸了塊烙鐵，她自己先燙起來了，禾晏昏頭昏腦道：「不不不，這怎麼能叫占便宜，我有什麼沒見過的，我連你腰上那顆紅痣都見過了……」

此話一出，肖珏身子微僵。

半晌，他才淡淡開口：「妳倒坦蕩。」

禾晏回過神來，心裡暗暗唾罵自己一聲。她眼下半個身子都撲在肖珏身上，手被他抓著，摸著他衣襟，活脫脫像個強取豪奪的女流氓。但肖珏不鬆手，她只能這般僵著。

「肖珏，你先放開我，我們有話好好說……」她憋了半晌，總算憋出了一句。

肖珏目光清清淡淡掠過她，猝然鬆手，禾晏大大的鬆了口氣，心道這暖爐是在屋裡生了個太陽嗎？怎麼熱的人心慌氣短。

肖珏目光落在被褥下露出的一角書頁，目光微怔，伸手去拿：「這是何物？」

禾晏一抬頭看見的就是他這般動作，登時臉色大變：「等等！」

這話沒什麼用，肖珏已經把東西拿到手裡，禾晏下意識朝他撲過去，劈手就要奪走。

那是青梅給她的小冊子！

先前和青梅打打鬧鬧的，禾晏沒來得及收好，林雙鶴就進來了，她隨手往被褥裡一塞，沒料到眼下被肖珏看到了。禾晏還清楚記得在濟陽城，肖珏見她看春圖時，陡然沉下去的臉色，這大喜的日子，莫要又惹這位少爺生氣。

禾晏劈手去奪，被肖珏以臂擋住，再伸手往前，又被避開，一閃一躲，一進一退，肖珏手長，拿著冊子不讓她碰到，禾晏只得跳起來生撲，冷不防腳絆到床沿，直往榻上倒，肖珏見狀，將她往身前一拉，二人直直倒了下去。

床榻發出一聲驚天動地的巨響。

禾晏扭頭一看，還好還好，沒塌，很結實。

她望著那本被自己抓住的冊子，心中大鬆了口氣。

下一刻，外頭傳來熱鬧的聲音，依稀是程鯉素的叫聲。

「哇！動靜也太大了，我舅舅果真厲害！」

緊接著，是赤烏的聲音：「誰把程小公子放進來的？快把他帶出去！」

「我不要！我還要再待一會兒！放開我——」

似乎是程鯉素被人架走了，門外漸漸恢復平靜。

禾晏呆了片刻，回過神來，她趴在肖玨身上，手裡還緊攥著冊子，腦袋正貼著肖玨胸前，能感到他胸腔微微的震動，像是在低笑。

他……在笑？

禾晏猛地撐起半個身子，看著底下的肖玨。

他抬了抬眼，懶洋洋地開口：「禾將軍厲害。」

「那是……自然。」禾晏看得有點晃神，「我可不是當年賢昌館倒數第一了。」

「嗯，」他幽深黑眸裡，似藏有淺淡笑意，將雙手枕於腦後，「禾將軍女中豪傑，戰無不勝，在下甘拜下風。」

「你這話說的很沒有誠意，」禾晏作勢凶他：「既然我贏了，是不是要有獎勵？」

肖玨聲調微揚：「妳想要什麼獎勵？」

禾晏正在思忖，冷不防一陣天旋地轉，她同肖玨的位置已然掉了個個兒，她在下，肖玨在上，這人的眉眼在滿室燈火中，如窗間美夢，身上的馥鬱的酒香和他衣裳中的月麟香氣混在一起，令人心醉。

「這個獎勵如何？」

腰帶，被慢慢抽出。

禾晏緊張到聲音發顫，手指碰到方才被她搶到的戰利品，她問：「肖玨，你要不要……先看看……」

「不必。」

有人低笑一聲，幔帳瞬間滑下，遮蔽了帳裡良宵。

「禾將軍可能不知道，男人對這種事，都是無師自通。」

月如銀，星似雨，紅燭淚盡處，歲歲春風。

第九十六章　獨寵

日頭從窗外照了進來，桌上的紅燭已經燃盡，只留下一點紅色的燭油，如綻開的小花。一隻手從帳幔裡伸了出來。

禾晏揉了揉眼睛，扶著腰坐了起來。

這糊里糊塗的一夜……也是……赤壁鏖兵的一夜。倘若要回憶……罷了，還是不要回憶了。

她心想，原先開頭說的那句「為所欲為」，沒料到最後是用在自己身上了。她得到什麼獎勵嗎？沒有，眼下看來，最大的贏家，分明是肖玨。

禾晏側頭去看身邊，身側空空的，並無人在，她愣了一下，再看看外頭，怕是已經遲了，昨夜後來沐浴過後，她乏的厲害，倒頭就睡，此刻看看日頭，估摸著不早。

正想著，門開了，有人從外面走了進來。禾晏抬頭看去，就見肖玨走了進來，白果手裡抱著個食籃，跟在後面，進了屋，一碟一碟的將籃子裡的碗盤往桌上擺。

「醒了？」肖玨見她坐起身，走過來問。

禾晏輕咳一聲，點了點頭。

「梳洗之後，可以用飯了。」他頓了一下，遲疑地問：「可還好？」

禾晏臉一紅，下意識去看白果，白果小丫頭已經放好飯菜，一溜煙又跑了。她看向面前的人，這人跟採陰補陽過了一般，一夜過去，看起來神清氣爽，沒有任何不適。她咬牙道：「好得很，肖都督功夫已有大成，罕有敵手，我算是領教了。」

肖玨嘴角一勾，慢悠悠道：「禾將軍也不錯，昨夜還放出狠話，來日再戰八百回合……」

禾晏：？

這是什麼虎狼之詞，她何時說過！

禾晏忙不迭的去捂他的嘴：「等等！你不要胡亂說話。」

「禾將軍，」他微微湊近，黑眸藏著笑意，「說過的話才一夜，就不認帳了？」

距離太近，令人心慌，禾晏一掀被褥，穿上鞋就跑，含糊道：「……我去梳洗了！青梅呢？青梅——」

青梅被叫了進來，禾晏漱口洗臉過後，青梅來為她挽髮，邊挽邊道：「姑娘……哦，現在該叫少夫人了，少夫人，少爺對您可真好。」

禾晏心不在焉的「哦」了一聲。

「今日一大早就起了，」青梅道：「去廚房叫人給您做了飯菜，奴婢本來想叫您的，少爺不讓，說讓您多睡會兒。」

禾晏點頭，一抬眼看見青梅笑得見牙不見眼的，納悶道：「妳怎麼高興成這樣？」

「二少爺對少夫人好，奴婢當然高興了。」青梅跟撿了錢一般，「回頭奴婢就告訴老爺和少爺，他們可以放心了！」

禾晏：「……」

待她梳洗過後，換了一身海棠紅色的窄袖長裙，青梅頭梳的好，婦人的髮髻梳起來並不顯得老氣，反倒乾淨清新了許多。

禾晏將肖玨給她的蛇紋黑玉繫在腰間，抬腳去了小廳。

桌前，白果送來的飯菜擺得滿滿當當。他們二人吃飯的時候，都不喜人在旁伺候，青梅就退下了。禾晏坐在桌前，分給肖玨一雙筷子，感嘆道：「肖玨，你們家的早點豐盛的有點過分了。」

且全是她愛吃的，雖然她也不怎麼挑食。

肖玨扯了下嘴角：「一頓飯就將妳收買了？」

「那你就不懂了，」禾晏振振有詞，「我們普通人家不講究虛的，嫁衣嫁漢，穿衣吃飯，吃什麼當然很重要。」

他笑了一聲：「妳倒是好養活。」

禾晏抓起一個梅花包子，邊吃邊朝他笑，倏而又想到什麼，臉色微變，道：「糟糕，今日早晨不是要去跟大哥大嫂敬茶的？」

原本是新婦向公婆敬茶，只是如今肖仲武夫婦已經不在人世，但按理，也該同肖璟和白容微敬茶。

「無礙，我已經同他們說過，吃完再去。」

「哎？」禾晏望向她，「這樣是不是不守規矩？」

「什麼規矩，」這人說得雲淡風輕，「肖家沒什麼規矩，盡可隨意。」

禾晏一怔，且不說從前在那個「禾家」了，後來她嫁到許家，眼睛未盲之前，日日晨昏定省必不可少。因她做女子的時間短，又在行伍中待了多年，許多規矩不甚清楚，時常鬧出笑話，那時候，對於「規矩」二字，每每想起來就覺得頭痛厭煩。

如今卻有人對她說「盡可隨意」。

她偷偷睨對面的人一眼，肖珏察覺到她的目光，問：「怎麼了？」

「肖珏，」禾晏認真道：「朔京城裡，如你這般做人夫君的，應當是頭一個，實在是面面俱到，無微不至。」

肖珏嘴角一翹，語調平淡地開口：「當然。畢竟妳夫君對妳在花燈節上一見鍾情，第二日就上門提親，非妳不娶，如果妳不答應出嫁，就要跳河自盡。」

禾晏：「……嗯？」

他繼續漫不經心地說道：「我們禾將軍馭兵之術爐火純青，馭夫之術也登峰造極。」

禾晏聽著耳熟，這才想起，這不是她在濟陽的時候對著凌繡一干姑娘們隨口胡謅的麼？沒想到肖珏居然還記著？

當時胡言亂語，沒想到如今肖珏還真的成了她的夫君，只是這話現在聽起來，未免有些不要臉了。

禾晏端起甜漿裝模作樣地喝了一口，岔開話頭：「那個……肖家真的沒有規矩麼？隨便怎麼樣都行？」

肖珏掃了她一眼：「紅杏出牆不行，夜會男子也不行。」

禾晏：「……」

她不怕死的追問：「那要是破了這兩樣會怎麼樣？」

肖珏眼睛微瞇，淡淡開口：「打斷腿，關起來。」

禾晏：「……」

過了半晌，她道：「肖珏，你好凶啊。」

這人望著她，目露警告，「不錯。」

用過早點後，禾晏同肖珏去敬茶。

先前在肖府已經住過一段日子，禾晏同肖璟夫婦不算陌生。喝過茶，白容微拿出一個小匣子，遞給禾晏，笑道：「這是原先懷瑾還未成親時，我和他大哥準備的，今日總算能送出去了。」

禾晏笑著道過謝。

白容微又看向他們二人，越看心中越是歡喜，要知道肖珏剛被文宣帝賜婚時，但凡女眷聚會，白容微都能聽到許多人背地裡說，好端端的肖二公子，怎麼就找了一個粗鄙的武女，聽得多了，白容微心中不悅，後來再有帖子，就推說身體不適不去了。眼下他們二人走在一起，如一雙璧人，況且誰說女子就要溫婉知禮，她見禾晏性情活潑，肖珏這些日子，神情都生動了許多。

又拉著禾晏說了好一會兒話，直到肖璟叫她該休息了，白容微有了身孕後，肖璟時時不敢大意。

禾晏捧著匣子與肖珏出了門，往自己院子走，走到一半，終於忍不住先打開匣子一點，往裡瞧，就見匣子裡是三支白玉做的髮梳，從大到小，玲瓏剔透。

「結髮……」她一怔。

肖珏側頭看她：「不喜歡？」

「沒有。」禾晏把匣子一合，抱在懷裡，「非常喜歡。」

這比金玉寶石一類，更顯珍貴。

因著成親，這兩日文宣帝允了假，肖珏可以在府上多待一日，今日就算是沒什麼事了。禾晏與他剛走回院子門口，就看見青梅和白果蹲在地上，面前是堆成小山般的繫著紅綢的賀禮。

「少夫人來啦？」白果笑咪咪地站起身，「奴婢們正在將昨日收到的賀禮盤出來。少夫人要不要看看？」

禾晏見那些個賀禮堆滿了半個院子，不由得咋舌，忍不住問肖珏：「不是說你不近人情，在朔京城人緣不佳，怎生還有這麼多的賀禮？昨日究竟是來了多少人？」

肖珏不說話，唇角微勾，看著似有得色。

「我先去瞧瞧有什麼好東西。」禾晏說著，走到青梅身邊。原先做「禾如非」時，皇上的賞賜極多，不過都還沒捂熱，就抬到禾家的庫房裡了。後來又做了「禾大小姐」，家裡窮的叮噹響，這般坐擁金山的豐收喜悅，的確是許久未見。

青梅很興奮，還是第一次看見這麼多好東西，不住地將自己的發現與禾晏分享。

「少夫人，妳看這個，這個花盆是用琉璃做的哎！」

「這個人參一看就很貴！」

「還有這尊花瓶，奴婢還是第一次看見這樣的花瓶，這個寶石是真的嗎？」

小丫頭嘰嘰喳喳說個不停，禾晏跟著翻了幾下，竟被她翻到熟人送的東西。

是濟陽城的穆紅錦和崔越之所送，是一整副珍珠頭面，濟陽靠水，盛產明珠。珍珠粒粒飽滿豐潤，璀璨奪目。一打開箱子，差點晃花了人的眼睛，崔越之財大氣粗，穆紅錦又霸道大方，送這樣的重禮的確很符合他們的手筆，就是禾晏瞧著，有生之年，她應當不會戴著這副頭面出門了。戴出去，就是明晃晃的將銀票頂在頭上，這不是招人來搶麼？實在是很招搖。

她又往下翻了翻，翻出一小壇酒，是金陵城的花遊仙和採蓮所贈，是當初他們嘗過的碧芳酒。只是這壇碧芳酒，是陳年佳釀，已經放了七年了，若非此次肖玨與禾晏大喜，花遊仙原是捨不得拿出來的。

禾晏將這一小壇碧芳酒放在身側，聽見青梅道：「少夫人，妳看這個！」

禾晏側過去一看，愣了一下。

這是一幅極長的刺繡，有半人來高，上頭繡著並蒂蓮下，鴛鴦一雙。繡工格外勻整，色彩華美明麗。這樣一幅刺繡，繡下來，絕不是一件容易事，只怕許多繡娘一起白日黑夜趕工，也要月餘才勉強。

這刺繡卷軸邊，還有一封信。禾晏拆開信來看，原來這幅刺繡是從潤都送來的，繡這並蒂鴛鴦圖的，正是當初被禾晏從李匡手下救回來的那些俘虜女子。潤都才打過仗不久，城中一片蕭條，是潤都知縣趙世明找了絲線，請那些女人們縫製，好做肖玨與禾晏的新婚賀禮。

看樣子，那些女人過得還不錯。

禾晏也替她們高興，將信收起來，囑咐青梅將這幾樣她特地挑出來的搬到自己屋裡去。才站起身走到肖玨身邊。

肖玨待她走近，微微揚眉：「可還滿意？」

禾晏搖頭。

「哪裡不滿意？」

「肖都督，人人都送賀禮，你怎麼不送我？」禾晏故意道。

她這本來是隨口玩笑，不曾想此話一出，肖玨不疾不徐地開口：「妳怎麼知道，我沒有賀禮。」

禾晏愣了一下，試探地問，「你不會真的準備了賀禮吧？」

肖玨抱胸看著她。

禾晏呆了呆，「你不是送過聘禮了嗎？還給了你的傳家寶黑玉，這都不夠，是還要送什麼？」

她心裡有點慌，難道有生之年，這紅顏禍水的名頭還真要戴在她腦袋上取都取不掉？蒼天大地，她可什麼都沒做！

肖玨見她如此，扯了下嘴角，往另一頭走去，禾晏急忙跟上，「肖玨，你到底要送我什麼？」

正走著，陡然間腳下被什麼東西攔住，禾晏低頭一看，一隻黃犬正咬著她鞋面上的花珠。

「二毛？」

之前夜探禾府過後，禾晏將逃出來的二毛暫且託付給肖玨。沒想到如今二毛在肖家才待了沒多久，已經圓了一圈，腦袋上的一撮毛不知道被誰用紅繩紮了個啾啾，格外喜慶，同從前判若兩狗，禾晏差點沒認出來。

二毛見禾晏低頭看自己，興奮地朝她叫了兩聲，可惜沒聲音。又撲到院子裡打了滾兒，開始咬著尾巴轉圈圈。

禾晏無言片刻，這狗還真不拿自己當外人，這麼快就習慣了，不過可見在這裡生活的很滿意。想來再過不久，就可以跟那隻叫「湯圓」的豬媲美。

「妳父親和弟弟住的新宅，已經找到了。」身側傳來肖玨的聲音。

禾晏回頭：「林雙鶴不是說，還要過幾日麼？」

「他忙得很，哪裡顧得上幫妳的忙。」肖玨淡道：「我已經讓人幫忙搬家，應當這兩日就可以住進去。」

「哎？這麼快？是在什麼地方？」

「離肖家一條街的距離。」

禾晏一把抓住他的袖子：「等一下，你說，離肖家一條街的距離？」

肖珏垂眸看向她，「不喜歡？」

「不是不喜歡，就是……」禾晏腦子一時有點亂。

「離肖家近，妳日後可以隨時回去，爹和雲生想要過來看妳，也很方便。」肖珏蹙眉：「妳好似並不滿意。」

禾晏望著他，一時沒有說話。

出嫁的姑娘隔三差五往娘家跑，傳到外頭是要被人說閒話的。她前生嫁到許家時，從出嫁到最後溺死，統共只有回門的時候回去過一次。不過，她前生也沒有什麼理由回去就是了。

禾晏確實沒想到，肖珏竟然乾脆將宅子買到肖家對面，這舉動要是傳出去，不知道外頭人會如何說他。如那些嘴碎的閒人，說不準會將所有的過錯都推到禾晏身上，這不懂規矩、離經叛道的新婦之名大抵是要落在自己身上了，不過，禾晏竟然一點都不生氣。

甚至還很高興。

「妳若不喜歡……」

「我很喜歡！」她脆生生地道。

「妳的表情似乎並不這樣想。」肖珏有些懷疑地看著她。

禾晏抓著他袖子的手順勢挽住他的胳膊：「肖珏，我好感動。」

「你將我爹、我弟弟，甚至我的狗都照顧的這樣好，老天爺莫不是看我上輩子過的太慘了，這輩子把你送到我身邊。」

肖珏無言半晌，道：「所以照顧妳的狗就能讓妳感動是嗎？」

「話也不能這麼說，」禾晏望著在院子裡撒歡的二毛，心中一時感慨萬千，「不過我從前真是做夢也沒想到，你居然是這麼好說話的人。」

世人傳言多不可信，所謂的不近人情、心狠手辣，全都是以訛傳訛，她前生小心翼翼做人妻子，旁人都告訴她，要為女孝，為妻賢，為母娘。要清閒貞靜，守節整齊，行己有恥，動靜有法。要恭順柔和，去妒寬容，要敬身重義，賢智婉娩……她不知道第一個為女子套上這些枷鎖的人究竟是誰，但這婦容婦德，似乎已經傳了千百年，以至於人人都認為這一切理所當然。

人人都是如此。

但肖玨將這枷鎖打開了。她不知道，做人妻子還可以做成這樣，自由自在，暢快飛揚。

肖玨姿態挺拔，聞言，另一隻手將禾晏挽著他的手落下，又用自己的手心覆了上去。

十指相扣的瞬間，像是一小朵雪花停在心上，飛快的掠過，留下蜻蜓點水般的癢。

「不必感動，」他淡淡開口，「畢竟妳不開心的時候，妳的夫君還會將他會的技藝用來討妳歡心。」

禾晏：「……」

「眼裡容不下別人，獨寵妳一人。」

禾晏：「……」

她這回是確定了，肖玨果然是賢昌館第一，不過在濟陽說了一次，她自己都忘了，肖玨居然還能記得一字不差。

她反扣住肖玨的手，像是要這樣一直與他天荒地老的牽手下去，笑咪咪地回道：「那沒辦法，烈女怕纏郎嘛。」

朔京城這個新春，於肖家來說是雙喜臨門，對某些人家來說，猶如雪上加霜。

太子府上，廣延坐在書房中，滿臉焦躁。

徐敬甫倒後，雖然一部分徐黨投奔了楚昭，但文宣帝這一場清算來勢洶洶，也折損他不少人馬。這麼多年，他自己無甚本領，全憑著張皇后娘家以及徐相的人脈，方能坐穩這個太子之位。走到棄車保帥的這一步，雖然是他自己做的決定，可真做完決定之後，廣延又有些後悔起來。

廣朔這些日子，在文宣帝面前出現的很勤快，朝中大小事務也開始插手。張皇后囑咐他越是在這個時候越不能輕舉妄動，他過去和徐敬甫走得近，只怕文宣帝心中對他生了不喜，風頭未過去之前，最好都在府上安分守己。

廣延嘴裡應著，心裡更加著急。如果老四趁著他不在的機會在文宣帝面前花言巧語……誰知道日後會如何？眼下肖懷瑾勢力越見豐滿，他豈能在這個時候落於人後？

正想著，外頭下人來報：「殿下，外頭有人求見。」

廣延道：「進來。」

來人穿著下人的衣服，看起來很不起眼，但當抬起頭來時，還是能看出與魏人形貌稍有不同。

這是一個烏托人。

「殿下，奴才奉瑪寧布大人之命，給殿下傳話來了。」

「瑪寧布？」廣延眼睛一瞇，招呼殿中其他人退下，才看向這人：「你們的使者大人，還活著啊？」

天星臺後，文宣帝讓人將烏托來的使者全部軟禁起來，到現在也沒說怎麼處理。廣延曾試圖讓人給瑪寧布傳話，不過守得太嚴，一直沒找到機會。沒料到如今瑪寧布的人自己上門來了。

像是怕廣延不肯相信自己，這下人上前，給廣延看了袖中的印信一眼。

「如果你是想讓我救你們的大人出來，就回去吧。」廣延不耐煩地開口，「父皇正在氣頭上，本宮不想火上澆油。」

「殿下這段日子不曾上朝，恐怕不知，四皇子近來很得陛下歡心，朝中臣子們，亦有擁護之意。」

不說此話還好，一說此話，廣延的臉色就難看了幾分，他冷笑道：「本宮難道不知道嗎？」

「蘭貴妃日日侍疾，」下人低聲道：「瑪寧布大人要奴才問殿下，難道就要這樣坐以待斃？」

「啪」的一聲，太子將面前的茶盞猛地砸到牆上，「你閉嘴！」

他怒火沖天，文宣帝偏寵蘭貴妃，早已不是一日兩日。廣延心中清楚，倘若自己不是嫡長子，倘若文宣帝不是顧忌著天下眾口，只怕早已立廣朔為太子，就是因為廣朔是蘭貴妃的兒子，那個賤人！

「當斷不斷，反受其亂，殿下。」

廣延看向來人：「你這話是什麼意思？」

下人謙卑的低下頭去，「瑪寧布大人要奴才轉告殿下，皇上年事已高，如今四皇子又蠢蠢欲動，原本不出此事，大魏九五之尊的位子，必然已在殿下囊中。而今徐相已倒，肖懷瑾羽翼已豐，倘若肖懷瑾投靠了四皇子……」

廣延心中狠狠一跳，這正是他最擔心的事。

從前肖仲武就看他不順眼，時常找他的麻煩，好不容易肖仲武死了，又來個他的兒子！可現在的肖懷瑾，甚至比當時的肖仲武還要可怕，徐敬甫當初未能將肖懷瑾斬草除根，如今養出了這樣一個禍患！

「殿下何不……快刀斬亂麻呢？」

「放肆！」廣延脫口而出，心中既驚又怒，「你膽敢在本宮面前大放厥詞！」

「殿下饒命，」下人伏下身去，「成大事者不拘小節，對別人仁慈就是對自己殘忍。否則以殿下之仁慈，恐會被四皇子鑽了空子。但如今，」下人的聲音裡像是含著蠱惑，「若陛下宮車晏駕，您就是名正言順的天子！」

名正言順的天子！

廣延：「你閉嘴！」

猶如打開了妖精蠱惑人心的魔盒，原先並沒有動過的念頭，如今被人輕輕一勾，便不可抑制的浮上心頭。

他明白瑪寧布說的是什麼意思，但他過去與廣朔暗鬥，卻從未想過弒父。文宣帝雖然偏疼廣朔，但待他，其實也還行。雖然縱觀前朝，皇宮之中父子相殘，兄弟相殘的事不在少數，但廣延認為，自己完全不必做到這一步。

文宣帝子嗣不多，大魏歷來最重規矩，只要時間到了，文宣帝自然會將皇位傳於自己。張皇后與廣延都是這般想的，只是一年復一年，一日復一日，這等待好似沒有盡頭，文宣帝像是在刻意避開什麼似的，等來等去，不僅沒有等到那道聖旨，還等來了廣朔的漸漸崛起。

這幾年，他與烏托人暗中私聯，不就是因為心中越來越沒有底氣嗎？如果文宣帝老老實實按部就班，他何至於此？到了現在，自己多處掣肘，在這場爭奪皇位的戰爭裡，不知不覺由得勝者變成落於下風。

如果再由廣朔這樣下去……

他的心頭被惡念狠狠撥動了一下，倒不如一不做二不休……

跪倒在地的下人，將太子臉上的神情變化盡收眼底，好心勸道：「殿下，大人的話，奴才已經全都帶到了。殿下不妨好好考慮考慮，只要坐到那個位子，如今所做的一切都是值得的。古往今來，成大事者，哪個路上沒有流過血？」

「殿下，請三思！」

廣延被他幾句話挑撥得心浮氣躁，斥道：「行了，本宮知道了！滾出去吧！」下人又如來的時候那般，悄無聲息地退了出去。廣延看著濺了一地的茶盞碎片，一絲陰霾漸漸爬上眸中。

過了片刻，他像是被驚醒，匆匆離開了殿中。

廣延走後，太子府的婢女進來將地上的殘跡收拾乾淨，從殿後走出一名美貌婢子，柔聲笑道：「我來就好了。」

「應香姑娘。」婢女不敢同她爭搶，誰都知道如今太子府上最得寵的，就是這位叫應香的婢子。太子還曾為她與太子妃爭吵，不過應香性情柔順，從不給下人臉色，與其他婢子相處的也不錯。

應香半跪下身子，將地上的碎片輕輕拾起，她神情一如既往的溫和，垂下來的長睫掩住眸中異樣情緒。

瑪寧布的人竟然慫恿太子弒君？

這個關頭……可不是好時候。

夜裡的楚家，安靜的過分。

自打徐相倒臺後，原先懼怕楚昭的楚家三個嫡子，又漸漸囂張起來。楚昭既沒有徐敬甫在背後撐腰，縱然如今在朝為官，可誰知道長久的了幾時？指不定哪一日文宣帝將對徐敬甫的怨氣怪責在楚昭身上，誰也說不準。

楚夫人見著楚昭，偶爾冷嘲熱諷幾句。至於楚臨風，他幾乎不怎麼見楚昭了，同出事前對楚昭的熱絡關懷判若兩人。

楚昭自己倒不受這些事影響，仍舊是每日該做什麼就做什麼。他胸前的傷口還未全好，在府中養病，同同僚見的極少，十分巧妙地避過了這個風口浪尖的時候。

心腹走了進來，從懷中掏出一封信呈上，「四公子，應香姑娘又來消息了。」

楚昭接過信，打開來看，先前還好，看到最後，神情微變。

片刻後，他將信紙丟進燃燒的暖爐之中，手指輕輕按著眉心，似是極為頭痛。

「四公子？」心腹小心翼翼地問。

楚昭擺了擺手，沒有說話。

他確實沒想到，廣延竟然會著急到如此地步，也沒想到，瑪寧布竟然在這個關頭還不忘挑撥。但凡廣延有一點腦子，都不至於被烏托人牽著鼻子走，可惜的是，這些年，如同文宣帝依賴徐敬甫一般，廣延也早已習慣將所有事都交給徐敬甫打理。徐敬甫一倒，他就沒了主張。

「四公子，」心腹瞧著他的臉色，思慮良久，終於忍不住開口：「四公子既有大才，如今相爺也不在了，太子殿下衝動魯莽，四皇子卻懂得韜光養晦，朝中局勢已不同往日，良禽擇木而棲，太子殿下無能，公子何不追隨四殿下……」

這話大逆不道，不過楚昭待下人一向很好，因此，手下人總是比別的心腹膽大幾分。

聞言，楚昭鬆開手，看向桌上的油燈。

油燈的火苗被窗隙透進的冷風吹得微微晃動，他道：「如果沒有肖懷瑾的話，當然可以，只是如今，就算是看在肖懷瑾的份上，四皇子也不會用我。」

一個徐敬甫剩下的餘黨，就算去投誠，也比不上肖玨的分量。這個關頭，廣朔正是需要肖懷瑾的力量，而因肖仲武與徐敬甫不死不休的宿敵關係來看，廣朔絕不會放棄肖懷瑾而選擇自己。

「但這樣一條路走到黑的話……」

「不是我要一條路走到黑，」楚昭打斷他的話，「是我，從來就沒有第二條路可以走。」

或許這一點，在很多年前，當他第一次見到徐敬甫，拜倒在徐敬甫門下時，就註定了今日。

「那四公子，現在該怎麼辦？」

「我需要去太子府一趟。」他眉間閃過一絲鬱色。

雖然眼下看來，瑪寧布的話可能已經讓太子生出別的心思，他的話未必有用。但既已是一條船上的人，太子若出事，他也不可能安好。

只能盡力而為了。

坤寧宮中，張皇后靜靜坐在軟榻上，閉眼聽著琴師撫琴。

琴音清越安寧，能撫平人心中燥鬱。自打徐敬甫出事後，她夜裡時常失眠，每日能睡著的時間極少。一旦合眼，眼皮時常跳得厲害，像是在昭示著要發生什麼事似的。

文宣帝的身體越來越不好了，隔三差五不上朝，林清潭看了好幾回，只說好好調養身子就好了，可張皇后心中，總覺得不是那麼回事。她心裡也有些著急。

徐相倒了，這是所有人預料之外的事。雖然眾人心中都清楚，徐敬甫與肖玨之間，必然會有一場仗要打。但沒有人想到，肖玨在邊疆戰場用兵，在朝堂之中用術，證據一個接一個，直將對手釘死在囚板上。

徐敬甫的事究竟會不會連累廣延，張皇后心中也沒有底。

對於文宣帝這個丈夫，張皇后有時候覺得她能將對方看得一清二楚，有時候，又覺得自己好似從沒認識過他。

當初還是太子的文宣帝，不過依仗著自己是從先皇后肚子裡爬出來的嫡子，便得了儲君的位子，張皇后作為丞相家的女兒，嫁過去之前，也對自己的夫君有過諸多幻想。

可直到她成了太子妃，才發現自己的丈夫，只是一個每日醉心詩詞歌賦，縱情享樂的普通男人而已。既無志向，亦無政才，更無皇家人身上天生的霸氣。倘若褪去他的身分，他和街上那些尋常男人沒什麼不同。

張皇后是個有野心的女人，只是她的野心一直滿足的太過順遂。因她身為天子的丈夫過分平庸，以至於到了後來，她連在後宮中拈酸吃醋的興趣都沒了。

就如文宣帝平淡安穩的一生般，只要日後她的兒子廣延坐上皇位，她就是太后，從一個至尊的位子，落到另一個至尊的位子罷了。

張皇后一直都是這麼想的，直到蘭貴妃出現。

文宣帝極為寵愛蘭貴妃，本來帝王的寵愛，張皇后並不放在心上，宮裡每年新進的美人無數，她犯不著一個個去計較。可文宣帝對蘭貴妃的寵愛裡，竟然帶了幾分真心。

這就很礙眼了，尤其是在蘭貴妃也生下兒子的前提下。

這些年，張皇后不是沒有試圖剷除蘭貴妃母子，可這看似溫順不爭的女人，卻格外狡猾，每次都被她躲過一劫。廣朔竟然平平安安長到了成年，若不是廣朔自己識趣，一直避著太子的鋒芒，張皇后也不會善罷甘休。

只要不動搖廣延的地位，讓這對母子多活一段時間也無妨。她是這般想的，但這個微妙的平衡，在徐敬甫死後，瞬間被打破了。

張皇后嗅到一絲危險。

琴音突兀地劃破一個音，有宮女來報：「娘娘，太子殿下來了。」

張皇后睜開眼，廣延從外面走了進來。

「都下去吧。」她揮手道，琴師並著宮女一道退了下去，張皇后看著走近的廣延，沒忍住埋怨道：「不是都跟你說了，這段日子勿要進宮，省的招惹是非，你倒好，生怕還不夠亂似的，跑到本宮這裡來做什麼？」

「母后，」廣延有些焦躁地看向她，「您不讓兒臣進宮，兒臣怎麼知道，如今宮裡都快成了廣朔的天下了！」

「你在胡說什麼？誰告訴你的？」張皇后微微坐直身子，神情緊張。

「您別管誰告訴我的。」廣朔問：「父皇身子是不是不好了？母后，父皇難道沒有跟您透露過一絲半點儲君的消息？兒臣聽說廣朔日日都去父皇榻前說話，誰知道他是怎樣巧言令色！」他恨恨道：「要是哄得父皇暈頭轉向，那我豈不是功虧一簣！」

「閉嘴！」張皇后厲聲喝道，看了看周圍，見周圍並無下人在，才稍稍鬆了口氣，怒道：「你自己口無遮攔就罷了，不知道宮裡多少雙眼睛盯著。」

「母后，」廣延失望道：「我看蘭貴妃那個賤人已經等不及動手了，咱們還管那麼多做什麼！」

提到蘭貴妃，張皇后的神情也難看起來。她一生自負，自詡後宮中無人是她對手，就算文宣帝寵愛蘭貴妃，這些年蘭貴妃還不是在她面前夾著尾巴做人。可近日來的情況打破了她原先的想法，那個女人……那個女人豈是不爭，而是所圖極大！這些年在自己面前謹小慎微，原來都是裝模作樣，時機一到，就露出了真面目，可笑的是自己竟然被她騙了這麼多年！

見張皇后神情有變，廣朔焦躁的舔了舔嘴唇，突然湊近道：「母后，我不想再等下去了。」

張皇后回過神，看著他問：「你想幹什麼？」

「如今徐敬甫死了，父皇一定厭棄我了，加上蘭貴妃那個賤人不知道在父皇面前說了什麼……照這樣下去，父皇一定會改立廣朔為儲君……我不能讓這種事發生！」

「你想……」

「只要父皇現在沒了，」廣延眼裡閃過一絲瘋狂，「皇位本該是我的！」

張皇后下意識去捂他的嘴，「你可知道自己在說什麼？」

「我當然知道！」廣延低聲道：「母后，您想想，要是讓廣朔當了皇帝，我會是什麼下場？母后您又是什麼下場？父皇要是心中真的有我，早就將皇位傳給我了。他既對我無情，休怪我無義！大不了，我日後當了皇帝，年年給他多上幾炷香！」

張皇后又驚又怒，可不等她說話，廣延就雙腿一軟，跪在她跟前懇求：「母后，求您救救兒臣，助兒臣謀得大業！」

她神色不定，一時沒有說話，又過了許久，才嘆息一聲，道：「你容我再想想。」

可那目光，分明是妥協了。

年關一過，雖是新春，雪卻未停，下了一夜的雪，院子裡堆了一層白霜。

禾晏醒來的時候，肖玨又不在了。

說來也奇怪，她原先並不是個起懶的人，在涼州衛住大通鋪時，滿屋子的漢子，就她一個天不亮就醒。但不知是不適肖珏這床榻格外軟和溫暖，夜裡睡得香甜，早上起來都要起的晚些。還是因為肖珏起得實在是太早了，反正她一醒來，身邊就沒了人。

禾晏揉著眼睛坐起身，掀開被子下了床，簡單梳洗一番後，披著外裳打開門，一打開，就瞧見一道寒光。

肖珏正在院子裡練劍。

這人懂三天不練手生的道理，如今不在涼州衛，還是不曾放下日訓。禾晏索性倚著柱子看他，順便也瞧瞧這些年肖珏的劍術長在了何處。

早上冷，肖珏卻只穿了一件霜色素服，他穿深色衣裳時冷淡沉斂，穿淺色衣裳時，格外明麗風流，讓人想起當年賢昌館那位總是排行第一的美少年。

肖家的院子極大，除了靠著肖珏書房窗外的那棵石榴樹外，並無草木，空曠的地面很適合練劍，一劍掃去，院中積雪被劍氣帶得四處紛飛，飲秋劍劍身晶瑩，襯得人如在畫中，流光驚豔。

禾晏看著看著，也手癢起來。三兩步回到屋裡，抓起掛在牆上的青琅。

青琅自打從禾如非手裡拿回來後，她擦了許多次，但一次也沒用過，實在是沒什麼場合可以用到。畢竟朔京不是戰場，不能隨時拔劍與人較量。不過今日正好，反正肖珏也在練劍，不如就瞧瞧過了這麼長的日子，賢昌館第一與賢昌館倒數第一的差距，是否還是如從前一般不可逾越。

禾晏脫下披風，帶著青琅，輕笑一聲，走出門去，肖玨背對著她，她倏而拔劍朝肖玨身後刺去，嘴裡叫道：「肖玨，我來試一試你的劍！」

年輕男子猝然回頭，手中飲秋迎上青琅，發出清脆的一聲，下一刻，兩人各自後退幾步。

肖玨望著她，微微揚眉：「比劍？」

「不敢？」禾晏腳尖輕點，大笑著揮劍朝他衝過來。

「奉陪。」他的聲音也帶著一層暖意，在下過雪的清晨裡聽起來格外悅耳。

青梅抱著掃帚，一出來看見的就是兩人在院子裡練劍，一時看得呆住。她雖知禾晏厲害，但一直都是聽旁人說，自己並未親眼見過。如今見禾晏劍招流暢，又是驚嘆又是緊張，喃喃道：「少爺可要手下留情，我們少夫人身嬌體弱……」

飛奴正好從外頭走進來，聞言，忍不住看了禾晏一眼，禾晏正側頭避開肖玨的飲秋，一腳踢上院子裡的石榴樹幹，借力飛身回來，那一腳看似不經意，卻踢得整個樹幹微微顫動，雪簌簌落了一地。

他收回目光，實在沒有看出來「身嬌體弱」四個字從何說起。

禾晏扭頭看著肖玨。

同肖玨比劍，是一件非常暢快的事。

這人劍法當年就已經極好，如今過了多年，越發精湛，同禾晏的劍招，有一點若有若無的相似，畢竟她一開始的劍法，就是由肖玨指點，到如今，仍殘留些最初的影子。只是那個在月下竹林裡，總是不小心被劍鞘打到頭的笨蛋，如今長劍在手，如游龍飛燕，靈動無比，與青年你來我往，一時難以分出勝負。

「飛奴侍衛，」青梅看不明白，問身邊人：「少爺到底有沒有讓著少夫人啊？」

「不必讓。」飛奴心中微微驚訝，「少夫人的劍法很好。」

禾晏的劍法精妙，角度奇詭，柳不忘當初見她是女子，於劍招上多「變」，不拘泥形式，變化多端，青琅在手，如青色的雲霞，晃得人眼花繚亂。肖珏的劍招更「穩」，劍氣雄厚，遇強則強，被禾晏繞著，亦招招可破，飲秋泛起寒色，同地上的雪映在一起，如鏡如冰。

又交手了十幾招，禾晏忽然往後一退，低頭捂著胸口低呼一聲。

肖珏見狀，動作一頓，立刻收起長劍，上前扶住她道：「怎麼了？」

禾晏被他半摟著，突然抬起頭狡黠一笑，肖珏一怔，下一刻，她一掌拍來，肖珏伸手去擋，仍被她拍得往後倒退幾步。

「將智者，伐其情。事之以美人，佚其志，弱其體，乃可轉敗為勝。」女孩子手持長劍，洋洋得意道：「肖都督不行啊，連美人計都識不破。」

「美人計？」他緩緩反問，片刻後輕笑一聲，仗劍反撲而來。

禾晏提劍抵擋。

二人又拆了數十招。

肖珏一手禁錮住禾晏的胳膊，禾晏的手被他從身後制住，這人居然還有空在她耳邊揶揄道：「自言美人？妳倒是自信。」

「士可殺不可辱。」禾晏猛地回身，將手抽出，順勢壓劍向前，再反身提劍刺來。

青年眸光微動，突然收劍負於身後，直迎著對方的劍尖而立。他這劍收得猝不及防，禾晏手中的劍來勢洶洶，眼見著劍尖就要穿進他的胸膛，禾晏心中一急，用力將手中青琅撤回。只是劍氣往前，她被劍氣帶得也往前，避無可避，就這麼撲進肖玨的懷裡。

肖玨被迫將她抱了個滿懷。

「你幹什麼？」禾晏怒道。

肖玨不緊不慢地回道：「人不自害，受害必真。」他低頭看向禾晏，唇角微勾，「禾將軍不行啊，苦肉計都識不破。」

「苦肉計？」禾晏氣道：「你一個右軍都督，用苦肉計，覺得合適嗎？」

「兵不厭詐。」他氣定神閒。

禾晏感嘆：「太卑鄙了。」

面前的男人自上而下俯視著她，黑眸藏著幾絲笑意，禾晏看得一怔，見他慢慢俯身過來，愕然之下緊張地閉上眼。

下一刻，被抱著的胸腔傳來輕微的震動，她睜眼一看，肖玨忍笑盯著她，在離她一厘的地方停住，挑眉道：「美人計？」

禾晏頓時有種被罵色令智昏的羞恥感，一言不發扭頭就走，又被肖玨拽回來，輕輕在她額上吻了一下，「禾將軍厲害，我認輸。」

青梅：「……」

她猛地別過頭，拿手擋在眼前，低聲道：「……怎麼突然就……」

赤烏不知道什麼時候過來的，也不知在這裡看了多久，皺眉開口：「這哪是比劍，分明就是調情，少爺也真是……怎麼能如此對待飲秋？」

青梅聞言，才看到赤烏，一見到赤烏，便想起先前禾家大年夜時，禾晏同她說過的話來。頓時一言不發，抱著掃帚出去了，看也沒看赤烏一眼。

赤烏莫名其妙，問飛奴：「我沒有招惹她吧？她這是怎麼了？」

飛奴：「……」

他拍了拍赤烏的肩，沒說什麼，也跟著離開了。

這一日早上，太子府來了一名客人。

楚昭被迎進殿內時，應香正跪在地上為廣延斟茶。廣延見了楚昭，只瞥了他一眼，道：「你來做甚？」

對於楚昭，廣延並不討厭，但也談不上喜歡。原先有徐敬甫的時候還好，徐敬甫死後，廣延看楚昭，從前一些不喜就全都冒了出來。但要說楚昭哪裡得罪了他，也還好，想來想去，廣延只是不喜他那卑微低賤的出身，和生的過分俊美出色的外貌罷了。

「為殿下分憂。」

廣延哂笑道：「分憂？」他慢慢坐直身子，望著楚昭，「你現在去殺了廣朔那個蠢貨，就算是為本宮分憂了。」

廣朔近來都宿在宮裡，侍衛從不離身，廣延這話，都是氣話。

「殿下可是心急了？」楚昭並不惱怒，溫聲問道。

「楚子蘭！」太子不耐煩地揮袖，「徐敬甫死了，現在換成他的學生來教本宮怎麼做事了嗎？」

楚昭道：「臣只願殿下一切安好。」

「那你就不要廢話！」太子像是早已料到他要說什麼，目光沉沉地盯著他，「別忘了你的身分，楚子蘭。本宮真出了事，你也跑不了，別想著什麼全身而退，你現在要做的，是好好輔佐本宮成事，而不是在背後拖本宮後腿。至於那些說教，全都給本宮收起來，否則，徐敬甫的今日，就是你的明日！」

應香靜靜站在一邊，溫順地低著頭，只是仔細去看，能看見她微微發白的指尖。

「你回去吧。」廣延不耐煩地起身：「別在本宮面前晃悠，看得心煩！」

默了片刻，楚昭神情不變，微笑著起身行禮，「那麼，臣先告辭了。」

「等等。」廣延突然停下腳步，看了應香一眼，意味深長地開口，「應香，妳去送一送楚四公子。」

應香身子一僵，溫柔地應下：「是。」

她走到楚昭跟前，低聲開口：「走吧，四公子。」

二人一道出了殿外。

今日雖然有日頭，但還是很冷。腳踩在地上，印出薄薄的腳印。

「這幾日，瑪寧布的人是不是還有來？」楚昭輕聲開口。

「是。」應香回答，「昨夜太子從宮裡回來，那些人又來了一次。」

他們二人一前一後，有一步的距離，從旁側看上去，像是維持著客氣的分寸，並不是很熟的模樣。

「看來太子心中已經有了主意。」楚昭嘆息一聲。

應香看著前方，「四公子打算什麼辦？」

楚昭道：「盡力而為。」

「奴婢聽聞，之前四公子曾夜裡見過禾姑娘一次。」應香忽然換了話頭，「要知道，如今禾姑娘是肖都督的心上人，倘若四公子用禾姑娘來做餌，可以解決眼前的燃眉之急，也有了與肖都督做交易的本錢。四公子因何放棄？」

「沒有必要。」

應香停下腳步。

楚昭見她如此，回頭望著她。

「四公子曾與奴婢說過，禾姑娘會成為肖都督的軟肋。」身前的女子容色豔麗，一雙眼睛卻像是含了冰，既脆弱，又冷薄，她的聲音仍然柔和，說出的話卻犀利如劍，「但如今，公子錯了，她不是肖都督的軟肋，而是公子的軟肋。」

楚昭靜靜地看著她，過了一會兒，他看向前方，溫聲開口：「應香，妳在太子府過得可還好？」

應香一愣，眼中凝聚起的冷意，瞬間消散成煙，她的神情變得有些迷茫，又過了一會兒，才低下頭，道：「奴婢過得很好。」

楚昭笑了，「妳若過得好，就行了。」

他繼續往前走去，應香頓了頓，跟了上去。

馬車就停在太子府邸門口，楚昭回頭看她，「回去吧，出來太久，只怕殿下會心生不滿。」

應香揚起嘴角，朝他笑了笑，只是這笑意裡，帶著幾分悲哀。

楚昭起身上了馬車，馬車載著他漸漸遠去。

應香沒有立刻回去，只是站在門口，望著馬車遠去的方向，直到什麼都看不見，才慢慢回過身，一步步朝裡走。

殿中已經無人，伺候的婢子對她道：「應香姑娘，殿下讓您去寢殿。」

她身子微微一顫，嘴唇有些發白，頓了片刻，才提起裙角往寢殿的方向走去。

一到寢殿，就見太子廣延靠在軟榻上，見應香進來，廣延玩味地道：「怎麼去了這樣久？」

應香不動聲色地走過去，揚起笑臉，「久嗎？不過半柱香功夫罷了，殿下可不能這樣挑奴婢的毛病。」

她在廣延面前半跪下身，依偎在廣延膝頭，廣延過去極愛她這般伏在膝頭可憐可愛的模樣。只是今日，他的手撫過應香的髮間，語氣是令人心悸的柔和，像是風暴前醞釀的平靜，「半柱香的時間，做些事情也夠了？比如，將本宮這太子府上的大小事宜，一併報給楚子蘭聽？」

「殿下？」應香愕然地瞪大眼睛，「這是何意？」

那雙溫柔撫著她髮絲的手倏而收緊，勒住她的喉嚨。應香的脖頸生的纖細潔白，瞧著讓人心生憐愛，如今在這手掌之中，彷彿下一刻就要破碎，無力又淒豔。

「楚子蘭今日登門所謂何事，他又不是本宮肚子裡的蛔蟲，本宮想什麼他都知道？本宮昨日進宮，今日他就急匆匆的上門，應香啊應香，」廣延盯著她，惡狠狠道：「是本宮小瞧了妳！」

楚昭來得太過湊巧，當然，或許是因為，他太過心急想要阻止自己，反而暴露了。廣延過去就是一個多疑的人，之所以一直沒有懷疑過應香，是因為這女人的外表，實在很具欺騙性。她看起來和這府上為了爭寵而拼命討好自己的女人沒什麼不同。又因為是楚昭所送，身後並無人可仰仗，因此服侍自己格外盡心。

平心而論，廣延寵愛應香，也不是沒有理由。應香的容貌，就算是送到宮裡，能與之相較的也沒有幾人。只是如今一旦知道她在這太子府上，竟然暗中與楚子蘭傳遞消息，這點寵愛，就變成了被背叛的憤怒和羞辱！

「賤人！」他猛地鬆開手，一巴掌搧過去，搧得眼前女子跌倒在地，半晌沒有爬起來。

「本宮就說，妳生的如此貌美，本宮向他要妳，他也捨得送。這麼多年，他居然都沒有碰妳。」廣延面上浮起一抹下流的笑，「這楚子蘭所圖非小，這樣養著妳，不就是養一個工具，等時日到了，便將妳送出去賣做人情。只是應香啊，」他在應香面前緩緩蹲下身，扯著應香的頭髮迫使她抬頭看著自己，「難道本宮待妳不好嗎？既然入了本宮的府邸，怎麼還想著替他做事？妳是不是忘了，妳現在的主子是本宮，不是楚子蘭！」

應香抬頭看著他，她的臉上被方才廣延那一巴掌，打得紅印深深，嘴角流出一點血，脖頸上更是一道青痕。然而神情未見半分憤怒與害怕，仍是如往常一般溫柔地、深情地盯著廣延，低聲道：「奴婢是殿下的人。」

很難想像，一個生的如此千嬌百媚，豔光四射的女人，卻沒有同樣驕橫跋扈、肆意張揚的個性，反而像是無助的白兔，永遠楚楚可憐，低眉順眼。

廣延將手一鬆，她跌下去，又被一腳踹在心上。

「都這個時候了，還在本宮面前裝模作樣，妳倒是對楚子蘭忠心耿耿，情深義重。不過，他對妳，好像不如妳對他。」廣延站起身，聲音陰測測的，「妳說，本宮要是將妳殺了，他會不會為妳報仇？」

「奴婢……是殿下的人，死是殿下的鬼，與楚四公子沒有半分干係。」應香柔聲回答。

「說得好。」太子拊掌大悅：「這般會說話，也不怪本宮寵妳這樣長時間。」

「只是，賤人，妳要知道，」他眼中閃過一絲陰鷙，「本宮此生最恨的就是不忠。妳要與楚子蘭做一對姦夫淫婦，本宮不攔妳，不過，做了什麼事，就要付出什麼代價。」

他轉頭看向應香。

應香抬起頭，對上他陰鷙暴戾的目光，忍不住打了個冷顫。

「本宮不會殺妳，但也不會讓妳好過。」他道。

第九十七章　父子

立春後，朔京不再下雪，轉而細雨落個不停，綿綿密密像是沒有盡頭。皇宮之中，並無新的一年的歡喜生機，文宣帝病得愈發嚴重，宮人們神情沉沉，連帶著春雨，也染出一層鬱氣。

寢殿門被打開，四皇子廣朔從裡頭走了出來。

這些日子，他來看文宣帝來的很勤。文宣帝本就寵愛這個兒子，內侍見怪不怪，雖不敢明著議論，可宮人們私下裡卻暗暗思忖，雖然如今廣延為太子，可日後皇位究竟花落誰家，還真不好說。

寢殿裡，文宣帝躺在大上，望著龍榻上明黃色的帳幔出神。

近幾日，他讓蘭貴妃不必日日往這頭跑，倒不是別的，只怕落在外人眼中，傳些流言出去。人心難測，倘若是從前還無礙，只是如今他連上朝都困難，只怕不能如從前一般將蘭貴妃母子護的安好。

想到廣朔，文宣帝心中又是一聲嘆息。

廣朔極好，德才兼備，又孝順，拋開其他來說，倘若再多一分果斷與冷情，就是大魏難得的英明帝王。不過正是因為他的仁慈與心軟，才讓文宣帝對他另眼相待——因為這樣的廣朔，才像自己的兒子。

可惜的是，縱然如此，文宣帝也無法在這個關頭改立儲君，將皇位交到廣朔手上。一旦他這麼做，朝廷必然大亂，依照廣延的個性，只怕立刻會上演皇室子弟操戈相對，血濺大殿的一幕。

如若他正當壯年，就還能將這一切壓下去，但他已經老了，這麼些年，朝臣們追隨廣朔的追隨廣朔，追隨廣延的追隨廣延，人人都有自己的心思，他已經管不了這麼多，也根本控制不住。

可是……終究還是要做個了結。

門發出輕微的響動，文宣帝一怔，以為是宮人，緊接著，廣延的聲音響了起來：「父皇……睡著了嗎？」

來人竟是廣延。

他手裡提著一個紅木籃子，看見躺在榻上的文宣帝作勢要起身，連忙上前，扶文宣帝起來，靠在床頭上，又叫了一聲「父皇」。

「……你怎麼來了？」文宣帝問，一說話，便驚覺自己嗓子沙啞的出奇。

「聽聞父皇生病，兒臣心中惶恐……」廣延似是有些緊張，「思來想去，還是斗膽進宮來看看父皇，父皇龍體可康健？」

廣延自來跋扈囂張，還是第一次露出這等惶恐無助的神情，文宣帝看著他，忽而嘆了口氣。

自打徐敬甫出事後，廣延便不怎麼來宮裡了。文宣帝當然清楚，過去廣延同徐敬甫走得近，是怕自己被徐敬甫連累，刻意避開風頭。文宣帝心中亦對廣延惱怒，也的確因為徐敬甫的關係，看他格外厭惡。

但，廣延畢竟是他的兒子，而他的兒子並不多。

所以這就是廣延為何到現在，還安然無恙的原因。那是因為大理寺的人得了文宣帝的口諭，所有與徐敬甫相關的案子中，全都繞過了太子廣延。

見文宣帝一直盯著自己，不知道在想什麼。廣延有些不安，下意識去揭紅木籃，從裡面端出一小碗湯羹來。

「父皇，這是兒臣去御膳房令人熬的參湯。」廣延惴惴開口，「父皇喝一點吧。」

文宣帝看著他，不知為何，忽然想起廣延小的時候，廣朔還沒有出生，他只有廣延這麼一個嫡長子，也真心的愛護過。那時廣延才四歲，不如現在這般暴虐無情，還是個只有丁點高的小孩子。

張皇后給了廣延一碗甜湯，廣延捨不得吃，巴巴的從坤寧宮抱著碗一路跑到御書房，身後追來的乳母惶恐下跪求饒，文宣帝將廣延抱在膝頭，笑問：「你端著這碗來找朕做什麼？」

「父皇，」小孩子話都說不太清楚，有些含糊，將碗費力的往他嘴邊舉，「這個好喝，父皇喝一點吧！」

文宣帝聞言，開懷大笑，「難為你小小年紀，還事事都想著朕，也算沒白疼你這小子！」

那碗甜羹究竟是何滋味，文宣帝已經忘了，笑聲似乎還在昨日，但一轉眼，廣延就長得這樣大，同從前那個會捧著碗來伏在他膝頭撒嬌的小孩子再也沒有相似之處。他亦是迷惘，這麼多年，究竟是哪裡做錯了，才會造成今日的局面？

文宣帝倏而深深吸了口氣，問：「廣延，徐敬甫一事，你可有何要說的？」

這一碗參湯，他到底還是心軟了，他仍想給廣延一個機會。

廣延心中一跳，不知文宣帝突然問此話作何意義，只道：「沒想到徐敬甫身為丞相，竟然通敵叛國……這麼多年，父皇對他信任有加，他居然有謀逆之心，此罪當誅！」

文宣帝瞧見他目光中的閃躲，微不可見地嘆了口氣，搖頭道：「朕少時讀書，書言人主治臣，如獵師治鷹，取其向背，制在饑飽。不可使長飽，也不可使長饑。饑則力不足，飽則背人飛。朝中如徐敬甫一類的老臣，恰似飽腹之鷹，厚顏無恥，尸位素餐，又安於富貴，朕賞之而不喜，罰之則不懼，不可為大魏趨使於無前。」

廣延心不在焉地聽著，目光落在那碗參湯之上，嘴上道：「兒臣謹遵父皇教誨。那徐敬甫著實可惡，兒臣都被他騙了，也怪兒臣，如若能早些發現徐敬甫的不臣之心，就不會讓那些烏托人得逞。」

文宣帝深深地看著他，「廣延，罪己不如正己。」

帝王原本有些渾濁的眼光，到了此刻，竟然格外清明，像是能看清人的靈魂。廣延猛地低頭，將那碗參湯端起來，送到文宣帝面前，笑道：「父皇說了這麼多，一定累了。參湯再不喝就涼了，還是先喝完參湯再說。」

文宣帝見他神情殷切，不如過去那般輕狂，還以為徐敬甫的事終是讓廣延有了一點長進，便點了點頭。

廣延坐到文宣帝身邊，將碗端起，用銀勺舀了一點，湊到文宣帝嘴邊。

文宣帝一怔，「不試湯嗎？」

「試湯？」廣延望向他。

「你或許是，許久沒有服侍朕用湯了，連試湯的規矩都不知道。」文宣帝雖然如此說，語氣卻還是寬容，「老四日日來送湯，都要先試過的。」

廣延面上有一瞬間慌亂。

他的確許久未曾服侍文宣帝了，是以，不知道如今文宣帝病成如此模樣，居然還記得要試毒。更沒有想到，就算是廣朔送來的吃食，亦不得文宣帝信任。

可這參湯……

他手指微微顫抖。

文宣帝本來只是玩笑之言，宮裡規矩雖然多，但偶爾也不會事事瑾守。他本想說算了，可一抬眼，看見的是廣延微微發白的臉色，和端著湯碗用力的泛白的手指。

人在某些時候，是會有直覺的。

那碗參湯熬得熱騰騰的，眼下放了一會兒，溫熱的剛好，可以聞到淡淡的香氣。但眼前人的模樣，未免太過緊張。

帝王的目光瞬間變得深幽，他慢慢開口，語氣莫測，「廣延，你先喝一口。」

「父皇……這裡沒有別的銀勺……」

「無礙，朕可以再去令人取，現在，你先試湯。」

在這樣的情況下，廣延避無可避，只得端起湯來，用銀勺舀了一勺，慢吞吞地遞到嘴邊，又遲遲不肯去碰。

文宣帝看著，一顆心就沉了下去。

過去他雖然知道廣延暴虐無道，但從來不敢對自己做什麼。又是自己至親的骨肉，對廣延在外的德行睜一隻眼閉一隻眼，此次就算徐敬甫出事，文宣帝仍舊想要保著他。哪怕是在剛才，遞上這碗湯之前，文宣帝還想著，給廣延一個機會，不到最後一刻，改立儲君一事，都不可輕易提起。

但他萬萬沒料到，廣延竟然會做出殺父弒君之事。

「你怎麼不喝？」他沉聲開口，望著這個陌生的兒子。

廣延咬了咬牙，就要低頭去喝勺中的參湯，卻在最後一刻，如摸到烙鐵般的猛地將手中湯碗甩開，一下子站起身來。

湯碗掉到榻前的絨毯之上，無聲的潑灑了一片。廣延猛地回過神，才知道自己方才的動作有多愚蠢，他顫抖著望向榻上的父親。

文宣帝看著他的目光，失望、痛心，還有幾分從未有過的冰冷。

「朕不知道，」帝王一字一頓地開口，「你今日前來的目的，原來是想要朕的命。」

「不，我沒有——」廣延下意識否認，「我沒有這麼做！」

「朕只要找太醫來驗，立即就知道是不是。」文宣帝神情冷漠，起身要下榻，喊道：「來人——」

「父皇！」廣延撲過去，捂住他的嘴，緊張道：「兒臣沒有！」

文宣帝這些日子，本就身體不好，被他這麼一撲，直接仰躺在榻上，廣延順勢騎坐上去，他瞥見榻上的棉枕，想也不想的一把抓起，死死捂住文宣帝的口鼻，心中只有一個念頭：不能讓文宣帝說出去！

身下的人拼命掙扎，可一個年邁的病體，如何與正值壯年的人相比。他掙扎的越是厲害，廣延的神情就越是猙獰。他幾乎將整個身體的重量都壓在文宣帝身上，死死按著那棉枕，如按著一尾瀕死的魚，嘴裡短促地道：「別喊，都說了叫你別喊！」

從水澤拋到沙漠的魚，拼命擺動身體渴望獲得一線生機，鱗片被甩得飛濺，直到烈日烤乾魚目，澈底沒了生機。

不知過了多久，身下的掙扎漸漸停了下來，廣延滿頭大汗，猛地鬆開手，揭開棉枕。文宣帝仰躺著，面目青紫，瞳孔散大，在寢殿暗色的燈火下，一眼望過去形如惡鬼。

廣延嚇了一跳，從榻上跌坐在地，忍不住往後退了兩步，過了好半天，才回過神，明白文宣帝這一回，是真的被他悶死了。

外頭的內侍早在之前就被他支走，廣延今日前來，本就是為了毒殺皇帝。只是沒想到那碗摻雜著鴆毒的參湯竟然會被文宣帝發現，到最後，竟是被他親手悶死。

寢殿裡空蕩蕩的，風聲像是惡鬼的哭嚎，讓人的脊背忍不住生出一陣寒意。廣延忍著心中驚懼站起身來，走到文宣帝跟前，先是將地上的湯碗撿起，重新放進紅木籃，又走到文宣帝的龍榻前，將文宣帝扶到榻中躺下，撫平帝王睜大的眼，替他蓋上被子。

看不到父親死不瞑目的眼，廣延的膽子大了一些，他眼裡閃過一絲瘋狂，望著文宣帝的屍體，低聲急促地道：「父皇，千萬不要怪兒臣，要怪就怪你自己不將皇位給我。如果不是你們逼我，我也不會這麼做……皇位本就是我的，父皇……你就看著兒臣如何坐上這個位子……就這樣看著好了……」

他慢慢捏緊拳，猛地站起身，拿著那個紅木籃，轉身出了寢殿。

夜裡又下起了雨。

禾晏在睡夢中迷迷糊糊的聽到外頭的雨聲，被吵醒後就睡不著了，翻了個身，抱住身側人的腰

不是她隨時隨地想占肖玨便宜，只是天氣冷，身旁抱著個人，要暖和的多。肖玨睡覺很安靜，睡相也好，同她四仰八叉格外不同。

她這麼一動，將肖玨吵醒了。肖玨低頭看鑽進自己懷裡，緊緊扒著他的人一眼，低聲問：「怎麼還不睡？」

「被吵醒了。」禾晏悶聲道：「有點睡不著。」

這有些稀奇，雖然多年的行伍生活，令她在睡夢中也能保持警覺，但自打到了肖家以來，她夜裡睡得香甜，如今夜這般失眠的情況還是罕見。不知為何，禾晏總覺得有些不安，像是有什麼事要發生似的。

她這點不安被肖玨察覺到了，肖玨頓了頓，將下巴抵在她髮頂，問：「要不要起來去屋頂坐坐？」

禾晏：「……」

她道：「外面在下雨。」

肖玨：「玩笑罷了。」

禾晏欲言又止。

她總覺得，徐敬甫死後，事情還沒結束，關於廣延和四皇子的爭鬥，才剛剛開始。肖玨也好，肖家也罷，在其中位置微妙，只怕沒有那麼輕易解決。只是，這大晚上的，說起這些令人心煩的事，似乎有點掃興。

禾晏正想著，外頭突然傳來敲門聲，飛奴的聲音在外響起，「少爺，有要事稟告。」。

她一怔，三更半夜的，飛奴這麼急匆匆的，是出了哪門子事。

這一下，倒是真的睡意全無了。肖玨起身下榻，將屋裡的油燈點上，禾晏也披著衣服爬起來。門一打開，外頭的風雨飄了進來，屋子裡頓時冷了許多。

飛奴走了進來，衣裳都被打濕了，神情有些凝重。

肖玨問他：「何事？」

「宮中傳來消息，皇上駕崩了。」

此話一出，禾晏與肖玨同時一震。肖玨擰眉：「何時？」

「剛才傳來的消息。」飛奴道：「少爺，您看著是不是要進宮一趟。」

肖玨思忖片刻，道：「我知道了，你去備車，我立刻進宮。」

飛奴應了一聲，離開了。

禾晏端著油燈往前走了兩步，神情難掩驚訝，「皇上……」

她沒料到文宣帝會突然駕崩，雖然這些日子外頭一直傳言文宣帝身子不好，可這消息未免太過突然。她心中一時複雜難明，對於文宣帝，外頭傳言他有諸多不好，可在禾晏看來，他雖然算不上明君，可也絕對不是昏君。

肖玨正在穿衣，禾晏問：「要不要我同你一道進宮？」

「不用，妳留在府中。」肖玨道：「我先進宮去看看究竟如何。」

飛奴的話說的簡單，現在宮裡是什麼情況誰也不知道。

禾晏點了點頭，心中雖然著急，卻知道肖玨這話說的沒錯。她的官職，目前還沒有到這種情況第一時間進宮去的地步，而作為肖家的少夫人，亦沒有理由。只是……

肖玨見她神情擔憂，轉身來拍了拍她的肩：「不必擔心，我去看過後，會立刻回府。」

「肖玨，萬事小心。」她囑咐道。

肖玨穿好衣裳，拿起佩劍就出了門。禾晏沒心思繼續睡，走到窗前，將窗戶打開，細密的雨水順著外頭的風斜斜飄進了屋裡，桌上霎時蒙上一層薄薄的水珠，風吹的禾晏臉龐微涼，朦朧睡意不翼而飛，腦中清醒無比。

雖然在這時候不應該想這種事，但是，一件事發生了，很多事情都會緊接著發生。文宣帝駕崩前，沒有提出改立儲君一事，縱然朝堂之上議論紛紛，可若沒有，按現在來算，當是太子繼位。

可是太子廣延是什麼人，眾人心裡都清楚。雖然徐敬甫一案中，廣延並沒有受到牽連，可禾晏問過肖玨，大理寺那頭是得了文宣帝的意思，暗中保護太子廣延。文宣帝不忍心動太子，是因為太子是他嫡親的血脈，然而作為大魏未來的帝王，一個能夠為了爭權奪利而引狼入室的小人，根本不配為君。

雨像是沒有盡頭，夜幕也是。

第二日一早，肖玨沒有回來。

肖璟也進了宮，白容微與禾晏留在府上。白容微有了身孕，禾晏不敢讓她操心，沒與她多說宮裡的事。等婢子扶著白容微去屋裡休息後，她便自己坐在院子裡，等著肖玨回來。

肖玨回來的時候，是晚上了。

天色暗了下來，院子裡亮起了燈籠，禾晏正坐在桌前心不在焉地看書，見他從外面回來，帶著一身風露，神情有些冷凝，忙起身走近，問：「怎麼樣了？」

肖玨將飲秋放到桌上，脫下外裳，默了一下才道：「三日後國喪。」

「這麼快？」禾晏訝然。

「不僅如此，皇上死前留下遺詔，宮中四名妃子，二十名宮女殉葬。」

禾晏脫口而出：「不可能！」

有關皇帝去世，女子殉葬一事，前史中的確有記載。但這規矩早在先皇登基前就被廢止，因當時的和宗帝以為，殉葬一事太過殘忍。這本就是被廢止的規矩，更何況文宣帝雖然政事上無甚建樹，但還算是仁德寬容，絕不會下此等遺詔。

「殉葬的四名妃子中，有蘭貴妃。」肖玨冷道。

禾晏頓時明白過來，「你的意思是，這遺詔是假的？」

文宣帝寵愛蘭貴妃寵愛多年，而今文宣帝死後，沒人護得住蘭貴妃，大可用假的遺詔來除去這根眼中釘。

「如果遺詔是假的……」禾晏抬頭看向肖玨，眸光微動，「你可曾見到陛下……」

肖玨望著她，「沒有。」

禾晏感到一陣心驚肉跳。

若是沒有親眼見到陛下，便不能知道文宣帝是否真的是病逝，倘若是別的……

「問過當時寢殿的內侍，皇上安寢之前，曾見過四皇子。」

「這麼巧？」禾晏眉頭微皺，可若說是四皇子對皇上下手，根本找不到理由。

「國喪過後，就是登基大典。」肖玨在椅子上坐下，「太子要登基了。」

禾晏聲音沉下來：「這可不是什麼好事。」

在沒有改立儲君的傳位詔書出現之前，文宣帝宮車晏駕，太子登基，且不說太子能不能坐穩這個位子，只怕太子登基，肖家面臨的處境，不容樂觀。

見禾晏眉頭緊鎖的模樣，肖玨反而扯了下嘴角，寬慰她道：「不必擔心，我明日去四皇子府上一趟。」

「你……」

他沒有說話，只平靜地看著禾晏，一瞬間，禾晏明白過來，她低下頭，沉默不語，過了片刻，她重新抬起頭來，伸手覆上肖玨的手背，聲音堅定，「去吧。」

文宣帝駕崩，國喪二十七日，國喪期間朝臣禁宴請、飲酒、作樂。擇定日期，三日後入皇陵。

朝中因文宣帝那封「殉葬」的遺詔爭吵不休，其中反對最激烈的，自然是四皇子廣朔與五皇子廣吉，只因蘭貴妃與倪貴人都在殉葬一列。廣吉還小，只知道哭鬧不休，廣朔帶著御史持言反對，被廣延以「遺詔畢遵」駁回。

眼下看著，似乎是廣延奪得江山大位了，不過世上之事，暫且說不清楚，只要一日沒有完成登基大典，就不能算塵埃落定。縱然真的登基做了皇帝，前史裡做了皇帝又被拉下來取而代之的，也不是沒有過。

朝中人人自危，一時風聲鶴唳。

在文宣帝駕崩後，廣延作為太子，暫且代辦了朝中一切事宜。而他幹的第一件事，就是將先前那些被軟禁起來的烏托使者放出來。且下令准允烏托國求和一事，並有意允許烏托人在大魏開立榷場。

此令一出，朝中上上下下都炸了鍋。

倘若之前他要這麼辦，群臣中雖有反對之意，卻不會這般強烈。而在天星臺一事後，明知道烏托人狼子野心，廣延還堅持主和，實在是令人寒心。

御史的摺子一封一封往太子案頭飛，全被丟進了廢紙堆裡，廣延在這件事上下定決心，誰說都不理。朔京城百姓們還不曉得其中利害，文臣們又大多主張中庸，唯有武將們，各個不忿，卻又無可奈何——早在多年前，徐敬甫就縱著文宣帝重用文臣，而今武將的位置，遠遠不如文臣重要。

石晉伯府上，楚昭看著手中的長信。

片刻後，他將信攥在手中，信紙被揉皺成一團，昭示著他此刻複雜又微怒的心情。

他鮮少有這般的時候，心腹見狀，小心地問：「四公子……」

楚昭將信丟進火盆裡，按了按眉心。

雖然早就知道廣延是個沒腦子的蠢貨，但他沒想到，沒腦子便罷了，竟然可以膽大包天到如此地步。他明明已經提醒過廣延，弑君之舉不可取，可廣延還是這樣做了。只怕張皇后和她的娘家也在背後出力，否則一切不可能順利成如此模樣。

「四公子，再過三日皇上入皇陵，太子殿下很快就登基了，對四公子來說，不是一件好事嗎？」畢竟現在徐敬甫不在了，徐敬甫的一部分人都歸到楚昭手下，從某種方面來說，楚昭也是太子的人。一朝得勢雞犬升天，只要太子做了皇帝，自家四公子的前程只會越來越好。

楚昭笑了一聲，眼中一點溫度也無，「他當不了皇上。」

心腹抬起頭望向他：「這……」

「他太急不可耐了，倘若沒有那封遺詔，或許此事還有翻身的機會，但那封殉葬的遺詔一出，不過是讓他加快了自己的死亡。」他嘴裡說著大逆不道的話，眼中卻並未有半點怯意，像是談論的並非皇家尊貴的之人。

「那封遺詔必然是假的，只是不知道是太子所為，還是四皇子所為。倘若是太子所為，那他不僅愚蠢，還自作聰明的可笑。倘若是四皇子……」楚昭微微一笑，「那麼無論如何，太子都不會是他的對手。」

「您的意思是，在入皇陵之前……」

「蘭貴妃要殉葬，四皇子一定不會容許這件事情發生。入皇陵在登基之前，只怕還沒有登基，這位子，就保不住了。」

他說的話雖然字字驚心，神情卻未見多大波瀾，似乎早已預料到眼前的一切。

心腹心中不安：「四公子，倘若太子不值得追隨，如今當如何？」

現在追隨四皇子，只怕來不及了，更何況，他們的籌碼太少，根本沒有與四皇子做交易的本錢。

楚昭看向窗外。

明明已是春日，天氣卻還是冷得出奇，他原先跟著徐敬甫，若無肖玨，有徐敬甫看著的廣延，未必不能坐穩九五之尊的位子。可沒有徐敬甫的廣延，不論多久，都不是廣朔的對手。一日縱敵，患在數世。有時候楚昭會覺得，自己應當感謝肖玨。正因為有了肖玨，他才得到了自由。

但同時，他也失去了一切。

如今跟著廣延，就真的是一條道走到黑了。但若現在去追隨廣朔……他至多至多，只能苟延殘喘的活著，因徐敬甫而得到的一切，會在轉瞬失去。

命運對他的殘忍在於，與黑暗相對的另一條路，並不是光明。兩相比較，並非拋棄一條，就能選擇另一條璀璨的大道。

不過是，衡量失去的多寡罷了。

他站起身來，「我去四皇子府上一趟。」

金陵的夜晚，依舊如往日一般繁華。

入雲樓裡，因著國喪，沒幾個人來。姑娘們早早歇了琴音，在樓裡坐著。花遊仙也換了素服，雖如今國喪並不強求百姓著素衣，不過這個關頭，還是不要出岔子的好。

天已經黑了，到了傍晚，原先停了的雨又下了起來，花遊仙抱著剛從廣福齋裡買到的最後一包紅豆酥，躲到秦淮河畔的一處茶坊房檐下躲雨。剛剛站定，就瞥見拐角處，走來一個熟悉的影子。

「楊大人？」花遊仙忍不住叫道。

男子側頭看來，檀色長衫，容貌儒雅，正是金陵巡撫楊銘之。

楊銘之瞧見花遊仙，亦是一怔，他應當是從外歸來，沒有帶傘，衣裳被淋濕了大半，稍稍躊躇一下，才走了過來，到花遊仙身邊站定，道：「遊仙姑娘。」

花遊仙一笑，望了望外頭：「這雨一時半會兒也不會停，要不，就坐下來在此喝杯茶，等雨停了再走吧。」

楊銘之稍一思忖，就點了點頭。

如今國喪期間，他有官職在身，不能飲酒，就叫了一壺清茶，一點點心。茶坊就挨著秦淮河邊，打開窗，能看見秦淮河上的船舫燈火明滅，在這雨幕中，如黑夜中的一點暗星。

「似乎每次見楊大人時，都是一個人。」花遊仙笑道。

楊銘之雖是金陵巡撫，卻同上一個巡撫不同，出行不喜排場，以至於他做金陵巡撫幾年，金陵城裡的百姓也並非人人都認識他。

楊銘之低頭笑了笑，沒有說話。

花遊仙有些好奇。當年在入雲樓見到這一干少年時，因著一同經歷世事，她的印象格外深刻。雖然楊銘之不如那位肖都督容色驚豔，也不如燕小公子意氣瀟灑，更不如林少爺左右逢源，但在一眾少年裡，也是清俊出挑，頗有幾分不俗之氣。而再相逢後，雖然他已經是金陵巡撫，看著卻沉默了許多，不如當年飛揚。

「楊大人可知，前不久肖少爺大婚。」花遊仙捧起茶來抿了一口，「奴家同採蓮讓人送去賀禮。楊大人公務繁忙，應當沒有時間去瞧。說起來，肖少爺看著冷漠不近人情，待那位禾姑娘卻極好。」

想到此處，花遊仙有些感慨，當時她看出禾晏是女兒身，肖玨對禾晏諸多照顧，沒想到這兩人會這麼快喜結連理。看來緣分是真的很奇妙，若是對的人，不必十年八年，就足以試出真心了。

楊銘之垂眸看向面前的茶盞，頓了頓，才道：「是啊。」

心中卻不如看上去的那般平靜。

事實上，肖玨並沒有邀請他。當然，他不認為自己會接到肖玨的邀請。早在多年前，他同肖玨的兄弟情義，就已經煙消雲散了。

當年……

楊銘之側頭，看向窗外的河水，河水纏綿而冰冷，載著水面的船隻，緩緩流向許多年前。

許多年前，那時他還是賢昌館的學生，不知人間險惡，也不識世間疾苦。他有真心欣賞的朋友，志同道合，慷慨仗義。他也一度認為少年人的友誼，合該地久天長。

直到肖家出事。

他心急如焚，答應幫忙，回家找到父親，可沒想到，一向在他面前讚揚肖玨的父親，竟一口回絕了他的懇求。

那時楊銘之極為不解，跪下央求，大抵是看他的態度太過堅決，楊大人最後終究拗不過，終於同他吐露了實情。

直到那個時候楊銘之才知道，原來父親，一直都是徐敬甫的人。整個楊家上上下下，都受徐敬甫的照拂。

「你若是幫了他，就是害了楊家。」父親站在他面前，搖頭道：「你自己選吧。」

少年伏倒在地，滿目茫然。他不明白口口聲聲教導自己人該活得正氣凜然的父親，怎麼會是這個樣子？倘若他自小學到的家訓不過是紙上之言，那他這些年堅持的，究竟是什麼？

沒有人能回答他。

他同肖玨斷義，他選擇了家人，同樣，也認為自己不再有資格做肖玨的「朋友」。

後來他科考，入仕，沒有留在朔京，故意去了金陵，他沒辦法面對楊家人，也沒辦法面對自己。只能在這裡，在當初與賢昌館同窗一同遊歷過的故地，假裝自己還是當初心懷天下，善惡分明的少年。

可一直到再與肖玨他們相逢，楊銘之突然發現，肖玨、林雙鶴、燕賀他們都沒變，變的只有自己一人。他們仍舊一同到了入雲樓，喝酒說話，卻再不似舊時心情。

舊時啊……

舊時如在平地緩緩隆起的一處巨大山嶽，不知不覺中，早已無法逾越，兩廂茫茫。

花遊仙似是看出他眼中一瞬而過的哀傷，頓了頓，終是換了話頭，道：「如今陛下駕崩，太子殿下卻准允烏托人在大魏開立榷場，金陵繁華，若是榷場有意在金陵……」

楊銘之回過神，搖頭道：「榷場不會設在金陵。」

「大人……」

「我會阻止。」楊銘之低頭一笑，「如果我還是金陵巡撫的話。」

事實上，自打徐敬甫出事後，楊家就給他傳了信。讓楊銘之去尋肖玨，看在肖玨與他舊時情誼上，請求肖玨手下留情，楊銘之並沒有理會。每一個人都應當為自己的選擇負責，正如當年他選擇了家人，楊家選擇了徐敬甫，一樣。

等後來見他沒有理會，文宣帝又駕崩，想來留在京城的家人們，應當已經在最短的時間裡，做出了新的選擇。

可他不行。

這幾年，楊銘之留在金陵，是在還自己的債。如今到了這樣的時候，他不打算再違背自己的本心做事了。

開設榷場一事，對大魏百姓來說，有百害而無一利，那些烏托人狼子野心，一旦進入金陵，誰知道會對百姓做出什麼樣的事。這是引狼入室。朝中臣子們高高在上，自認為這把火燒不到自己身上，便無動於衷。

可火一旦撩起來，哪裡管是高官還是百姓，自然一視同仁。

他很清楚，眼下朔京城裡，除了幾個膽大的御史，應當沒有幾個文臣敢在這個時候提出異議。楊銘之也很明白，當他的奏章出現在廣延的案頭，他這個金陵巡撫的仕途，應該就到頭了。

或許會丟了性命，還會連累家人，但那又如何？

少時讀書，讀到「正以處心，廉以律己，忠以事君，恭以事長，信以接物，寬以待下，敬以洽事，此居官之七要也」，那時候賢昌館的少年們躍躍欲試，人人皆認為自己可以做到，能為好官，可多年下來，又有幾人堅持？

少年們有與世間所有不公頑抗的勇氣，總認為山重水複，終會柳暗花明，可待天長日久，就漸漸束手無策，隨波逐流了。

如他自己一樣。

少懷壯志，長而無聞，終與草木同朽。

「小少爺，」花遊仙笑著叫他。

楊銘之抬起頭來。

「倘若是金陵巡撫，就是楊大人，倘若不做金陵巡撫，就是小楊少爺。」秦淮河畔的美人如記憶中的風情萬種，端起眼前的茶盞，「在奴家看來，無論小少爺身居何位，都是當年在入雲樓裡嫉惡如仇，仗義執言的英雄。」

「金陵城會越來越好的，所以，小少爺千萬不要妄自菲薄。」友人的聲音柔軟，如舊時歲月，寬容的包容了他過去的掙扎與不堪，如秦淮河上的漫天大霧，霧散過後，仍是一池春水，絲竹輕歌。

他低頭，過了許久，倏而笑了，跟著舉起面前的茶盞，同身前故人的茶盞虛虛一碰。

「妳說得對，」他低聲道：「都會越來越好的。」

太子廣延要同意烏托人的求和，在朔京城裡掀起風浪。御史的摺子並未讓廣延改變主意，先前被文宣帝軟禁的烏托使者，重新出現在皇宮附近。雖是笑咪咪的謙卑的與朝臣說話，目光裡，卻是掩不住的得意。

下朝後，朝臣們心思各異，人人都將心思藏在深處，已經過了兩日了，明日就是入皇陵的日子，皇陵一入，太子登基，今後的日子，只怕越來越不好過。

剛出了乘樂宮，就聽見前方傳來陣陣讀書聲，朝官們抬眼望去，就見不知何時，乘樂宮前的空曠長地裡，坐了數十名青衫學子。

這些學子全都席地而坐，為首的人長鬚白髮，穿著官服，已經年邁，神情冷凝，正是賢昌館館主魏玄章。

魏玄章其實是有真才實學之人，只是他性格太過倔強固執，年輕時得罪了不少人，後來被打發去做賢昌館館主。這個館主倒是極適合他動不動就愛說教的個性，雖沒什麼實權，這些年倒也自得其樂。此次太子廣延答應烏托人求和與在大魏開設榷場一事，魏玄章極力反對，除了那些御史，就屬他摺子上的最多。只是他如今官職低微，連讓廣延多看一眼的資格都沒有，那些字字嘔心的肺腑之言，也不過是在廢紙堆裡多增加了一張而已。

「魏館長？」有認識的朝臣問，「您在這裡做什麼？」又湊近小聲道：「先生，快回去吧，殿下如今不可能改變主意了。」

這還是與他相熟的曾經的學生，不願意見他開罪了未來君王，才好心提醒。

魏玄章卻不為所動，只看向乘樂宮的方向，長聲道：「微臣，冒死進諫。請殿下收回成命，不可讓烏托人在大魏開設榷場！」

乘樂宮裡，並無任何動靜。

日頭靜靜地灑在宮殿外頭的長地上，如灑了一層細碎的金子。年輕的學生們朝氣蓬勃，眼中黑白分明，年邁的老官如即將落山的夕陽，帶著殘餘的一點燦爛，立在春日的風中。

他慢慢地站起身來，向來硬朗的身子，如今已經顯出些老態，有些踉蹌。待站定後，突然朗聲誦道：「天氣有正氣，雜然賦流形。下則為河嶽，上則為日新。於人曰浩然，沛乎塞倉冥……」

他身側的學生們頓了頓，也跟著這位老邁的館長，一同長誦起來。

「……黃路當清夷，含和吐明庭。時窮節乃見，一一垂丹青！」

一一垂丹青！

魏玄章誦的是《正氣歌》。

乘樂宮裡，太子廣延猛地將手中杯子砸到地上，「那個老東西在外頭說什麼？本宮要砍了他的腦袋！」

身側的心腹忙跪下拉住他的袍角，「殿下，萬萬不可！至少登基大典之前絕對不行！魏玄章並無別的罪名，又是賢昌館館主，輕言下罪，只怕惹得朝臣和百姓議論……」

「不過是一個小小的教書先生，本宮想殺就殺了，誰敢議論？」廣延大怒，「怎麼沒有罪名，他根本沒將本宮放在眼裡，藐視皇族！在外面是什麼意思，威脅本宮？笑話！本宮豈能被他一個老東西威脅？信不信本宮立刻就讓人將他那些學生全都抓進牢裡，看誰還敢在此事上多嘴！」

「是是是。」心腹擦著汗道：「可縱然是要教訓，也請殿下忍耐幾日。這魏玄章本就性情古怪，當初陛下還在時，就時時出言不遜……」

「本宮可不是父皇那等仁慈心腸，」廣延咬牙，「他要是以為本宮會跟父皇一樣寬容他，就大錯特錯了！」

「那是自然。」心腹忙道：「只是眼下，殿下還是不要出面。任他在外吵鬧，等登基大典一過，殿下再算帳也不遲。」

廣延哼了一聲，一腳踹開面前破碎的茶盞杯蓋，「那就再容他多活兩日。」

外頭，魏玄章仍在高聲長誦，蒼老乾癟的身子，在風中筆直挺拔。

「或為遼東帽，清操厲冰雪。或為出師表，鬼神泣壯烈……」

「……或為擊賊笏，逆豎頭破裂。是氣所磅礴，凜冽萬古存。」

身後年輕的學生跟著老先生一道念誦，彷彿並非在乘樂宮前，諸位朝官的眼皮底下，而是在賢昌館的學堂裡，春日中，讀書聽義。

「顧此耿耿存，仰視浮雲白。悠悠我心悲，蒼天曷有極。」

「哲人日已遠，典型在夙昔，風簷展書讀，古道照顏色。」

一首誦完，乘樂宮裡，並無半分反應。

魏玄章停了下來，看向眼前的朝臣們。

朝臣們或躲避他的目光，或充滿憐憫，魏玄章上前一步，顫巍巍地走上了臺階，一邊走，一邊脫下頭上官帽。

他聲音平穩，如洪鐘清亮，只道：「為將者，忠烈斷金，精貫白日，荷戈俟奮，志在畢命。」

又將手中的木笏放下，「文官不比武將，聖人言，文是道德博聞，正是靖共其位，文正是謚之極美，無以復加。」

他走到最後一道臺階上，慢慢跪下身去，將脫下來的官帽與木笏放至一邊，望著乘樂宮無人的大殿，聲音蒼涼而堅定。

「微臣雖無操戈之勇，亦無汗馬功勞，唯有一顆忠義之心，光明磊落。賢昌館教導學生讀遍聖賢書，如今眼見殿下誤入歧途，若不規勸，是臣之過。」

「武死戰，文死諫，生死與我如浮雲，老臣今日，就斗膽用微臣一條性命，來勸殿下懸崖勒馬，切勿釀成大錯。」

「老臣，請殿下收回成命，不可讓烏托人踏足大魏國土，不可引狼入室，開門揖盜！」

說完此話，他突然朝著乘樂宮前的朱紅大柱上一頭撞去。

血，霎時間濺了一地。

站在身旁的朝臣們先是一頓，隨即驚叫起來。賢昌館的學子們一哄而上，將魏玄章圍在中央，被放到一邊的木笏和官帽在一片混亂中被人踩得粉碎稀爛，乘樂宮前，霎時間亂成一團。

清瀾宮中。

蘭貴妃安靜地坐著看書，在她身邊不遠處，倪貴人看著銅爐裡緩緩升起的青煙，神情有些焦躁。

明日，就是文宣帝入皇陵的日子，也是她們殉葬的日子。倘若廣延仁慈些，還能一壺毒藥來個痛快，倘若這小子刻意一些，她們就會被封死在皇陵，活活悶死。

「姐姐，妳還有心思看書！」倪貴人終是忍不住，起身走到蘭貴妃身前，一把將書奪走，「明日就是妳我的死期，我不信，妳真如此坦然？」

沒有人能將生死置之度外，倪貴人當年與蘭貴妃爭寵，自持年輕貌美，以為必然能將蘭貴妃取而代之，沒料到惹得文宣帝大怒。那之後還將廣吉交給蘭貴妃撫養，有廣吉在蘭貴妃手上，倪貴人收斂了許多，不敢做得過分，可心中究竟是不痛快的。

然而如今，她與蘭貴妃一同成了殉葬品，和文宣帝陪葬的那些個花瓶擺設沒什麼兩樣，於是過去的恩怨便統統拋之腦後。至少在眼前這一刻，她們是一邊的。

世上沒有永恆的敵人，也沒有永恆的朋友。倪貴人衝動驕縱，入了宮後，並無什麼知心人，如今能為她出謀劃策的，一人也無，想來想去，能依靠的，竟然只有昔日這位眼中釘。

蘭貴妃抬眼看向她，語氣仍如從前一般和緩，「明日是明日，妳今日何必擔憂？」

「何必擔憂？」倪貴人道：「我自然擔憂！難道妳看不出來，這遺詔根本就有蹊蹺嗎？皇上素日心軟的很，旁人便罷了，怎麼會讓妳我二人殉葬？我看根本就是廣延那個混帳公報私仇。」她看向蘭貴妃，嘲諷地開口，「我知道姐姐隨心隨性，不在乎生死，但姐姐難道不想想四皇子？我的廣吉還這樣小，太子是什麼性子，妳我心知肚明，現在對付的是妳我，等太子登基後，下一個就該輪到廣朔和廣吉。難道妳要眼睜睜的看著自己的兒子去死嗎？」

聞言，蘭貴妃平靜的神情，終於有了一絲輕微的波動。

可未等她說話，便見宮人匆匆進來，對著守門的婢女低聲說了兩句話。那婢子聞言，露出驚訝的神情，隨即快步走來，走到蘭貴妃身前，才小聲道：「娘娘，乘樂宮出事了。」

蘭貴妃與倪貴人一同朝她看去。

「說是賢昌館的館主魏大人冒死進諫，請求太子殿下收回主和成命，殿下沒應，魏大人一頭撞死在乘樂宮的柱子上。好些大人都瞧見了，現在外頭亂成了一鍋粥，賢昌館那些學生們都不肯走呢。」

「死諫？」倪貴人皺了皺眉，「這宮裡好些年，沒聽過這等詞了。」

文宣帝耳根子軟，又過分寬容，御史們的摺子上個三封，總會看一封，也不至於用如此激烈的方式。不過這樣一來，廣延縱然登基，也要落得一個逼死老臣的惡名。那些賢昌館的學生們大多出自勳貴家族，少年人又最是血氣方剛，親眼見著館長赴死，倘若廣延還是如一開始那般，堅持要與烏托人相和，只怕宮裡內外，傳出去著實不好聽。

蘭貴妃扶著椅子把手，沒有說話。

倪貴人倒是不冷不熱地開口了，「咱們在這裡苦苦求生，有人卻趕著赴死。不過那魏玄章都已經七老八十的人了，死了倒也不虧。我卻還沒過幾年好日子，這樣死，我可不甘心。」她想到了廣延，忍不住咬牙，「可惡！」

蘭貴妃微微嘆息一聲，婢子扶著她站起身來。

她走到窗前，外面日頭正好，春日，萬物欣欣向榮。

「看吧看吧，多看幾眼，」倪貴人忍不住冷笑，「明日之後，就看不了了。」

「倪氏，」蘭貴妃轉過身來，看著她淡淡道：「妳想活下去嗎？」

「明知故問。」

「妳若想活下去。」蘭貴妃的聲音溫和，於寧靜中，似又含著一層深意，「就照本宮說的做。」

禾晏知道魏玄章死諫後的第一時間，就驅車去了魏家。

魏家裡裡外外，早已擠滿了人，還不斷有人進來。這些年，賢昌館教了一批又一批學生，如果說徐敬甫的門生遍布朝野，魏玄章也不遑多讓。只是學生離館之後，魏玄章不愛與他們過多走動，所以單看起來，不如徐敬甫地位尊崇。

然而如今他以性命進諫，過去的學生聞此消息，便從四面八方趕來，見先生最後一程。

禾晏好不容易擠進人群，就看見禾心影正扶著哭得幾欲昏厥的魏夫人，看見禾晏，禾心影也是一怔，等那些新來的學生過來照顧時，禾心影才得了空隙走過來，問：「禾姐姐，妳怎麼來了？」

其實若論年紀，如今的「禾晏」，並不能被稱作禾心影姐姐，可禾心影總覺得或許死去的長姐還在，應當就是禾晏這個樣子，便無視了諸多規矩。

禾晏答道：「魏先生是懷瑾的師長，懷瑾眼下從城外趕來還需要時間，我先過來看看。魏夫人沒事吧？」

「不太好。」禾心影搖了搖頭，「魏館長只怕早就存了死志，今日出事後，夫人在他書房的木屜裡，發現幾封信，是分別給家人的遺言。」

禾心影也很難過。她因為長姐的原因，住在魏玄章府上，魏玄章平日裡大多時候都宿在賢昌館，很少回來。禾心影陪魏夫人的時間更多，魏夫人性情溫柔，並不計較她從前的身分，誰知道……會突然發生這種事。

「我聽說，魏館長是為了讓太子殿下收回與烏托人求和的成令，」禾心影試探地問，「那現在……」

禾晏苦笑一聲，「恐怕不行。」

太子廣延，怎麼會因為魏玄章一條性命就改變主意，只怕這人非但沒有半分慚愧，還會惱怒魏玄章的不識抬舉。

正想著，身後傳來人的聲音：「禾妹妹，妳怎麼在這？」

禾晏回頭一看，林雙鶴與燕賀正從外面進來，他們二人過去亦是賢昌館的學子，知道了此事，自然馬不停蹄地趕過來。

「懷瑾沒有跟妳一起來嗎？」燕賀左右看了一看。

「今日他值守，在城外的南府兵操練。」禾晏心中暗嘆，真是不巧，如果今日肖玨正好在場，或許還能攔住魏玄章。

「燕將軍今日也不在嗎？」禾晏望向燕賀。

燕賀氣急：「我若在，怎麼會讓這種事發生！」

因為文宣帝駕崩，廣延又如此肆意行事，燕賀心中多有不滿，根本不想上朝，尋了個藉口不在，反正廣延上朝只是個幌子，如今不過是趁著機會排除異己罷了。誰知道他一不在場，就出了大事。

「我去看看師母。」林雙鶴抬腳往裡走。

魏玄章雖古板迂腐，對女子十分嚴苛，不過府中並無納妾，這麼些年，與魏夫人也算相濡以沫的走了過來，如今留下魏夫人一人在世，對魏夫人的打擊可想而知。

年輕的學子們都跪倒在老者榻前，榻上，已經被擦拭過血跡的魏玄章安靜地躺著，他的官袍被揉得皺皺巴巴，上頭沾著髒汙與殘血混在一起，卻又像是比誰都乾淨。

禾晏看著，心中難過至極。

雖然這老先生過去在賢昌館，古板又嚴厲，少年們老是在背地裡偷偷罵他老頑固，可也是他，在文臣們個個明哲保身的時候，勇敢的站出來，正如當年他所教導的那般，「讀聖賢書，做忠義事」，講完了最後一堂習課。

林雙鶴的聲音沉下去，眼角眉梢不如往日輕快，只道：「魏先生高義……」

「高義也沒什麼用，」燕賀冷笑，「你看宮裡那位，可曾有半點動靜？信不信，再過幾日，風頭過去，那些烏托人還是會出現在朔京的街道上！」

「我真是不明白，」林雙鶴喃喃道：「太子為何要執意如此，連我這樣不懂朝事的人都能看出來，非我族類其心必異，難道他看不出來？」

「他不是看不出來。」禾晏輕聲道：「只是有所求罷了。」

燕賀與林雙鶴一同向她看來。

林雙鶴皺眉，問：「禾妹妹，妳這是什麼意思？」

燕賀沒有問話，只若有所思地看著她。

禾晏想了想，示意燕賀走到一邊，燕賀不耐道：「有什麼事快些開口，妳我身分有異，落在旁人眼中，傳出閒話怎麼辦？」

禾晏：「……」

他對這一方面格外潔身自好，大抵是家規甚嚴。

若是往日，禾晏或許還要打趣一番，只是今日，她實在沒有與燕賀說笑的心思，只沉聲問：「燕將軍，你可曾見過四皇子？」

燕賀一怔，看向禾晏的目光逐漸生出變化，又過了一會兒，他才低聲開口：「妳打聽這件事做什麼？」

「明日就是入皇陵的日子了。」禾晏望向他，「依照陛下遺詔，貴妃娘娘將要一同殉葬，四殿下如何能袖手旁觀。加上今日魏先生出事……燕將軍，」她問，「你應當知道。」

燕賀神情變了幾變，囂張不耐的神情收起，漸漸變得沉靜冰冷。

他道：「武安侯，到此為止，不必再問了。」

第九十八章 逼宮

肖珏在傍晚時回到肖府。

天快要黑了，禾晏剛走到院子門口就看見他，忙問：「肖珏，你知道魏先生……」

肖珏道：「我剛從魏府回來。」說罷，他進了裡屋。

他今日一大早去了城外南府兵裡操練，後又得知魏玄章死諫的事，急急趕回。從魏府回來，身上衣服都還沒來得及換。

「我今夜要出去一趟。」他道。

禾晏心裡「咯噔」一下，望著他：「肖珏……」

他走到禾晏身邊，問：「之前給妳的黑玉可還在？」

禾晏頓了頓，從腰間解下那塊玉佩捏在手裡。

「我會留一部分人在府上，如果明日一早我沒有回來，妳就帶著這塊玉出城，找涼州衛的沈瀚。」

「肖珏，」禾晏沒有直接回答他的話，而是抓住他的手，神情不定，「你是不是……」

剩下的話，她沒有說出口，有些事情心照不宣，不必說也能明白。

肖珏垂眸看著她，他知道禾晏雖然行事膽大，但這些年，卻一直沒有做過出格的事。可是……

「時間不多了。」過了片刻，他雙手覆住禾晏的手背，淡聲開口。

禾晏沉默許久，點頭：「我知道了。」

有些事情既然已經決定做了，就不要瞻前顧後，況且，如今看來，這是遲早的事，或早或晚都會發生。

只是沒料到會來的這樣快而已。

「你放心去吧。」她仰頭看著肖玨，神情重新變得輕鬆起來，「我會在這裡替你守著肖家，誰也不能越過我的劍。但是肖玨，你要記住，現在大嫂正懷著身孕，受不住驚，所以明日一早，」她反手握緊肖玨的雙手，「你一定要回來。如果你不回來，我就帶著劍進宮去找你。」

肖玨一怔，怒道：「妳敢？」

禾晏不為所動，「你看我敢不敢。」

女子目光堅定，她自來執拗，認定的事情，從無反悔，又僵持了許久，肖玨終於敗下陣來，道：「我答應妳。」

禾晏笑笑：「一言為定。」

夜色籠罩了整個皇宮。

金鑾殿裡，太子廣延正慢慢走著。

宮人都被摒退，只留了幾位心腹在門口守著。他慢慢走上臺階，一直走到臺階盡頭的龍椅前，終於停下腳步。

明黃色的龍椅扶手上，雕刻著金燦燦的真龍，他伸手，極慢地撫過龍鬚和龍鱗，分明是冰涼的，卻讓他的渾身上下流著的血，都沸騰滾燙起來。

廣延轉身坐在龍椅之上。

他抬眼看向臺階之下，眼前彷彿出現了百官折腰，群臣跪拜的畫面。他是天子，理應當天下臣服，只要想到這一點，廣延就覺得揚眉吐氣，胸中暢快至極。

「父皇……」他低聲喃喃道：「兒臣，終於坐上了這個位子。」

這天下，終於是他的了！

自打他出生起，所有人都明裡暗裡的告訴他，文宣帝終會將江山交到他手上，將來，他會成為大魏的天子。所以廣延也一直這麼認為，可不知道從什麼時候起，他發現情況有了改變。

出現了一個比他更適合當天子的廣朔。

文宣帝對蘭貴妃母子的偏愛令他心慌，而他遲遲不肯擬傳位詔書，更讓廣延感到了背叛。如文宣帝這樣的帝王，優柔寡斷，識人不清，根本不配做帝王。廣延想，他本來沒有打算殺父弒君的，但只有這麼做，才能讓一切恢復原樣。

他只不過是拿回屬於自己的東西。

可是……

廣延望著空空蕩蕩的大殿，心中並未有半分欣喜。他明白過去自己之所以在朝中多有追隨，其實很大的原因，是因為徐敬甫。而今徐敬甫已經不在，過去那些追隨者，許多見風使舵，已經轉投了廣朔門下。

而禾如非已經死了，甚至他一開始就是個假貨。如果肖懷瑾跟了廣朔，他沒有與廣朔抗衡的兵馬，只能借助那些烏托人，這就是為何他要堅持同意與烏托人求和，答應他們在大魏開設榷場這種荒唐條件的原因。

如果說以前是因為怕烏托人走漏風聲，惹得文宣帝不喜。那麼如今，是因為他與烏托人達成條件，那些烏托人替他剷除廣朔的人，以及他的眼中釘肖懷瑾。

很公平，廣延認為，沒有什麼，比得到這個天下更重要。

想到明日一過，待他登基，這天下人人都要對他頂禮膜拜，畏懼敬重，廣延忍不住放聲大笑起來。

「父皇屍骨還未入皇陵，殿下也還未登基，何以就坐上了龍椅。」一個突兀的聲音打斷了他的大笑，「恐怕有些不妥吧？」

廣延驀地看向前方，大殿門口，兩個心腹正攔著廣朔，不讓他走進去。

廣朔神情平靜的看著他。

「讓他進來吧。」廣延惡狠狠的一笑，「我的四弟。」

心腹鬆開手，廣朔走了進來。

廣延從龍椅上站起身，饒有興致地看向他，「明日就是蘭貴妃殉葬的日子，我的好四弟不是最仁慈孝順，怎麼不抓緊最後的時機多與蘭貴妃說說話，還跑到這裡來？」他意味深長地開口，「難道，四弟也想來坐一坐這把椅子？」

「父皇在世時，從未提過殉葬一事，殿下所言遺詔，未必是真。」廣朔不為所動。

「怎麼就不真了？」廣延冷笑，「說起來，父皇入皇陵，讓蘭貴妃殉葬，是蘭貴妃的福氣。父皇一直盛寵蘭貴妃，仙去之後怕再也找不到蘭貴妃這樣的知心人，才會一併帶走。怎麼被四弟你說的，像是很埋怨似的？遺詔在手，你又怎麼證明，它是假的？」

「是真是假，殿下清楚，不過，這也不重要了。」廣朔嘆息。

「不錯！」太子拊掌，「是真是假不重要，四弟，你總算說了一句有用的話。」

「我要說的不止於此。」廣朔看向站在階梯之上的廣延，目光平淡：「也想說說，殿下殺父弒君，謀權篡位一罪。」

此話一出，殿中沉寂下來。

守在門口的下人如臨大敵，盯著廣朔，廣朔只靜靜站著，他身上沒有任何兵器，單從外貌上看，像是手無縛雞之力的書生。

廣延緊緊盯著他，「你說什麼？」

「我說，」廣朔目光與他相撞，分毫不讓，「殿下你，殺父弒君，謀權篡位。」

廣延瞧著面前的人，廣朔過去一直謹小慎微，沉默寡言，朝事上從不參與，他縱然討厭廣朔，但也在心裡認定，廣朔翻不起什麼波浪。而如今，不知道從什麼時候起，這人的目光已經不如過去那般畏縮，直視過來時，像是燃著一團看不見的火，有皇室獨有的肆意霸氣。

「笑話！」廣延諷刺道：「本宮是太子，天下本就是本宮的，本宮為何要殺父弒君，吃力不討好，要說謀權篡位的人，應該是你吧？」他陰森森地開口，「四弟不是一向希望父皇廢長立幼，怎麼，如今計畫落了空，就想憑空汙蔑本宮？」

「殿下，怎麼會認為天下是你的？」廣朔突然微微笑了，「計畫落空？」

廣延的笑僵在嘴角，問：「你這話是什麼意思？」

廣延但笑不語。

他突然意識到什麼，高聲道：「來人，來——」

的確有人來了，但不是他的人，身披金甲的兵馬從外面湧進，為首的人竟是燕賀。

「歸德中郎將？」廣延一怔，隨即氣急敗壞道：「你瘋了？你知不知道這是造反！這是勾結禍亂！」

廣延對燕賀倒是沒有刻意打壓，一來是燕家是新貴，在朝門中一貫明哲保身，不如肖家樹大招風。二來是，廣延聽說燕賀與肖懷瑾不對付，敵人的敵人就是朋友，廣延還曾一度想要招攬燕賀為己所用。只是燕賀長年累月不在朔京，燕父又狡詐如狐，嘴上應承，但從未真的被他討到便宜。

但如今，萬萬沒想到燕賀竟然投靠了廣朔！

廣延又驚又怒：「你竟敢這樣對本宮！」

「燕將軍可不是勾結禍亂。」廣朔平靜道：「不過是奉命捉拿叛國賊子罷了。」

「廣朔，你不要在此血口噴人！」

廣朔渾不在意的一笑，只道：「究竟有沒有血口噴人，殿下心中清楚。」

這時候，外頭又有人進來，竟是被侍衛抱著的五皇子廣吉，廣吉一到殿內，就指著廣延大喊：「就是太子哥哥！那一日我在父皇的殿中習字，看見太子哥哥提著籃子進去父皇的寢殿……後來太子哥哥走了，何總管進去，就說……就說父皇駕崩了！」

不等廣延開口，廣朔就道：「宮裡的林太醫在父皇寢殿的毯子中，發現鴆毒的餘跡，那一日只有殿下帶著參湯去了父皇寢殿。」

廣延冷笑：「父皇可不是被毒死的！」

文宣帝是怎麼死的，他比誰都清楚，倘若廣朔以為能用這個就定他的罪，那就大錯特錯了。

「殿下，是真是假，也不重要了。」

廣延一愣，這是方才廣朔回敬他假遺詔的話，可現在，用在這裡，也沒什麼不對。到了現在，真相是什麼，沒有人在意。皇室爭鬥中，從來只有贏家與輸家。

贏者，真龍天子，輸家，一敗塗地。

「廣朔，本宮警告你，本宮的人立刻就來，明日是入皇陵的日子，本宮……」

「殿下可能不知道，」廣朔看著他，似是帶著冷漠與憐憫，「封雲將軍的人已經到了乘樂宮外，殿下的人馬……」他一字一頓開口，「盡數棄甲投戈。」

「不可能！」廣延的聲音陡然變得尖利。他道：「不可能！」

但心中，慌張和驚懼漸漸浮起，都這個時辰了。殿裡全是燕賀帶來的人馬，他的人遲遲沒有進來，倘若外頭是肖懷瑾的人……

那些烏托人……混帳，那些烏托人到了此時，竟然一點用都沒有！

楚子蘭，一個名字陡然映入廣延心中，他的籌謀如何會被對方未卜先知，楚子蘭洩密？那個混帳，養不熟的白眼狼！

「廣朔，你休要得意，」廣延已到強弩之末，咬牙看著眼前人，慢慢往後退去，「你以為天下人會相信你的鬼話，本宮是太子，是儲君，登基大典近在咫尺，你若是在這個時候害了本宮，天下人都會議論你的陰謀。就算你登上這個位子，一輩子都是名不正言不順。你，免不了被人指點！」

「殿下多慮了。」廣朔並未因他的話而生出其他情緒，看著廣延的目光，像是在看某種可笑的東西，「父皇在此之前，已經立下改立儲君的詔書。」

「你撒謊！」廣延目眦欲裂，「怎麼可能？」

「詔書在父皇信任的臣子手中，不是你沒看到，就代表不知道。」廣朔微微側身，身後的人上前，遞給他一把弓箭。

他把玩著弓箭，緩緩開口，「這樣一來，殿下還覺得天下人都會議論我，名不正言不順麼？」

廣延幾欲吐血。這個時候，他恍然間明白了一開始，廣朔所說的「真假並不重要」。

要堵住天下悠悠眾口，只要拿出一封傳位詔書就是了，真或假誰會在乎？天下人又不會一一前去分辨。只要今日這大殿上活下來的人是廣朔，那日後旁人怎麼說，還不都是廣朔說了算？

他看著自己那個向來寡言不爭的四弟，慢慢地拿起弓箭，箭矢對著他，廣延下意識躲到龍椅之後，怒道：「你想幹什麼？廣朔，你住手——」

他的話沒有說完。

金鑾殿上突兀地吹來大風，將四周的燈火吹滅，昏暗的殿裡，一簇黏稠的血液順著龍椅慢慢往下，將扶手上真龍的龍鬚龍首，染得分外鮮明。

如無聲的窺視，又似冷嘲。

風聲掩蓋了所有的殺意，這是一個寒冷的夜。

晨光熹微，禾晏望著窗外漸漸亮起的天光，神情逐漸凝重。

從昨夜肖玨走後到現在，她沒有合眼。白容微有了身孕，禾晏不敢告訴她別的事。肖璟雖有些懷疑，但被瞞著，也不清楚出了何事。禾晏獨自守著，不時摩挲手中的黑玉，心中想著倘若到了早上，肖玨還沒回來又該如何？

只怕出城去找沈瀚，未必就真的能萬無一失。

正想著，外頭傳來動靜，禾晏驀地起身，衝出門去，就見肖珏自外面走來。他穿的鎧甲上還帶著一點暗色的血跡，禾晏問：「你受傷了？」

這個時間點，青梅都還沒起來，肖珏微微蹙眉問：「妳一夜沒睡？」

「也睡不著。」禾晏盯著他的臉，他看起來略有疲憊，但還算好。禾晏問：「這血……」

「不是我的。」肖珏頓了頓，「進屋說。」

兩人到了屋裡，禾晏將門關上，轉頭就問：「昨夜宮裡……」

「太子死了。」肖珏看向她。

這是預料之中的事，事實上，從那一日在魏家看到燕賀時，禾晏就有了預感。燕賀並未直接回答她的問題，但很多時候，沉默就是一種答案。

禾晏幫他將飲秋掛到牆上，肖珏脫下鎧甲，在桌前坐下來。禾晏倒了杯熱茶推到他面前：「肖珏，昨夜究竟發生何事？」

肖珏看著她，過了片刻，知道自己若是不說，今日不可能出得了這個門，就嘆息一聲，將昨夜的事相告。

禾晏聽得入神。

昨夜金鑾殿中發生的事，肖珏也是事後才知道一點，當時他帶著一半南府兵在乘樂宮前與太子的人交手。燕賀帶人去裡頭，待出來時，只知道廣延是被廣朔親手射殺的。

「你……是故意不去金鑾殿裡的嗎？」禾晏遲疑了一下，才問。

肖珏低頭，笑了一下，淡聲道：「肖家同燕家不同，燕家是新貴，依附皇室，我本身兵權過大，如果親眼見證了四皇子射殺兄弟，縱然現在無事，時間久了，難免四皇子心中不適。」

「我不想在四皇子心中留下一根刺。」

天威難測，沒了廣延，日後四皇子就是九五之尊。即便他現在可能沒什麼，但一旦坐上那個位子，或是身不由己，或是因事改變，倒不如一開始就杜絕可能出現的一幕。

「如此，讓燕賀去也是個不錯的選擇。燕家兵權不盛，又是新貴，無甚根基，四皇子用起來沒有顧忌。」禾晏道：「我只是沒想到，燕賀竟然會追隨四皇子。」

燕家中立了這麼多年，狡詐如狐，卻在最後關頭給了廣延一擊。只怕廣延也沒料到。

「皮之不存毛將焉附，」肖玨端起茶盞，低頭飲了一口，才道：「到了必須做選擇的時候，就算是不想，也必須做。」

禾晏鬆了口氣，「總之，你平安無事就好。不過……」她看向肖玨，低聲問：「陛下真的早就立下改立傳位儲君的詔書麼？五皇子又是真的親眼看到太子投毒？」

這樣一樁樁一件件，來得太過湊巧，讓廣朔登基，成了一件毫無異議、順理成章的事。

「是真是假，並不重要。」肖玨斂眸，「太子已經死了。」

一切塵埃落定。

一夜之間，天下易主。

廣延殺父弒君，謀權篡位，被四皇子廣朔帶著歸德中郎將捉拿定罪。文宣帝早在駕崩之前已立下改立儲君的詔書，待入皇陵之後，登基大典還是照樣舉行，只是登基的人從廣延，變成了廣朔。

朝中無人敢反對。

廣朔做事，是同他寬仁寡言的外表截然不同的果斷狠辣，早在昨夜捉擒廣延時，已將廣延幾大信任的心腹盡數緝拿。廣延的兵本就不盛，若說當初因為徐敬甫的關係，還有禾家支撐，自打禾如非出事後，撫越軍的兵權收回，並不能為太子所用。

斬草除根，廣朔的動作雷厲風行，令人膽寒。朝臣們紛紛議論，四皇子身上帝王之氣，已初見端倪。

至於先皇遺詔令人殉葬一事，也被查出是假的。蘭貴妃和倪貴人，連同其餘數十名女子，得以保全性命。傳到外頭百姓耳中，都說四皇子仁慈英明。

百姓們從不在意坐在那個位子上的人是誰。只要有衣穿，有飯吃，皇帝由誰做，並不重要。

而朝臣們亦不會反對，如今大魏皇室中，五皇子廣吉還小，眼下能撐事的，唯有一個廣朔而已。

文宣帝入了皇陵，清瀾宮裡，蘭貴妃脫下沉重的禮袍。剛坐下，有人從外面走了進來。是倪貴人。

「恭喜姐姐如今得償所願。」倪貴人自行走到小几前坐下，皮笑肉不笑道：「再過不了多久，妾身就要叫姐姐一聲太后娘娘了。」

蘭貴妃望著她，目光仍如從前一般和緩平淡，「倪貴人，現在不是還活著麼。」

倪貴人一愣。

那一日，魏玄章一頭撞死在乘鑾宮前，將太子與大魏的矛盾激化到了頂點，太子如此暴戾偏執，而她明日就要隨著文宣帝一同沒入黑暗的陵墓。最後關頭，倪貴人與蘭貴妃合作了。

廣吉的話是假的，傳位的詔書未必也就是真的。說到底，廣朔要的只是一個藉口，一個名正言順的藉口。

事實上，在那個時候，倪貴人是抱著背水一戰的決心，想著橫豎都是個死，不如拼一把。但其實內心深處，並不認為廣朔會成功。

可廣朔偏偏成功了。

外頭說起來輕描淡寫，短短一夜，在此之後，倪貴人終於意識到，倘若只是臨時起意，倘若廣朔只是為了自己的母親而抗爭，在這麼短的時間裡，恐怕爭取不到歸德中將軍與封雲將軍的追隨。

只怕昨夜金鑾殿上發生的一幕，早在很多年前，就被蘭貴妃預見到了。

甚至想的再深一些，或許文宣帝死於廣延手中，蘭貴妃未必真是一無所知。

廣朔的沉默與溫和，寬仁與不理朝事，蘭貴妃的不爭與柔婉，文宣帝的寵愛與真心，都是在很久很久之前，蘭貴妃安排好的。從頭到尾，不是廣朔的演技太好，而是蘭貴妃心裡的主意，連她的兒子都不曾知曉。

張皇后或許有一件事猜對了，蘭貴妃不是不爭，只是尋常恩惠根本瞧不上，她要爭，就替自己的兒子爭世上最尊貴的位子。

所以太子註定會輸，因為他沒有一個能為了自己隱忍潛伏多年，絲毫破綻不露的母親。

廣吉還小，而從今日起，整個大魏皇室裡，再也沒有人是廣朔的對手了。

倪貴人心裡，湧上一陣寒意。眼前的女人眉目和婉，這麼多年，從未見她有過怒言斥責，可原來，她才是最可怕的那一個。

「妾身，活著就很好了。」倪貴人低下頭，聲音不自覺的帶著一絲謙卑與懼意，「今後，妾身會好好追隨娘娘。廣吉……還望娘娘多加照拂。」

蘭貴妃沒有說話，只是望著窗外，過了許久，她回過頭，像是才聽清了倪貴人的話，微微點頭，闔眼道：「好。」

太子府上，一片混亂。

下人們哭哭啼啼，被官兵們拖的拖，抓的抓，太子妃尖叫著被人帶走，臨走時，指甲劃過牆面，留下一道長長的痕跡。

有人慢慢走著，一直走到院子裡頭，最後一間房。

這是一處暗室，太子廣延性情凶狠陰戾，若是得罪過他的人，好一點直接殺了洩憤，有更慘一些的，被關進太子府的暗室嚴刑折磨，生不如死。

如今太子府出事，官兵忙著捉拿府上親眷，無人注意這裡。年輕男子慢慢走著，乾淨的靴子踩在潮濕的地面上，暗室裡很黑，就著昏暗的燈火，可以看見暗色的痕跡，或是已經乾涸，或是泛著亮光，似是人血。

這裡修建的像個牢房，房與房之間以鐵柵欄隔開，並無守衛。聽見有人的動靜，房裡的人無什麼反應，至多微微抬一抬頭，又極快垂下——這裡的人都已經奄奄一息，也不認為，會有人前來相救。

絕望充斥著這裡。

他慢慢走著，每走過一間房，就在房門前停下腳步，認真地端詳一番，似是在辨認裡頭人的樣貌。待發現不是，便又走開。

這樣一間房一間房的走過，直到走到了最後一間。

地上蜷縮著一個人影，如幼童一般側躺著，雙手抱著肩膀，頭往胸裡埋得很低，她衣衫不整，一走近，雖未動彈，身子卻微微顫抖。

楚昭腳步一頓。

他望著裡頭的人影，過了片刻，將門打開了。

裡頭的人仍舊沒有動靜，甚至沒有看他一眼。楚昭走到這人身前，慢慢半跪下身，似是想安撫對方，卻又不知從哪裡下手，片刻後，他溫聲開口：「應香。」

面前的人劇烈一顫。

「應香，」頓了頓，楚昭道：「太子死了，我來帶妳回去。」

他伸手，想要扶起應香，被應香擋住，可她實在是沒有力氣，這點阻擋毫無作用，楚昭將她扶到石壁前坐下，替她撥開擋在眼前的亂髮，隨即愕然：「妳……」

「……不要看……」應香無力地道。

原來千嬌百媚，美豔動人的臉上，遍布可怕的刀痕，又因為沒有被好好醫治，刀痕還未結痂，鮮血淋漓，看一眼，狀如前來索命的女鬼，令人既驚且駭。

楚昭心頭大震。

廣朔去乘樂宮那一晚前，楚昭去了四皇子府上。

他看得清清楚楚，廣延根本鬥不過廣朔，張皇后也不是蘭貴妃的對手。他確實沒有別的路可以走，就算是現在追隨廣朔，廣朔也不會重用他。但跟著廣延，不過是綁在一塊兒一起死罷了。

徐敬甫在世的時候，就告訴他，任何事，學會做選擇。

他選擇了與廣朔做最後一筆生意。

將太子的兵馬與安排和盤托出，出賣太子，求得他與應香活下來的條件。他已經不奢求在仕途上有何建樹進益，因為這已經不可能了。雖然活下去這籌碼，到最後不知能不能成功，但已經如此，至少現在活下來也行。

當時，廣朔瞧著他，似是沒想到楚昭會提出這個條件，只問：「楚四公子既然對你的婢女如此看重，當初為何將你的婢女主動送去廣延身邊？」

「你既將她送去做眼線，應當沒有別的情義。如今到了此時，除了此女別無所求，反而讓人看不明白。」

楚昭溫聲道：「臣也不明白。」

對他而言，天下無不可利用之事，也無不可利用之人。但偏偏在某個時候，留下些不應當存在的軟肋。

禾晏是這樣，應香也是這樣。

他看著眼前的應香，一時間竟不知如何反應。

應香只看了他一眼，就飛快的埋下頭去，像是怕自己弄髒了楚昭的衣袖，不再說話。

外頭隱隱約約傳來官兵喝斥與下人哭嚎的聲音，應香側耳認真聽了一會兒，道：「……太子死了嗎？」

楚昭回過神，輕聲道：「對。妳可以離開太子府了。」

應香聞言，並未顯出高興的神情，反而往後退了一點，道：「不……」

「妳不想跟我回去嗎？」楚昭問。

「四公子，」她的聲音柔軟的像是最脆弱的絲帛，只要輕輕一扯，就會碎裂，應香道：「奴婢走不了。」

楚昭一怔：「為何？」

像是經歷了巨大的掙扎，應香慢慢伸出手，撩開衣袖，楚昭驀地睜大雙眼，衣袖上原本似雪無瑕的肌膚，眼下已經面目全非，像是被火燎過，又像是被搗碎，發出潰爛的痕跡。

「太子餵奴婢服下無解毒藥，」應香道：「奴婢……是等死之人。」

廣延痛恨她的背叛與不忠，對於不忠之人，有無數種折磨的辦法。應香容貌極豔，他就毀掉她的容貌。還要讓她以最讓人崩潰和殘忍的方式死去——眼看著自己最後一寸完好的肌膚潰爛，最後連死了，都讓人噁心作嘔。

殺人誅心，不過如此。

楚昭在一瞬間，竟生出極大的茫然，已經許多年未曾有過這樣的情緒，他不知所措地看向應香，道：「沒事，待出去，我會找大夫替妳醫治。」

「沒有用的。」應香苦笑一聲，「奴婢自己清楚，已經救不了了。」

牆壁上燃燒的火把安靜的搖曳，將她半張布滿血汙的臉照的分外清楚可怖，再無過去巧笑倩兮的絕色模樣。

楚昭怔怔地看著她，他是知道應香落在廣延手中，必然不會有什麼好下場，但萬萬沒料到，竟是如今這樣的局面。

沒有死，卻還不如死去。

「奴婢……還有一事相求。」

「你說。」他道。

「奴婢一生，沒有什麼東西，唯有容貌尚可。」應香伸手，似是想要撫過自己的臉，可手在半空中就停住，「如今容貌盡毀，又服下無解之毒，奴婢不想死得可怖猙獰，四公子……能不能送奴婢一個痛快。」

「妳要我殺妳？」楚昭愕然看向她。

「奴婢這條命，本就是四公子所救，如今死在四公子手上，也算圓滿。再者，」女子的聲音輕輕，「四公子不是害奴婢，是在幫奴婢。」

楚昭道：「我不殺妳。」

「那就請四公子離開。」慣來對他低眉順眼的婢子，第一次對他露出強硬的神情，「奴婢就在這裡，哪兒也不去。」

「應香，」楚昭第一次對她束手無策，他耐著性子輕聲道：「妳的傷並非沒有挽回的餘地，朔京的大夫很多，能治好妳。」

「縱然治好了又能怎樣？」應香輕輕一笑，「奴婢如今已經沒有容貌，甚至連自己都照顧不了，留在公子身邊，不能為公子驅使，也是拖累。」

楚昭聞言，神情微動，他道：「妳在我身邊，只是為我驅使嗎？」

「公子身邊，不留無用之人。」應香回答。

這話中，綿裡藏針。而他無言以對。

「奴婢當年被父親當做貨物販賣，是公子救了奴婢。至此之後，公子就是奴婢的恩人父母，奴婢為公子赴湯蹈火在所不辭。當初奴婢所做一切，全都是心甘情願，可到了眼下，快要死的時候，奴婢希望能夠決定自己的命運。」應香看著他，那雙美麗溫順的眼睛裡，第一次灼然如火星，「請公子成全。」

四目相接，楚昭能看得清楚，她眼中求死的執著。

他第一次發現，原來應香是這樣的倔強與固執。

「求公子成全。」眼前的女子吃力地跪下身去，隨著她的動作，身上可怕的傷痕漸漸顯露出來，散發著和著汙血的腥氣。如同她第一次與楚昭相見，被楚昭買下，惶惑不安的拜下身去那般恭敬。

她活不長了，縱然眼下不死，也活不了多久。

楚昭閉了閉眼：「我答應妳。」

「多謝公子。」應香輕聲道。

楚昭伸手將她從地上攙扶起來，應香踉蹌著抬起頭，下一刻，那隻繞到她身後的手猛地往前一送。

刀尖沒入血肉時，原是無聲的。

她都沒來得及說話，被送得往前一撲，倒進楚昭的懷中。楚昭鬆開手，將她抱在懷裡，半跪在地。

「……多謝公子……」應香看著他，對他吃力地綻開笑容，「公子還是第一次，滿足奴婢的願望呢。」

她的身上沾滿了新舊血跡，血蹭在楚昭乾淨的衣袍上，如映出斑駁的花。男子低頭望著她，目光有些無措。

就是這一點無措，落在應香眼中，令她霎時間心中大痛。

她喜歡楚昭，從第一次見到楚昭時就愛上了。在那種絕境，被自己父親硬生生按著往火坑裡推的時候，有一位年輕英俊的少年，向自己拋來一根救命的稻草。她抓住了這根稻草，也愛上了這個人。

她愛他的溫文爾雅，也愛他的心狠手辣。愛他看似寬厚包容下一顆冷漠無情的心，也愛他無堅不摧保護色下某一瞬間的脆弱和無助。

這是個多麼複雜的人，有多複雜，就有多不幸。命運令他矛盾，旁人所看到的楚子蘭，都是假的楚子蘭，唯有她知道真正的楚子蘭，真正的楚子蘭絕非良人，可她還是義無反顧，飛蛾撲火般的愛上了。

這些年，應香待在楚昭身邊，被楚夫人刁難，被楚家上頭三個嫡子調戲，被徐娉婷明裡暗裡的針對，甚至到最後，被送入太子府，走到如今這個地步，她從不後悔。

因她一開始，就沒有什麼可失去的。

她對他，有過恨有過怨，但抵不上愛。這愛藏得小心翼翼，卑微至極，又來勢洶洶，令她自己都認為不可理喻。從不宣之於口，就這麼默默的，無聲的，愛了他這麼些年。

楚昭那麼聰明，不可能沒有發現，她愛他。

「公子……」她吃力地道：「奴婢……可不可以問你一個問題？」

男子的聲音很輕，待她是一如既往的溫柔：「妳問。」

「四公子是不是早……就知道徐小姐會將奴婢送進太子府邸了？」

楚昭低頭看她。

那方螢石般淺色的眸子中，泛起層層波瀾。他沒有回答，應香卻瞬間明白過來。

「……原來如此。」說完這句話，她慢慢合上雙眼，氣息漸漸微弱，直到了無生機。

暗室裡，身著青衣的男子安靜地低頭看向懷裡的女人。眼前浮現起的，竟是許多年前，他站在那姹紫嫣紅的人間樂境前，於無數的吵鬧聲中聽到的低聲啜泣，他順著聲音望過去，就見嬌弱的少女看向自己，夭桃穠李，豔色絕世。

他救了她，卻也害了她。倘若當初沒有出手，或許如今的應香，應當過得更快樂。不像現在，在人世間的最後一刻，也是含著苦澀走的。

她沒有做錯什麼，真要說，無非是因為愛上了他這種人。

不知過了多久，楚昭彎腰起身，將應香的屍體抱了起來，緩緩走出暗室，一步一步，朝著外頭走去。

他於窮途末路中，同四皇子做最後一筆交易，所求的不過是一點可憐的溫暖，但如今，這點溫暖也不在了。最後一個同他相依為命的人也失去了，這一局棋，他一無所獲。

滿盤皆輸。

第九十九章　請征

二月初三，四皇子廣朔登基，新帝繼位，沿用和宗的「慶元」年號，尊號「昭康」。昭康帝即位後，駁回烏托人求和一令，澈查清算徐相餘黨，追封賢昌館館主魏玄章，諡號「文正」。鳴水一案真相大白於天下。

徐敬甫把持朝政這麼多年，與太子魚肉百姓，沆瀣一氣，如今昭康帝即位，當初追隨太子的徐黨，自然一個都不會漏下。

唯一例外的，大概是徐敬甫的那位得意門生，石晉伯府上的楚四公子。不久前，昭康帝允了楚子蘭辭官的請求，楚子蘭辭官後，離開了楚家，消失在朔京城。聽說有人曾在城外的驛站見過他一面，大抵是離開朔京了，至於去往何處，無人知曉。不過，也沒人見著他身側那位絕色動人的侍女。

院子裡，青梅正端著煮好的骨頭餵給二毛。

禾晏望著他們二人和樂融融的模樣，有些發怔。

「妳該不會也想啃那塊骨頭？」身側有人問道，似是帶著微微調侃。

禾晏回過神，見肖玨從外頭走進來。他今日一大早就出去了，四皇子……現在應該叫昭康帝了，自打即位後，頻頻召見他。

禾晏明白四皇子的打算，如今朝中尚有太子餘黨，肖玨與燕賀，是昭康帝決議要重用的人。

這本該是件好事，可禾晏卻覺得有些不安。

「有心事？」肖玨揚眉。

「皇上登基後，事情看上去是告一段落了。」禾晏看向長空，「可那些烏托人，應當不會善罷甘休。既然籌謀了這麼多年，與太子徐敬甫裡應外合，如今太子和徐敬甫倒了，他們豈會甘心？你也知道，一代一代，新皇繼位的時候，就是最危險的時候。」

權力更迭，那個位子坐得還不穩，尤其是朝中人心各異，最容易被人鑽了空子。禾晏與那些烏托人打過交道，怎麼看，他們都不像是會甘心退避三舍的性子。

「我知道。」肖玨淡聲道。

禾晏看向他：「皇上是怎麼處理那些烏托使者的？」

「之前太子將那些人放了出來，現在一部分已被捉拿，但消息應該流回烏托了。」

「你的意思是，他們很快就會動手了？」

肖玨扯了一下嘴角：「不錯。」

禾晏心中無聲地嘆了口氣。雖然她是武將，可她並不喜歡打仗，打仗就意味著流血犧牲，無數百姓妻離子散。尤其是如今這個關頭。

而且……

她望向身邊人，身側的男子目光落在院子裡正鬧騰的黃犬身上，微微勾起嘴角。

這是難得的片刻安寧。

罷了，她咽下嘴邊的話，過了片刻，伸手挽住肖玨的胳膊，鄭重其事地開口：「肖玨，我晚上想吃紅燒乳鴿。」

「……」

平靜的日子總是格外短暫。

昭康帝登基不到十日，烏托人大肆率兵進攻大魏，沿興河一路北上。

烏托人同大魏的這場戰爭，在經過了數十年的籌謀後，終於打響。

九川、吉郡、雲淄、並江四城因兵力不足，當初又被太子的人刻意安排，不過短短三日，就被烏托人占領。烏托人攻破城門後，大肆屠城，據僥倖逃回來的人說，河流沿岸屍體堆積如山，血將河水染得鮮紅。

昭康帝大怒，立刻令人前去制敵。然而大魏這麼多年重文抑武，除了封雲將軍與飛鴻將軍，並無多少人可用。眼下飛鴻將軍禾如非還是假的，撫越軍兵權重新歸於皇室。

昭康帝在朝堂上詢問誰願意帶兵平亂，除了歸德中將軍燕賀與右軍都督肖玨，竟無人上前。準確的說，也不是沒有人，亦有老將願意提刀上馬，可惜的是，他實在是太老了，根本無法再上戰場。

大魏皇室多年沉溺安逸種下的惡果，終於在這一刻顯露出來。金鑾殿上，昭康帝望著臺階下的文武百官，面沉如水，嘆道：「諸公無能，護不住我大魏河山。」

有人在一片安靜中，走了出來，聲音清朗，「陛下，臣願率撫越軍，赴九川抗敵。」

穿著紅色朝服的女子站在殿中，顯得格外挺拔英氣，她抬起頭，望向高座上的帝王，目光乾淨而堅定。

這是武安侯禾晏，也是封雲將軍的妻子。

昭康帝微微頓住。

與太子的較量中，肖家是站到他這一方。肖珏也很聰明，並未直接參與，昭康帝有意重用肖珏，但又不能給他太大的權力，想來想去，最後就升了禾晏的官。

禾晏到底是個女子，如今只有個侯位。升禾晏的官，既是給了肖珏的回報，又沒有讓肖家的權力大到令人不安的地步。正如如今的太后娘娘曾說的，不要小看女子。升禾晏的官，從某種方面來說，對肖珏也是一種制衡。

但昭康帝的確沒想到，禾晏會在這個時候站出來。

他下意識看向肖珏，這個時候，試圖在肖珏臉上抓到一點情緒。可惜的是，大魏有名的右軍都督，神色平靜，未見半點波瀾。

難道他早就知道此事？但既然知道此事，為何不私下與自己先提，而是等到現在再說？

禾晏俯身道：「臣與烏托人交手過幾次，斗膽懇請陛下准允臣帶兵前往九川。」

論起與烏托人交手，她的確算是有經驗。無論是在濟陽還是在潤都，否則那時候文宣帝也不會進她的官。但若論領兵作戰……

不等昭康帝開口，有文臣就道：「武安侯，妳是女子，如何能帶兵抗敵？」

「大人恐怕忘了，」禾晏的語氣不卑不亢，「威震四海的飛鴻將軍，原本也是女子。」

那位大臣被堵得啞口無言。

是啊，那位真正的飛鴻將軍，可不就是一名女子。

昭康帝沉默半晌，道：「此事事關重要，朕不能隨意決定，容朕思量過後，再行決議。」

他看向肖玨。

到這裡為止，昭康帝還不能確定肖玨是否知道禾晏的打算。如果肖玨也是支持禾晏的決定，那麼定會私下裡來尋自己。肖玨開口，昭康帝會考慮答應，倘若禾晏真沒那個本事，大魏的右軍都督，想來也不會輕易讓自己的夫人去送死。

當然，最關鍵的一點在於，就如蘭貴妃所言，大魏已經無人了。領兵作戰能力優秀的將領寥寥無幾，就算禾晏不去，又有誰能去？

他心中暗自苦笑，只覺得頭上這頂明黃色的龍冠，戴起來實在很沉。

下朝之後，禾晏隨著肖玨往外走，冷不防燕賀從後面跟了上來。

他叫住禾晏：「喂，妳真打算帶兵去九川？」

「怎麼？」禾晏心裡有事，望著前面肖玨的背影心不在焉地回答。

燕賀順著她的目光往前一看，想了想，問：「今日朝上之事，肖懷瑾難道還不知道？」

禾晏沒說話。

「禾晏，妳可真厲害。」燕賀明白過來，驚嘆地看著她：「難怪我看肖懷瑾看起來這麼生氣。這麼大的事情妳都不跟他商量，玩先斬後奏？行啊，要說妳能把肖懷瑾都氣成這樣，看來就算真去九川，那些烏托人也不是妳的對手。」他作勢要拍拍禾晏的肩，手舉到一半，又想到禾晏是女子，於是縮了回來，看著禾晏幸災樂禍道：「肖懷瑾這麼生氣，武安侯，祝妳好運。」說罷，他就一甩袖子，逕自往前去了。

禾晏被燕賀這麼搶白了一通，倒是沒生氣，今日之事，她沒有跟肖玨商量，直接在金鑾殿上請征，估摸著肖玨也生氣了。不過……有很多顧忌，她確實不知道如何對肖玨開口。

這會兒肖玨往宮外肖家的馬車那頭走去，禾晏忙跟上，自己進了馬車，同他坐在一起。車夫趕著馬車，馬車在回肖家的路上，她不時抬起頭看身側人一眼，肖玨神情平靜，越是平靜，禾晏就越能感到他此刻的怒意。

禾晏也就沒說話，她還得想想怎麼說。

待馬車在肖府門口停下，肖玨先下了馬車，頭也不回的往裡走。禾晏跟著跳了下來，或許是馬車裡的氣氛太過於凝滯，好心的車夫還提醒禾晏：「少夫人，少爺今日心情看著不好，您要不寬慰寬慰他。」

禾晏笑道：「一定。」

待她一路跟著肖珏進了肖府，回到院子，青梅正在院子裡曬被子，看見禾晏高興地道：「少夫人——」

「噓。」禾晏對她做了一個噤聲的手勢，尾隨肖珏進了門。

一進門，她把門一關，對上的是肖珏微涼的眼神。

禾晏二話不說，過去攔腰抱住他，「你先冷靜。」

肖珏站在屋中，一動不動任她抱著，冷道：「不要每次都用同一招。」

雖然是沒什麼新意，不過好用就行了。禾晏心中腹誹，她也不想每次都用這招，不過肖二少爺就吃這一套，又有什麼辦法。

「我來解釋一下。」禾晏緊攥身前人的腰帶，語氣誠懇，「我是想跟你說的，可是每次想說的時候，總覺得十分破壞氣氛，後來拖著拖著，拖到了今天。我先說，我絕對沒有先斬後奏，就算先斬後奏，對的也是皇上，不是你。今日我怕我不說，皇上點了別人帶兵，只好先開口。肖珏，」她揚起頭看向對方，「我真不是故意的。」

肖珏避開她的目光，語氣涼涼，「禾大小姐，妳現在連騙人，都這麼敷衍了？」

連「禾大小姐」四個字都說出來，可見是真的生氣了。禾晏一個激靈，忙道：「肖珏，你身為主將，怎麼能先入為主，我真沒騙你。」

她確實是想說來著，可這段平靜日子，每每看肖珏難得的輕鬆，她便不想提起這些事。

「好吧，我是有點顧慮。」見肖二少爺態度依然冰冷，禾晏老實承認自己那點私心，「我……我是不知道怎麼跟你說。」

她鬆開攥著肖珏腰帶的手，如犯了錯的孩子低頭看著自己腳尖，語氣躊躇，「烏托人那邊這樣亂，你是要領兵去雲淄的，雲淄與九川不在同個方向。若我主動跟皇上請命出征，皇上同意的話，就要獨自帶兵去九川。」

「你肯定很擔心。」

她睨肖珏的臉色一眼，見肖珏正低頭看著自己，眼睛一亮，這人又極快的側過頭去，禾晏心中有了底，抓住他的手，仰頭望著他，含情脈脈地開口，「我同你成親後，看這朔京城裡所有的男子，都不如你體貼周到。你做人夫君做的是獨一無二，定然擔心我這樣的嬌妻獨自一人在外。若我真的帶兵去九川，你只怕日日想念我、擔心我，說不準還會將我鎖在屋裡，我這麼一個嬌弱的女兒家，不見天日……」

她又開始胡言亂語，肖珏被氣笑了，看了她一眼：「把妳鎖在屋裡？」他嗤道：「世上沒有一拳能把門鎖砸破的嬌妻。」

「這你就誤會我了，」禾晏指了指自己的胸口，「雖然我看起來很強壯威武，但我的心很脆弱。譬如剛剛你生氣的時候，我就很難過，心都碎了。」

她如今不要臉皮的話張口就來，肖珏都被說得沒脾氣了。半晌，才不鹹不淡地開口：「妳認為，妳要帶兵出征九川，我會不同意？」

禾晏沒說話。

他視線凝著面前的女子，有些微怒，然而怒意中，又夾雜了一絲不易察覺的無奈，最後，他轉身身：「如果妳直接跟我說，我不會阻止。」

禾晏望著他的背影，斂下嬉皮笑臉，低聲道：「我以為若是你，會讓我跟你一道去雲淄……」

「九川鄰近漠縣，妳對漠縣地形熟悉，自然更願意帶撫越軍去九川。」肖珏的聲音平靜，「在雲淄，並不能完全發揮妳的長處。」

禾晏一怔，他轉過身，目光與禾晏相接。

清楚的，坦蕩的，明明白白的如一面鏡子，映出她所有心思。

他原來都知道。

禾晏頓了頓，重新展臂抱住眼前人，喃喃道：「你怎麼什麼都知道……」

她的確更願意去九川，過去從未去過雲淄，如果她與肖珏一同去雲淄，那麼昭康帝必然會點別的武將去九川。可沒人比她對九川更熟悉，並非她自信，甚至可以說，沒有人比她更懂得如何在九川打贏勝仗。

眼下大魏無人可用，戰事稍緩一點的是並江，九川、吉郡和雲淄的戰況最糟糕。縱然她自己心裡清楚自己的本事，可關心則亂，肖珏如今是她的丈夫，未必願意她獨自帶兵去危險的地方。

就如當年肖夫人總是阻攔肖仲武一般。

「我說過，」肖珏的聲音從頭頂上傳來，「想做什麼就去做，做得到就行了。」

禾晏抬眸，問：「你相信我做得到？」

他輕哼一聲，「禾將軍有什麼做不到的。」

禾晏看著他彆扭的模樣，「噗嗤」笑出聲來。

原以為很難說清楚的事，如今卻這般三言兩語就說明白了。他待她真是十足的包容，包容到禾晏覺得自己的某些思量和顧慮，都顯得可笑。

「不過，皇上未必會將兵權直接給我。」禾晏的笑意才漾開一瞬，忽而又想起另一件事。畢竟在外頭人看來，她連這個武安侯的名頭，都是沾了點肖珏的光才得來的。在濟陽、潤都，有肖珏與李匡，她並未獨自帶兵打過一場仗，倘若直接將兵權交給她，外人未必會服氣。

「我會進宮見皇上一面，撫越軍的兵權，應當會交到妳手上。」肖珏道：「但如何讓妳手下人信服，只能靠妳自己。」

「你說的是真的？」禾晏猛地激動起來。

讓手下人信服，她有的是辦法，如果肖珏能說動昭康帝，此事就是真的板上釘釘了。

「皇上今日沒有直接回覆妳，就是在看我的意思。」他唇角一翹，「他不信妳，但信我。倘若我來為妳保證，他就會相信妳帶兵的能力。」

「眼下正值多事之秋，難道陛下不怕將兵權給了我，我們夫妻二人手中權力過剩盛，反對他造成威脅？」禾晏順口玩笑。這個關頭，誰擁有了兵權，誰就有了勝算。雖然太子已經不在，皇室中暫且無人能對昭康帝產生威脅，不過武將功勞過多……自古以來不是什麼值得高興的好事。

「大哥和大嫂還在京中，何況，大嫂腹中已有肖家骨肉，幾年之內，皇上不至於懷疑肖家。」

禾晏心中的石頭又放下一塊，不過……

她看向身前人，問：「我還有一個問題，你說皇上要你來為我保證，肖珏，你相信我會打敗那些烏托人嗎？」

似是覺得她這個問題實在可笑，肖珏忍不住笑了，他不置可否地側過頭，懶道：「天上天下，誰見了妳不甘拜下風。」

話雖說得揶揄如嘲諷，語氣裡，卻帶著與有榮焉的驕傲。

這話聽得禾晏很受用，她踮起腳，湊到肖珏耳邊，低聲道：「彼此彼此，肖都督。」

「我也相信你會再接再捷，旗開得勝。」

昭康帝最終還是准允武安侯禾晏率領飛鴻舊部撫越軍前去九川抗敵。

朝中雖多有人議論，可最後還是慢慢平息了。一來是礙於肖家的原因，也不敢說什麼。二來，縱然禾晏不去，朝中可用之人，寥寥無幾。還不如讓這位曾同烏托人交手過的武安侯領兵。

燕賀帶著燕家兵馬先去吉郡，肖珏率南府兵深入雲淄，還有年紀稍大些的虎威將軍帶兵連帶著涼州衛的人一同去戰況稍好些的並江。禾晏則是領著撫越軍前去九川。

他們四人，除了虎威將軍年紀稍長，其餘三人都算是很年輕。尤其是禾晏，昭康帝卻敢將兵權交給他們，並非是存著賭博的心思，還有為自己培養親信的意味。尤其是禾晏，倘若用好了，未必不是下一個「飛鴻」。

兵符到手後，很快就要出發離京。禾晏同昭康帝請求，當初在涼州衛時，王霸幾人跟著她到了潤都，夜襲敵營時同她配合無間，想請求此去九川，王霸一行人可以加入撫越軍，昭康帝同意了。

一切都塵埃落定後，剩下在朔京的日子，不過兩日。

春雷陣陣，快到驚蟄了。柳絲有了新發的綠芽，藏在江邊，將江色染得青青。

城東孫大爺開的麵館裡，穿著藍布裙的女孩子正將鐵鍋裡的麵條撈出來。她年紀不大，生的只能算是清秀，有人同她說話的時候有些害羞，是個安靜羞澀的姑娘。

兩個年輕人走了進來，年紀小一點的少年笑嘻嘻道：「兩碗陽春麵。」說罷，遞過去幾個錢。

孫小蘭忙將手用帕子擦了擦，接過錢來，道：「客官先去裡頭坐，馬上就好。」

小麥點了點頭，一邊擠眉弄眼的對自家大哥，被石頭瞪了一眼以示警告。

二人到裡頭尋了一張桌子坐下來，小麥問石頭：「大哥，咱們馬上就要去打仗了，這一次可不是去涼州衛，是要和那些烏托人來真的。你既然喜歡小蘭姐姐，走之前幹嘛不告訴她？」

石頭沒說話。

「你若不說，她在朔京城裡，孫大爺萬一給她定親了怎麼辦？」小麥望向自己大哥，「咱們好歹在涼州衛待了這麼久，大哥你怎麼變得這樣慫？」

石頭搖頭，低聲道：「此去九川，未必能活著回來。何必給人希望，平白耽誤了人家。」他望向正在忙碌的藍裙姑娘，唇邊罕見的露出一絲笑容，「若我有命回來，再同她說我的心意……」

小麥看了看孫小蘭，又看了看石頭，過了一會兒，認命般地嘆了口氣，「好吧，大哥你說什麼就是什麼。」

麵很快被端上來了，孫小蘭笑道：「兩位慢用。」又很快離開。

石頭看了許久，才收回目光。

天上漸漸下起小雨，將店門前的青石板洗的勻淨透亮。麵館的姑娘將空碗收撿，待到了桌邊，卻見兩個空了的麵碗前，還放著一盆山桃花。

這盆桃花開得早，一些尚未完全綻開，淺淺深深，點點緋色，如春日紅雪。她愣了一下，腦中浮現起方才寡言的清俊少年，過了一會兒，她臉頰微微泛紅，將這盆桃花抱起來，小心翼翼地放到屋中了。

山還是從前的山，匪寨看起來卻破舊許多。

臉上帶疤的漢子爬上最後一道土丘，望著眼前的匪寨發呆。

門口有個牽著牛經過的孩子看了他一眼，一看就呆住了，片刻後，嚎道：「大當家回來啦——」

被簇擁著進了寨子，人人嘴裡叫著「當家的」，令王霸恍如隔世。在涼州衛待久了，學會的是服從，做的是小兵，這般前呼後擁，愛戴尊敬，真是十分令人不適。

他輕咳一聲：「老子今天回來，就是為了說一聲，再過一日，老子要出發去九川打烏托人了！順便來看看你們過得怎麼樣。」

有人擠上前來諂媚地道：「大當家走了後，素日裡往這山頭來的人不多，收成不好，大家就開始種地。還養蠶，雖然比不上咱們做盜匪的時候，但勝在穩定。二當家說，等夏日來了，在山裡挖個塘養魚，日後咱們吃的用的，不必發愁。」

王霸感到很欣慰，於欣慰中，又生出一點酸氣，皮笑肉不笑道：「看來老子不在，你們自己也過得挺好。」

二當家走了過來，他是讀過書的斯文人，當年家道中落走投無路來當土匪，卻又手不能提肩不能扛，王霸一開始還希望他能出點好主意，後來索性放棄了，就讓他留在寨子裡教小孩子讀書寫字。

二當家道：「當家的當初也是看官兵剿匪剿的凶，再去搶道不安全，才自己去涼州衛投軍的。不過這兩年外頭本就亂，大家日子都不好過，如今能這樣自給自足，已經很好了。當家的這是去打烏托人，沒有當家的在外拼命，哪能有咱們的好日子過。兄弟們都念著您，若是哪一日您想回來，您還是咱們的老大。」

王霸心中舒坦了些，輕哼一聲，「算你們有良心！」

他從隨身帶著的包袱裡拿出幾錠銀子，一一排開。

「這是……」有人小心翼翼地問。

「老子在兵營裡立功，上頭賞的！」他滿不在乎的一揮手，「我現在吃住都在軍營，留著沒用，你們拿著吧，想買什麼就買點，別說老大沒管你們死活！」

「這……」二當家躊躇了一下，「這是您用命換來的，咱們不敢收。」

「叫你收下就收下，廢話那麼多！」王霸眼睛一瞪，「敢頂嘴了是不是？」

眾人面面相覷，不敢反駁，一旁的小孩子「呼啦」一下圍上來，往王霸身上撲，嘴裡嚷著：「大當家厲害！大當家最棒！」

王霸被擠得只露出一個頭，氣急敗壞道：「別踩老子，都滾下去！」

眾人瞧著這邊一團熱鬧，皆是低下頭，小聲地笑了。

破舊的茅草屋裡，桌上難得燉了一大盆羊肉。

十二歲的少年正是能吃的時候，吃得滿嘴流油，腮幫子鼓鼓的。

洪山道：「慢點吃，沒人跟你搶。」

「哥哥，」小孩子抬起頭來，含糊道：「下次你回來，咱們還吃燉羊肉！」

洪山失笑：「好。」

身側的老婦人不贊同地搖頭：「你什麼都順著他，這孩子被嬌慣壞了怎麼辦？」

「阿城這麼乖，怎麼會被慣壞？」洪山笑著摸了摸幼弟的頭，有些感嘆，「阿城如今，比我當時走的時候長高了許多，再過幾年，就能獨當一面了。」

他們家中，只有一雙兄弟與老母親。小麥兄弟年紀相仿，而他的幼弟如今才十二歲。洪山這輩子沒什麼本事，能進入涼州衛，認識一干厲害的兄弟已經是沒想過的事。不過，他願意將所有美好的希望都寄託在自己的幼弟身上，希望他能光宗耀祖。

「阿城，」他看著舉著羊腿吃得歡快的小少年，「當初我剛到兵營時，第一次見武安侯，她生的比你還要瘦弱。可後來在涼州衛，她一人獨占鰲頭。」

「她真那麼厲害？比哥哥還要厲害？」阿城好奇地問。

洪山笑笑，「她可比我厲害多了，」他看向面前的小少年，「她跟你一樣能吃。所以阿城，我不在的日子裡，你要多努力，說不定日後，你也能做如武安侯那樣的人。」

「武安侯是女子，我是男子，我怎麼能做武安侯？」小少年不幹了，「我要做，也要做封雲將軍那樣的人！」

洪山與婦人對視一眼，隨即低頭笑了。

「好好好，做封雲將軍也行。」洪山笑道：「那哥哥走後，你一定要專心念書，好好習武，不要惹娘生氣，知道嗎？」

「知道了。」阿城拍胸脯保證，「哥哥你放心吧，我一定會照顧好娘的！」

「阿山，」老婦人看向洪山，目光溫柔又擔憂，「戰場上刀劍無眼，一定要小心。」

洪山把盛好的湯往老婦人面前一推，「放心吧，娘，我一定會照顧好自己的。」

京城武館。

江館長正與少東家江蛟比武。

兩人用的皆是長槍，江館長當年一手長槍用的出神入化，而如今，他的兒子，江蛟已經有過之而無不及，正如他的名字一般，長槍如蛟龍出海，既漂亮，又凶猛。

一道橫擊，槍尖已經抵上江館主的脖頸，紅纓微微顫動，周圍爆發出一陣叫好的聲音。

「好！少東家厲害！」

「江館主輸了，不服老不行啊！」

敗於自己兒子手中，江館主非但沒有生氣，反而露出驕傲的神情。望著眼前挺拔的年輕人，心中生出極大的欣慰。

當年江蛟的未婚妻同人殉情，江蛟頓時淪為笑談，從此一蹶不振。日日將自己關在房中，不肯見人。親朋好友人人來勸，絲毫無用。

江館主就這麼一個兒子，又生氣又心痛，毫無辦法。

正好涼州衛在招新兵，想著要磨煉一下這小子的意志，就逼著江蛟去投了軍。

沒想到不過兩年時間，就讓江蛟煥然一新。再不見往日頹廢，槍術更是漸長。若說這一生中，有什麼事是江館主值得慶幸的，那就是那一日撕下了涼州衛的徵兵文書，將這臭兒子扔進軍營。

他裝模作樣的矜持道：「你這槍術倒是頗有精益。」

江蛟笑道：「是友人指點的好。」

他這槍術，是禾晏指點過的，想來也覺得唏噓，禾晏的槍術，遠遠在自己之上，自己想要追上她，還需要諸多努力才行。

江館主走到屋子裡，從裡屋捧出一桿以紅布包著的長棍來。

「這是……」

「給你的。」江館主道：「打開看看。」

江蛟依言打開，剝開紅布，裡頭是一桿銀色長槍，這槍比他先前那只去涼州衛時帶著的那桿更漂亮鋒利。

「你此行去九川，原先的長槍恐怕不行。我們武館，從不缺好兵器。這把長槍更襯你如今的槍法。」

江蛟將長槍在手中隨意甩了幾下，覺得頗合心意，當即高興道：「多謝爹！」

「拿了武館的好槍，就不要辱沒我江家的名聲！」江館主沉聲道，默了片刻，又補充了一句，「當然，更要保護自己，記住，活著回來！」

江蛟灑然一笑，將槍負於身後，爽快道：「那是自然。」

細雨孱弱，酒家靠著江邊，有穿著蓑衣的老者正在垂釣。身形雄壯如黑熊的大漢手提大刀，摩挲著胸前的佛珠，望向面前酒家的目光，竟是格外柔和。

這裡曾是他的家。

那時也是這樣的春日，他們的宅子靠近江邊，這個時節能撈上不少魚。兄弟們將魚胡亂丟進竹簍裡，女孩子們就將魚鱗去了，收拾乾淨，烤得香噴噴的。那時候他的雙親還在，院子裡每日都是熱熱鬧鬧的。無憂無慮的日子像是沒有盡頭，他也像是永遠不會長大。

一轉眼，許多年過去了，物是人非。原先的家人早已不在，充滿回憶的宅院，也變成了賣酒的店坊。

而他孑然一人，就連臨行前的道別，也無人可說。

賣酒的婦人熱情地招呼道：「大哥，要不要來一碗杏花酒？」

黃雄側頭看去，過了一會兒，點一下頭，道：「來三碗。」

「好嘞。」婦人笑咪咪地答道。

他將刀放在桌上，等著那婦人送上三碗清凌凌的甜酒。酒味清甜，算不上名貴，卻讓他想起母親釀的桂花酒。

黃雄抬起頭，窗外的屋簷下，雨水一滴滴落下，在地面砸出一個小坑。他看著看著，忽然搖頭笑起來。

其實，也沒什麼。

他如今坐在這裡，就如坐在昔日的家中。這婦人的照顧，姑且可以算作是母親的叮嚀，外頭的雨聲，就如小輩弟妹的吵鬧。而這把刀……

就是陪他一同往前走的摯友。

狂悍的漢子仰頭，將三碗酒一一灌下，放下手中的銀錢，起身大步離去了。

唯有簷下的落雨，不疾不徐，分外綿長。

京城林家，今日氣氛異樣冷凝。

林夫人拿著帕子不住地擦拭眼淚，望著眼前人，泣道：「好端端的，我兒，你何苦非要往吉郡跑？你可知那等地方戰亂不斷，你又不會武，要是撞上烏托人，可怎麼辦……娘可就你這麼一個心肝兒，你要是有個三長兩短，娘可怎麼辦！」

「行了，」林老爺林牧皺眉道：「哭哭啼啼的，像什麼樣子，要是讓下人看到了，怎麼辦？」

林夫人不依不饒，將矛頭對準了林牧，「你這個沒用的東西，你去跟皇上說，讓鶴兒回來。要不你替他去！你都活了這麼多歲了，我兒還小，嗚……他這柔柔弱弱的，怎麼能去戰場上……」

林雙鶴：「……」

他第一次發現，原來母親哭起來，眼淚竟然恁多。

「娘，是我自己跟皇上求的，是我自己想去，您別怪爹了。」林雙鶴道：「這是建功立業的大好時候啊，咱們林家總不能只醫女子，我這一去，若是立了功，林家就要名揚大魏了。」

「誰稀罕，」林夫人罵道：「我們家又不缺錢！」

林雙鶴第一次對女子感到束手無策，看向父親。

林牧微微皺眉，問：「你真的想好了嗎？那可是戰場。」

「爹，我又不是沒去過戰場，之前在濟陽的時候不是遇到過烏托人，我還不是好好的。你們擔心的太過了，我這人運氣向來不錯。不會有事的。」

「可是……」林夫人還要說，身後有人的聲音傳來：「雙鶴，跟我過來。」

正是林清潭。

林雙鶴終於瞅著空子開溜，忙道：「祖父叫我。」趕緊跟著林清潭過去了。

待到了書房，林清潭轉身，看著林雙鶴的眼睛，問：「你執意要去吉郡，可是為了瘟疫一事？」

林雙鶴一愣，隨即笑嘻嘻地道：「還是祖父英明。」

烏托人在吉郡濫殺無辜，屍體堆積如山，聽說已經有瘟疫出現，林雙鶴主動請命前去，就是為了平疫。

「你真的想好了？戰場不比京城，那是隨時會喪命的地方。」林清潭道。滿京城的人都知道，林家這個小兒子頗有天分，可惜行事荒唐，不能成大事。或許，就連林雙鶴的父親林牧也這麼認為。林家對於這個小輩的期望，無非是他一輩子不惹什麼大事，平平安安的過這樣就行了。

「祖父。」向來嬉皮笑臉的年輕人，第一次顯出鄭重的神色，「倘若太平盛世，我專行女子醫科，無可厚非，可戰事緊急，林家還貪生畏死，臨陣脫逃，就不配行醫了。」

「此去吉郡，不只是治那些被染上瘟疫的百姓，軍中受傷的兵士，亦不可缺軍醫療治。」

「戰場固然危險，可祖父也教訓過，業醫者，活人之心不可無，自私之心不可有。我是林家少爺，但首先，我是醫者。」

林清潭看著眼前的林雙鶴，眸光閃動，過了許久，這個沉斂的老者，第一次露出欣慰的笑容。

「醫者，仁術也。你已有仁愛之心，這很好。」

「去吉郡吧。」他道：「林大夫，那裡也是你的戰場。」

禾晏在臨行前一日，一直陪著禾綏與禾雲生。

禾雲生得知她要去九川後，極其激動，斥道：「我知妳身手了得，但是禾晏，那裡是九川。過去妳在潤都也好，在濟陽也好，至少妳不是孤軍奮戰，妳從未獨自帶過兵，怎麼能與那些烏托人相抗。那些烏托人狡詐凶殘，一破九川就開始屠城。妳是女子，要是真的被人所俘……」禾雲生打了個寒顫，那是比死還要痛苦的地獄。

「禾雲生！」禾綏高聲道：「你好好說話。」

少年倏而閉嘴，可看向禾晏的目光，仍然是數不盡的擔憂。

無論涼州衛的新兵們如何追捧禾晏，對他說禾晏無所不能，可在禾家父子心中，禾晏始終是從前那個吵著要買新衣口脂的柔弱小姑娘。一株嬌養的花草被移入野外，風吹日曬的能活下來已是慶幸，怎麼讓讓這株花草去打打殺殺，搏殺拼命？

簡直荒謬。

「聖旨已經下了，兵符也在我手上，」禾晏無奈道：「雲生，你冷靜一點，我還沒去九川，你先給我將敗仗安排上了。要是傳到皇上耳中，咱們禾家要倒大霉的。」

禾雲生被她說的啞口無言，片刻後又道：「還不都是妳逞能！」

「男子漢大丈夫，」禾晏逗他，「國家危亡之際，正是要用人的時候，怎麼能只想著自己？你們學館的先生，平日裡不是這般教的吧？」

「我管那麼多，」少年咬牙道：「我只管我自己家裡人。再說，若能讓我替妳去，我二話不說就去了。朝廷怎麼回事？這麼多男人，竟讓一個女人衝在最前面。」

禾晏笑了笑：「雲生，你這話說的，你過去敬慕的飛鴻將軍，原本不也是個女人麼？」她拍了拍少年的肩：「我沒有想那麼多，也沒有認為自己是個女人就該躲在後面。不過是因為我認為我能上戰場，所以就去了。這和男人女人沒有關係。」

「晏晏，」禾綏看向她，他的眼睛有點發紅，偏還要裝出一副慷慨瀟脫的模樣，「說得好。爹也是這般想的，妳是個有主意的孩子，既然主動請命前去九川，必然心中有數。爹不擋妳的腳步，別聽雲生胡說八道，爹相信妳一定能把那些烏托人打得落花流水。」

他說著說著，自己先哽咽起來。

若非禾綏年紀太大，資質又不夠格，禾綏一定提刀跟著禾晏一同奔赴戰場了。說放心是假的，他就這麼一個女兒，如珠如寶的養大，之前禾晏偷偷去了涼州衛已經讓他擔心憂愁了好久，如今是真刀真槍的與那些烏托人對上，如何能輕鬆？

可是，如果這是禾晏自己決定要走的路，他這個做父親的，唯一能做的，就是成全。

「爹從前也想過，咱們老禾家日後會不會出一個武將，不過總以為是雲生，沒想到是晏晏。」他感慨地看著眼前的姑娘，誰能想到，當初那個驕縱爛漫，總是吵著要買新胭脂的女孩子，如今會成為率領一方兵馬，親赴戰場抗敵的巾幗英雄呢？

他心中又自豪又心酸，自豪的是他禾綏的女兒如此優秀，全天下的男兒一個都比不上。心酸的是一個女孩子上戰場，她要面對的，是別的女孩子不曾面對過的殘酷與黑暗。

可是，她要做天上的鷹，就應當讓她飛在長空，而不是做一支風箏，將線牽在自己手中。她有自己的天地，即便那天地，是他這個做父親所無法觸碰的遠方。

「爹相信，妳娘一定會在天上保佑妳的。」禾綏道。

禾晏望著禾綏，禾綏這個父親，包容而寬厚，即便到了現在，也全然為她著想。自己心疼難忍，也絕不表現出來，更不會讓自己變成牽絆女兒的工具。

何其有幸，他們是她的家人。

「爹放心，」禾晏握住禾綏的手，父親的手寬大而粗糙，指腹有常年勞作生出的厚厚繭子，「我打贏了那些烏托人就回來。」

她一字一頓，彷彿承諾般道：「我一定回來。」

臨行前一日，傍晚時分，禾晏與肖玨出了門，坐上了去豐樂樓的馬車。

林雙鶴今日包下了整個豐樂樓，請了幾位友人在樓中踐行。他自來揮霍，此去要跟著一道前往吉郡，下一次揮霍，不知道是什麼時候了。

待到了豐樂樓，樓下的夥計先帶路將他們迎上去。待上去一看，只有林雙鶴一人在，桌上擺滿了酒菜，正中央放了一口銅鍋，鍋裡「咕嘟咕嘟」煮著羊肉，香氣撲鼻，林雙鶴正與那邊的美貌琴師說話，不知道說了什麼，逗得姑娘直笑。

「林兄。」禾晏叫他，林雙鶴轉頭，看見禾晏，眼睛一亮，走過來抱怨道：「你們怎麼來的這麼晚？我都到了許久，還以為你們今日不來了。」

禾晏看了一下四周：「就我們三個人嗎？」

就三個人，叫這麼大一桌子，林雙鶴還真是貨真價實的敗家子。

「那哪能，我叫燕南光夫妻兩個也過來。好歹明日要一起出發，今日就當是給大家，也給我自己踐行了。不過，」林雙鶴一搖扇子，「燕南光怎麼這般不準時？難道知道明日上戰場，今日先躲在家裡哭去了？」

「林雙鶴，你罵誰呢？誰躲在家裡哭？」正說著，有人的聲音從外頭傳來。幾人回頭一看，燕賀正攙扶著夏承秀往裡走來。他橫了林雙鶴一眼，「到底是誰膽小？你今日在這裡請客，不就是為了跟我打好關係，好讓我到了吉郡罩著你，免得你一刀被那些烏托人砍死了嗎？」他冷笑：「別以為我看不出來！」

禾晏注意到被燕賀攙扶著的夏承秀，關切地問：「承秀姑娘這是怎麼了？可是身子不適？」

雖然按理說，她應當叫夏承秀「燕夫人」，不過禾晏還是更喜歡叫她「承秀姑娘」。夏承秀溫溫柔柔，總是耐心十足，很難想像最後怎麼會和燕賀這樣的暴脾氣成了夫妻。

夏承秀聞言，有些不好意思，正要說話，就被燕賀接過話頭，他有意炫耀，偏又不想炫耀的很直接，就故作雲淡風輕地開口：「沒什麼，只是她如今有了身孕，凡事該小心一點。」

「身孕？」禾晏一愣。

林雙鶴激動道：「嫂夫人有了身孕？來來來，讓我看看——」他伸手要去抓夏承秀的手。

燕賀一把將他的手拍開，護在夏承秀身前，怒道：「幹什麼？」

「給嫂夫人把把脈啊，」林雙鶴道：「我可是白衣聖手，專門為女子行醫的。讓我看看嫂夫人的胎像如何……」

「滾，」燕賀一腳踹過去，「找宮裡的太醫看過了，好得很，不勞你費心！」

「嫂夫人，妳看他。」林雙鶴握緊扇子，低聲道：「妳得管管。」

夏承秀笑著搖了搖頭。

燕賀目光落在禾晏身上，禾晏莫名其妙，他又看向在桌前坐下的肖珏，突然得意洋洋地開口：「肖懷瑾，我可當爹了。」

「聽到了。」肖珏回答的很冷淡。

禾晏：「……」

「我先你一步當爹了！」燕賀強調了一遍，「我比你領先！」

燕賀上輩子一定是隻鬥雞，這件事究竟有何好比較的？再說了，她與肖珏才成親多久，燕賀都成親多久，這也能拿來比？比試未免太不公平。

禾晏正想著，肖珏突然抬頭掃了她一眼。

禾晏：？

下一刻，肖二少爺不緊不慢地開口：「誰告訴你，你領先了？」

燕賀笑容一僵：「你這是何意？」

「你兒子尚未出生，我女兒，已經會背書了。」他盯著手裡的茶盞，微微勾唇。

林雙鶴「噗」的一口茶噴了出來。

禾晏：「……」

肖玨說的，怕不是在涼州衛時，她喝醉了酒扯著肖玨背書給他聽的事？

林雙鶴笑得以扇遮面，嘴裡道：「對、對，懷瑾比你先當爹，這一點我可以作證，是真的！小女兒可乖巧了，什麼都會背！」

「怎麼可能？」燕賀一聽，急了，慌張的衝上前質問，「都會背書了？你的私生女？肖懷瑾，你居然養私生女，這是什麼時候的事？好哇，旁人都說你心高氣傲誰都看不上眼，沒想到你是這樣下流無恥之人。還有妳！」他恨鐵不成鋼地看著禾晏，教訓道：「看妳也是條在戰場殺敵的好漢，這妳也能忍？不提刀砍了這混帳的腦袋做什麼？」

禾晏：「我……」

「怕肖家權勢壓人？」燕賀眉眼一橫，大手一揮，「本將軍給妳撐腰，明日就去和離！」

肖玨眉頭微微一蹙。

「燕南光，」他平靜地開口：「今日我不想動手。」

「誰怕你啊？」燕賀一聽，躍躍欲試地擼起袖子，「來就來！」

「南光，」夏承秀不贊同地搖頭，輕聲道：「今日是林公子請客，怎好動粗？再說，肖都督是跟你說笑的，你何必當真。」

夏承秀一開口，燕賀這隻鬥雞立馬蔫了，只道：「……好吧。」

「羊肉都煮好了，先坐下吃菜吧。」林雙鶴招呼幾人一道坐下，坐下時，還拿胳膊捅了肖珏一下，低聲道：「懷瑾，你可真行。」

肖珏懶得搭理他。

林雙鶴拿林家的銀子當水似的，都是照著最貴的點，一桌子菜就是一桌子銀子，不過一分錢一分貨，豐樂樓的酒菜本就是朔京城最好的。

禾晏原以為燕賀雖然懼內，可到底是武將，做事必然粗心大意，沒想到這回燕賀真是令她刮目相看。夏承秀吃的喝的，哪些不能吃不能喝，他記得比誰都清楚。禾晏猜測，宮裡那些內侍伺候娘娘用膳時，也就這程度了。

他一邊伺候夏承秀，一邊道：「哎，你們知不知道楊銘之？」

肖珏聽到這個名字，並未有什麼反應，反而是林雙鶴頓了頓，問：「怎麼了？」

「先前不是，」燕賀壓低了聲音，「廣延答應烏托人在大魏開設榷場嘛，楊銘之身為金陵巡撫，上摺子反對，差點連烏紗帽都丟了。不知道怎麼回事，聽說楊家還因為此事和他鬧崩了。」

禾晏看了肖珏一眼，問：「後來呢？」

「皇上登基以後，倒是很欣賞他此種行為，又看他在金陵做巡撫時，兩袖清風，政績出眾，本想將他調回朔京，被楊銘之拒絕了。別看我，我也不知道他為什麼拒絕。」燕賀聳了聳肩，「雖然他現在在金陵，但我看，陛下欣賞他，他遲早要回到朔京的。楊家現在一定後悔死了，我原先怎麼沒看出來楊老頭是這種人？」

桌上無人回答他的話。

「你們之前到底怎麼了？」燕賀在楊銘之一事上，分外的好奇，又問肖玨，「什麼仇能吵這麼久，都多少年了還記在心上。肖懷瑾，」他道：「做男人就要大度一點，你這麼小肚雞腸算什麼男人？」

「閉嘴，」林雙鶴白了他一眼，「我看這桌上最小肚雞腸的就是你。」

「我可沒和我的摯友分道揚鑣。」

「拉倒吧你，」林雙鶴不屑道：「你有摯友嗎？」

「林雙鶴！」

禾晏夾了一塊白蘿蔔到肖玨碗裡，肖二少爺不在軍營時，只要外食，多是吃素，大概是介意旁人處理的不乾淨。禾晏雖然覺得他這有些過分講究了，不過……罷了，個人有個人的習慣。

她打斷燕賀的話，試圖將話頭引開，「承秀姑娘，妳希望腹中的，是位小少爺呢，還是位小小姐呢？」

夏承秀笑了，她生的說不上多國色天香，但自有溫婉風情，道：「小少爺或是小小姐，我都很喜歡。」

禾晏又問燕賀：「燕將軍呢？」

「我管他是少爺還是小姐，只要是我夫人生下的孩子，我當然喜歡。」燕賀一提起自己未出世的孩子，尾巴立刻要翹到天上去了，頗得意地道：「如果是別人生的，少爺還是小姐，我都討厭！」

禾晏：「……」

這人還真狂，也不知別的人家的孩子哪裡得罪了他。

林雙鶴也問夏承秀：「嫂夫人，可有為孩子先取名？」

「這個……」夏承秀露出為難的神情。

「這個我自有主張，」燕賀搶過話頭，「若是女兒，就叫燕慕夏。」

禾晏：「……這是取傾慕承秀姑娘之意？」

「看不出來妳詩文一竅不通，這會兒倒是挺聰明。」燕賀得意洋洋地開口，「怎麼樣？是不是覺得本將軍甚會取名？」

禾晏無言以對。

燕賀自己並沒有察覺到一點，就是他愛護妻子雖然是件好事，但每每他得意洋洋的將自己愛妻之心擺在檯面上炫耀時，就顯得有一點，不，是格外的蠢。

「確實甚會取名。」禾晏很捧場，「那若是男兒呢？」

燕賀就顯出興致缺缺的模樣，「那就叫燕良將吧。希望他長大以後，能當一個如他爹一樣優秀的將軍。」

「什麼人哪這是，」林雙鶴嘲笑道：「這會兒還不忘給自己臉上貼金。」

「林雙鶴！」燕賀惱怒道：「你到吉郡，到底還想不想活命了？」

「想想想，」林雙鶴給他拱手，「還望到時候燕將軍救本少爺狗命。」

燕賀這才滿意。

禾晏咬著羊腿問：「不過林兄，你要去吉郡，這真是出乎我的預料。我以為你會去雲淄或者九川。」

去雲淄就可以同肖玨一道，去九川就和自己在一起。倒也不是禾晏自誇，只是說起來，林雙鶴與自己或是肖玨的關係，當然在燕賀之上。只是她後來也想明白了，眼下吉郡正在鬧瘟疫，林雙鶴要去吉郡，定然是因為瘟疫的緣故。

「禾妹妹，」林雙鶴之前也跟著叫了幾次「嫂夫人」，但覺得彆扭，最後還是叫「妹妹」了，他道：「妳和懷瑾的本事，我是知道的。有我沒我，差別不大。燕將軍就不同了，如果我不在場，他要是受個傷什麼的，沒有神醫醫治，耽誤戰事怎麼辦？他自己人緣極差，那些軍醫要是趁機在他的藥裡下毒，嘖嘖嘖，好慘！」

燕賀勃然大怒：「林雙鶴我看你是狗嘴裡吐不出象牙！我怎麼可能受傷，簡直荒謬！我告訴你，你日後別求著我救你，滾遠點！」

禾晏心知林雙鶴是嘴巴上胡言亂語。他這人看著不著調，跟個紈褲子弟一般，實則心裡格外有主意。朔京林家養出來的男兒，又豈會是貪生怕死之徒。

禾晏舉起手邊的杯盞，因著明日要出發趕路，今日不敢喝醉，換成了甜甜的米酒，她道：「遊仙姑娘先前送了我們一壇碧芳酒，不過今日還是別喝了，等我們打跑那些烏托人，再到豐樂樓來，請林兄為我們布置一桌好菜，介時才算不辜負了美酒。」

「現在呢，就先將就著這點米酒，祝我們大家此去制敵，戰無不勝，攻無不克，捷報頻傳，凱旋而歸，怎麼樣？」

「好！」林雙鶴率先鼓起掌來，「說得好！」

肖玨瞥了她一眼，笑了。

五個杯盞在空中碰撞出清脆的響聲，如兵戈相撞的金鳴，又如捷報來傳的角聲。

「乾了。」

天下無不散之宴席，夜深了，豐樂樓只餘杯盤狼藉，年輕人們已經各自散去，爭取著最後一點溫存。

屋子裡，容色秀美的女子將衣裳一件一件疊好裝進包袱，被走進屋的男人看見，一把奪了過來。

「承秀，都說了這些事妳別做了，」燕賀拉著她到榻前坐下，「妳如今懷有身孕，更應該小心，累著了怎麼辦吶？」

夏承秀道：「我不過是懷著身孕，你何必說得這般厲害？」

「懷著身孕還不厲害？」燕賀大驚小怪，「總之這些粗活有下人來做，妳只管好好照顧自己就行了。」

夏承秀默了默，「我是想起之前新做了兩身衣服，你還沒來得及穿，這回就一併給你帶上。」

燕賀這兩年極少回朔京，有時候夏承秀為他準備的新衣都還沒穿上，人又離京了。

「我是去打仗，穿那麼好看做什麼。」燕賀想也不想地道：「不必拿那麼多。」

夏承秀沉默了下來。

她不說話，燕賀有些慌張，每次出征前，他最怕的就是夏承秀的沉默。夏大人的女兒，溫柔而堅強，燕賀小時候也不是沒有見過武將出征，家人哭泣挽留的模樣，就連他自己的母親也是如此。不過，夏承秀從不這樣，至多是如眼前這般，沉默罷了。

只是這沉默，更能激發他內心的愧疚和憐惜。身為武將，國家有難之時當義不容辭，他長到現在，無愧於天地君師，唯獨虧欠妻兒老小。

燕賀猶豫了一下，將夏承秀攬進懷裡，低聲嘆道：「承秀，委屈妳了。」

夏承秀愕然一刻，隨即笑了，「這算什麼委屈，你前去吉郡，就是為了守住大魏國土，我在京中得以安平，不也正是受了你的庇護麼？」

「可是我……」燕賀皺了皺眉，「妳有孕在身的時候，卻不能陪在妳身邊。」

能與夏承秀擁有自己的孩子，是值得高興的事，但伴隨而來的，還有遺憾與失落，擔憂與愧疚。

「我既然嫁給了你，當然已經料到會有這麼一日。若跟你訴苦，那便是矯情了。」夏承秀笑笑，「情勢危急，你不在朔京，小傢伙也會理解的。」

燕賀看著夏承秀的小腹，用掌心覆了上去，低聲喃喃：「不知道是小公子還是小小姐……」

「今日我聽你在豐樂樓上那般說，還以為你不在意呢。」夏承秀「噗嗤」一笑。

「我本就不在意是男是女，反正都是我燕賀的血脈。」

「若真是兒子，你真希望他如你一般做武將麼？」夏承秀問。

燕賀想了想：「我希望他做武將，不過他要是不喜歡，想做別的，那也行。再說了，要是我們的慕夏想學武，也沒問題，當年我那同窗飛鴻將軍，不也是個女子麼？我們慕夏要想做第二個飛鴻將軍，我這個做爹的一定支持。不過，我可比禾家那爹好得多，我必然要將全身絕學傾囊相授，讓她比飛鴻將軍有過之而無不及。」

夏承秀盯著他，點頭道：「明白了，你還是喜歡小小姐。」

見被戳穿，燕賀也不惱，道：「沒錯！」

夏承秀忍不住笑起來，笑過之後，將頭輕輕靠在燕賀肩上，輕聲道：「倘若……我是說倘若，慕夏出生時，有你陪著就好了。」

燕賀一怔，可仗一旦打起來，誰能說得準什麼時候結束，也許能趕得上，也許趕不上……

他握住夏承秀的手：「我儘量，承秀，我也想親眼看著咱們孩子出生。」

朔京城的夜裡，似乎沒有前些日子那麼冷了。

屋子裡的暖爐全撤掉，禾晏沐浴過後，一到寢屋，就看見肖玨坐在桌前擦劍。

飲秋被他握著，光華流轉，看起來不像把劍，倒像是什麼奇珍異寶。難以想像這樣美麗的劍，在戰場上鋒利的能削斷敵人的金刀，將對方的箭羽轉瞬劈為兩段。

他用絲帛將劍尖最後一絲塵粒擦去，剛收劍入鞘，就見另一把劍橫到自己面前，伴隨著身邊人無賴的笑聲：「肖都督，也幫我擦擦唄。」

肖玨掃了她一眼，禾晏笑嘻嘻地看著他，片刻後，他默不作聲地接過來，將長劍抽出，果真幫她開始擦劍。

禾晏順勢在桌前坐下。

青琅和飲秋，是全然不同的兩把劍。按理說，女子佩劍，當輕巧靈動，可青琅卻很沉，男子拿著，也不算輕鬆。劍身蒼翠古樸，乍一看有些平凡，待細看，卻又格外不同。就同劍的主人一般。

禾晏托腮看著眼前的青年。

他也是剛沐浴過，裡頭只穿了玉色的中衣，隨便披了件外裳，穿的不甚規矩，本是慵懶的美人，偏偏要一絲不苟地擦劍，於是就帶了點肅殺的冷意，矛盾雜糅在一起，讓人越發移不開眼。

肖玨注意到禾晏直勾勾的目光，問：「看什麼？」

「我在想，」禾晏毫不掩飾，「你這張臉，確實無愧於『玉面都督』之稱。」

當武將都能做長成這個樣子，對其他武將來說，真是一種侮辱。

肖玨扯了下嘴角。

很奇怪，他並不喜歡旁人談論他的相貌，以貌取人本就是件膚淺的事，不過，每每禾晏直截了當的誇獎他的容貌時，他卻不反感，甚至還頗為受用。肖玨有時候也會反省，自己是否變得膚淺了，才會因此事而高興。

他將青琅擦完，收劍於劍鞘中，站起身，將兩把劍掛在牆上。

肖玨剛掛完劍，就被人從身後抱住了。

禾晏極愛這樣抱著他，如小孩黏大人的姿勢。或許是因為她太矮，又或許並不是禾晏矮，而是肖玨生的太高了。總之，每當她這樣撲過來摟住肖玨的腰時，神情是純粹的快樂，這快樂會讓看著的人，心中也忍不住生出暖意來。

「女英雄，」青年站著不動，聲音裡帶著點揶揄的笑意，「妳要把我勒死嗎？」

背後傳來她不以為然的聲音，「我都還沒使勁，肖都督，你怎麼這般孱弱？」說罷，伸手在他腰間亂摸起來。

肖玨：「……禾晏。」

禾晏摸到他腰間的香囊，一把拽過來，舉在手裡道：「肖玨，你就是這樣把我的女紅到處宣揚？」

肖玨轉過身來，看著她手中的香囊，微微揚眉：「那好像是『我的』。」

禾晏無言以對。

她原本是沒發現的，是今日走時，林雙鶴對她道：「禾妹妹，懷瑾身上那個醜香囊是怎麼回事？他好歹是肖家二公子，掛那麼醜的配飾，實在難看了些。妳既是他夫人，偶爾也要注意一下。」

禾晏「注意」了一下，不注意還好，一注意，真是又好氣又好笑。

先前白容微給了肖玨一個平安符，平安符放在香囊裡，那時出於某種隱祕的心思，禾晏在香囊裡繡了一個月亮，實話實說，那月亮委實算不上好看。但總歸是她的一片心意，眼下看來，肖玨應當是發現了其中的祕密。但發現就發現了，他把這香囊反過來，有刺繡的那一面翻在外面是怎麼回事？

任何人看到了，都只會覺得這是個醜香囊。

「你沒告訴他們這是我繡的吧？」禾晏緊張地開口，「這麼醜，肯定不是我繡的！」

肖玨笑了一聲：「哦，我只告訴他們，是我夫人繡的。」

禾晏心如死灰。

她把香囊還給肖玨：「隨意了，反正也丟過臉了。但是你佩在身上，真的不會覺得怪醜的嗎？」

這就好比翩翩公子林雙鶴手裡捧著鐵鋤頭當裝飾，醜還是其次，主要是不搭。

「有嗎？」肖玨將香囊重新繫在外裳的配扣上，「我覺得還不錯。」

禾晏心想，難道做瞎子也會傳染的？

他轉過身，看向禾晏，「到了雲淄，我看到它，就好像看到妳。」

禾晏：「……你這是變著法說我醜嗎？」

他愣了一下，隨即笑了，悠然道：「妳的想法總是異於常人。」

禾晏也笑，她哪裡是異於常人呢，不過是臨行前夜，不想要將氣氛搞得難過愁腸罷了。人在面對離別之時，總是格外脆弱傷感，可她偏偏不要，倘若知道自己的目的在前方，又知道自己的歸處，那便大步瀟灑的往前走。

所謂的軟肋，另一面就是盔甲。

「肖玨，你能不能答應我一件事？」她問。

「什麼事？」

「九川和雲淄，不在同個方向，打起仗來，你與我的消息傳過來，需要時間。我從前是一個人，沒什麼顧慮的，可如今你與我夫妻一體。我要你答應我，倘若有消息，不管是什麼消息，該做什麼就做什麼，不要影響大局，不要停留。」她望向面前的男人，「繼續往前走。」

誰也不能保證戰爭的結果。

她是第一次與心上人一同出征。一個人是沒有辦法分心的，當武將在戰場上時，他全部精力，只能用在面前的戰場與敵軍身上，每一次分心，都是大忌。在那個時候，所謂丈夫、兒子、父親這些稱號統統都要拋開，戰場上的，不是兵，就是將，僅此而已。

當然，她也一樣。

「這句話也同樣用於我自己，」禾晏道：「不管遇到什麼，不管聽到什麼，我都會帶著我的兵馬向前，不會為任何事後退或者停留。」

女孩子的眼睛亮晶晶的，似是含著一點歉意，她猶豫了一下，「你或許會認為我很無情……」

「我答應妳。」肖玨打斷她的話。

禾晏一愣。

肖玨道：「妳也答應我一件事。」

「……什麼事？」

他微微俯身，在禾晏額上輕輕落下一吻。

「活著回來。」

初春的日頭照過窗子上新剪的窗花，太陽被切成了細碎的小光束，灑在院子的地上。

身材高大的侍衛從外頭走進來，手裡提著一個包袱。要離京打仗了，原先的「侍衛」，也該回九旗營跟著一道去往雲淄。

一個嬌小的身影正在院子裡掃地，赤烏站在這姑娘身後，猶豫了一下，不知道該不該出聲叫她。

按理說，他之前在禾家「小住」了一段時間，雖然並沒有起什麼作用，對禾晏的幫助幾乎為零，但好歹和禾晏的貼身婢子青梅攀上了交情。甚至赤烏一度認為他與青梅交情還不錯，要知道他長這麼大，還是第一次被個女子使喚得團團轉，而大概是對方理所應當的態度連他也被影響了，時日久了，赤烏認為這好像是應當的。

只是後來禾晏嫁到肖家後，青梅一見到他就躲，活像他是瘟神一般。赤烏心中萬般不解，可也不好拉扯著小姑娘問個明白，加之後來事情太多，便沒見著青梅幾次。

只是今日這一走，只怕很長一段時間都看不到這小婢子了，赤烏在猶豫，要不要上前打個招呼，算作告別。

他還沒想好，那頭的青梅一回頭，看見赤烏，反而愣了一下，道：「赤烏侍衛？」

「哦……我走了。」赤烏撓了撓頭，「剛好路過。」說罷，又不知道該說什麼，就打算轉身離開。

「等等！」青梅叫住他，從旁邊的石桌上拿出一個布包，塞到赤烏懷裡，「你來的正好，你要是不來，我只能讓少夫人交給你了。」

「這是什麼？」赤烏一愣。

「少夫人說雲淄靠海，潮濕的很，我做了雙靴子，底兒是硬了些，隔水。手藝不算好，你將就著穿吧。」她又強調道：「就算答謝你先前幫我掃院子的報酬了！」

靴子？赤烏低頭看向懷裡的布包，心情有些異樣。

青梅見他還待在原地，叉腰道：「你還不走嗎？等下遲了不怕少爺軍令伺候？」

赤烏這才回過神，躊躇了一下，道了一聲「多謝」，轉身要走。

青梅又喚住他：「喂！」

「還有何事？」赤烏問。

她一把抓起旁邊的掃帚，轉身往院子裡走，一邊走一邊扔下一句，「刀箭無眼，你自己小心些！」

赤烏瞧著她的背影，輕咳一聲，似是想笑，又忍住了，將那布包塞進懷裡，大步離開了。

城門外頭，擠滿了看熱鬧的百姓，以及來相送的家人。

肖珏身邊，白容微抓著禾晏的手，千叮嚀萬囑咐，叫她千萬小心。又將一枚平安符珍而重之地送到她手上，道：「這是玉華寺大師開過光的，一共求了兩枚。一枚給妳，一枚給懷瑾。阿禾，」她道：「我知道妳心有大義，可是……妳也要保護好自己。」

禾晏將那枚裝著平安符的香囊與腰間的黑玉掛在一起，笑道：「我知道的，大嫂。」

「晏晏，妳放心去九川，爹在家裡等著妳回來！」禾綏豪氣的朝她揮手，想要做出瀟灑曠達的模樣，眼眶卻不自覺的紅了。

禾晏的眼裡也泛起些濕意。

禾雲生倒是沒說什麼，只是禾晏走到他面前時，終於忍不住咬牙提醒：「禾晏，妳自己說過的話，最好說到做到。」

「我知道我知道，」禾晏忙不迭地點頭：「一定活著回來，放心吧。」她摸了摸禾雲生的腦袋：「我不在的時候，禾家就托你照顧了，雲生。」

禾雲生：「妳放心。」

三個字，說得擲地有聲。

禾晏心裡說不出是什麼感受，前生每一次上戰場，都是她一個人，如今有了這麼多牽絆，卻並未令她覺得束縛，反而內心充滿了力量。

禾心影今日也來了，藏在人群中，被禾晏發現，她猶豫了一下，站出來，將手中的包袱交給禾晏。

禾心影道：「妳是女子，在軍中凡事到底多有不便，這裡有我親手做的一些衣裳小物，妳用得上的。」

禾晏笑起來：「謝謝，心影，妳想的可真周到。」

禾心影抿了抿唇，「妳上戰場，我能做的只有這些了。姐姐，」她小聲喚道：「妳一定要平安歸來。」

禾晏朝她眨眼，「放心吧，等我回來，用軍功換了賞賜，就買最漂亮的首飾給妳！」

禾心影被她的話逗笑了，那頭，燕賀在城門催促道：「武安侯，妳還在磨蹭什麼？出發了！」

「來了來了——」禾晏一邊說，一邊走過去，翻身上馬。

身側，肖玨戎裝英武，腰佩長劍，與她並肩而騎。

夏承秀被侍女攙扶著，望著隨著兵馬隊伍往城外走的身影，直到再也看不到了，才溫柔地撫著自己小腹，低聲喃喃：「慕夏，快跟妳爹說再見了。」

程鯉素是背著自己家人跑出來的，此刻躲在人群中，問身側同樣偷跑出來的宋陶陶：「妳說，他們什麼時候能回來？」

小姑娘罕見的沒有對他的問話不耐煩，只道：「不知道。」又過了一會兒，她才慢慢地說道：「不過，我希望他們每一個人都能回來。」

城門大開，日光下，風吹得草木微微晃動，兵馬車隊行行向前，如蜿蜒巨龍，無所畏懼的奔赴沙場。

旌旗飄動，威振千里。

第一百章　將星

快到清明，連日都在下雨。京城的雨水將地上地下沖洗的乾乾淨淨，處處都是鬱鬱蔥蔥的生機。

距離大魏將士出兵離京，已經過去月餘。

九川附近，是一望無際的沙漠。

「禾大人，」一年輕的副將走進帳中，對著正坐在地上畫圖的女官道：「您吩咐的減少宿營地的軍灶，已經交代下去了。」

禾晏笑道：「多謝。」

副將瞧著面前的女子，心中有些感慨。原先追隨飛鴻將軍的撫越軍，得知領兵的是一名年紀輕輕的女子時，心中多有不願。勿怪他們挑剔，實在是跟隨過大魏的飛鴻將軍後，再看別的將官，總是忍不住存了比較之心。禾晏身為女子，敢上戰場，固然讓人佩服。但事實上，她從未獨自領兵作戰過，亦不知身手深淺。縱然之前在潤都和濟陽打了勝仗，可那時候有右軍都督坐鎮。

如今，她卻是一個人。

打仗和單純的比武不同，昭康帝這樣做，或許是因為看在右軍都督的份上。但撫越軍內部，卻並不服氣。

這一個月來，他們才到九川附近不久。九川本就是沙漠中的城池，如今已被烏托人占領。而禾晏到達九川，並不急著發動進攻，而是在九川附近駐營。接連幾日，士兵們已經有了怨言。

但副將知道，事實並非人們看到的如此。

他從前在撫越軍中，雖然不能近距離的和從前那位飛鴻將軍接觸過，卻知道那位飛鴻將軍敢闖敢當。而面前的女子，暫且還沒顯出悍勇的一面，卻更理智冷靜。

駐營的地點選的恰到好處，這個位置，進可攻，退可守。又在風口處，有什麼動靜，方便調整撤退。副將有些奇怪，他打聽過，禾晏是第一次到九川，卻像是對這裡的地形十分熟悉，對如何在荒漠中生存，有很多經驗。

他當然無從知曉，禾晏就是過去的「飛鴻將軍」，而飛鴻將軍最開始隨撫越軍對付西羌人，就是在漠縣。漠縣與九川離的不遠，地形相似。

「大人，」副將目光落在禾晏面前的長卷上，「您是在繪製輿圖？」

「烏托人的兵力豐厚，蓄謀已久，撫越軍雖日日操練，卻幾年未上戰場，加之之前華原一戰損傷慘重，兵力不如對手。我不能貿然進攻，將這些兵士的性命置之不顧，在此之前，知己知彼，百戰不殆。」

她每日讓石頭、王霸幾人，遠遠繞著九川城外探路，不必太近，將這附近的地形摸得差不多了，自己再出馬往深裡走，幾日時間，終於繪出一張完整的輿圖。有了這張圖，才能將這本來人數不如烏托人的撫越軍，發揮出最大力量。

只是……禾晏心中嘆息，她早知烏托人休養多年，軍備必然豐厚，但直到真的到了九川，才發現烏托人的兵馬，比她想像的還要雄厚。如果單單只是九川這樣還好，倘若其他三地也是如此，大魏這場仗，還真是不好打。

這麼多年，文宣帝重文輕武，大魏的兵馬停滯不前，卻讓烏托人得了先機。看來之前華原也好，潤都也罷，甚至濟陽，都只是一個幌子，那些烏托人所表現出來的，並非真正兵力，目的就是為了讓他們放鬆警惕。

也是，若非如此，這四座城池，又怎會陷落的如此之快？

「大人趕制輿圖，也要注意身體。」副將想了想，終歸是提醒道：「這幾日來大人睡得很少……」

「沒事，我心裡有數。」禾晏頭也不抬地道。

見她如此，副將也不好再說什麼，躬身退了下去。

待他走後，又有人在外頭叫：「禾大人。」

禾晏：「進來。」

進來的是江蛟和石頭二人。

他們在外頭也如別的兵士一般叫禾晏「禾大人」，畢竟如今的禾晏還未封將，但私下裡，還是愛叫禾晏「禾兄」。

他們二人做事心細穩重，如今的撫越軍裡，當初的精銳被禾如非一手葬送，可用之人不多。一些重要的事，禾晏就交給石頭他們。

她抬起頭，望著走近的二人，問：「可探到了烏托人有何動作？」

江蛟回答：「夜裡曾有一隊烏托人出城探看，但並未靠近我們的營帳，只在附近查看了一番就離開了。我們照禾兄的意思，沒有追去。但這兩日，又沒有動靜了。」他問：「禾兄，還要繼續等下去嗎？」

「等。」禾晏沉聲道：「我們不主動攻城，讓他們來追我們。」

「誘敵？」江蛟一怔，「可他們若真對我們主動發起進攻，我們豈不是處於弱勢？畢竟現在烏托人的兵馬，多於我們的。」

「放心，」禾晏笑了笑，「那些烏托人狡詐多疑，絕不會讓所有的兵馬全部出城，否則我們就不會在這裡駐營多日還安然無恙了。他們夜裡派探子出來探看情況，無非是想探我們的底。」

禾晏站起身來，走到帳中的木盤前，木盤裡用沙子堆積著許多小丘，小丘旁有用米粒做好的記號，她撿起一旁的樹枝，點給兩人看：「況且我們駐營的地方，往後撤會經過峽道，烏托人怕我們在後路上設有埋伏，當然不敢輕舉妄動。」

「之前我在濟陽和潤都與烏托人交過手，倘若瑪喀和忽雅特的人將話傳回烏托國去，九川的烏托首領，應當聽過我的名字。但他無法確定我是否真的會領兵，心中輕視我，可因為潤都和濟陽一事，又不敢輕視我，你猜他會做什麼？」

「做什麼？」江蛟不解。

「他會想辦法證明我不行，找到證據後，有理有據的輕視我。」禾晏笑了笑，「雖然我不太明白為何烏托將領總是如此，但既然他們想看到一個空有其名，其實不會帶兵的女人，那我就給他們看他們想看的就是了。」

「所以，」一直沉默的石頭眼睛一亮，「那些軍灶……」

「我們在這裡駐營幾日，卻遲遲沒有動作，烏托人會懷疑我們有詐，才會夜裡派兵出來探看。倘若我是烏托人，每日看著軍灶減少，必然會想，一定是因為對方帶兵的是個女人，底下兵馬不服，又懼怕九川的烏托雄兵，許多士兵當了逃兵。由此生出輕敵之心。」

「待他們放鬆警惕，帶兵深入時，就可以設下埋伏了。」

江蛟先是激動，隨即又想到了什麼，遲疑地開口：「可禾兄妳不是說，烏托人狡猾多疑，絕不會讓所有兵馬全部出城……」

「是啊，」禾晏看著他，「所以他們派出來的兵馬，應該只是一部分，我們要殲滅的，也只是這一部分。他們要真的敢全軍出擊，我們反倒處於弱勢。」

「妳沒有想過，將他們一網打盡嗎？」石頭有些疑惑。

禾晏拍了拍他的肩：「你們未曾上過真正的戰場，並不知道，真正的戰爭，不是一朝一夕就能結束的。烏托人在兵馬一事上，勝我們多矣，不要以己之短攻彼之長。我本就沒打算跟他們硬碰硬，誘他們深入，殲滅一部分敵軍，足以令這些烏托人士氣受損，這之後，再徐徐圖之。」

「一場戰爭想要得勝，就必須耐得下心，沉得住氣，才能走到最後。」禾晏微微一笑，

「這才剛剛開始呢。」

江蛟和石頭看著眼前身披鎧甲的女子，過去在涼州衛時，就已經知道她身手了得，智計無雙，可如今她站在這裡，率領一方兵馬，不疾不徐的將網鋪開時，才讓人真切的瞭解到她的本事。

「禾兄，」江蛟玩笑道：「妳只是比我們多了一次濟陽之戰而已，怎麼好像十分熟稔似的。」

「那不一樣。」女子嘴角微揚，「我呢，生來就會打仗。」

外頭有風吹起，吹得荒漠裡，黃沙四處飛揚，旌旗捲動間，越顯蕭條。

石頭喃喃開口：「吉郡離這裡不算遠，不知道燕將軍那頭怎麼樣了？」

「吉郡……」禾晏的目光變得沉重起來。

聽說，那裡的瘟疫已經傳開了。

城池外的田野，河流邊上，堆滿了一摞一摞的屍體。

一群士兵正在挖坑，坑洞掘得很深，虛虛往裡一看，盡是被白布包裹的屍體，已經發出陣陣腐爛的異味。乍一眼看過去，彷彿人間地獄。

有用茅草胡亂搭起來的棚子，地上鋪著粗布，平躺著數十人，這些人奄奄一息，身上有潰爛的痕跡，年輕人正在一旁熬藥，不時用大鐵勺攪著巨缸裡的藥草。

他身體並不是很強壯，要攪動這巨缸裡的藥材，已經是十分吃力，不多時，額上便滲出汗珠，不過，從頭到尾，並未有偷懶的意思。他的雪白衣袍早已被泥濘和鮮血染得一片狼藉，從來只握摺扇的手，這些日子，不是拿著治病的銀針，就是端著救命的藥碗。

吉郡的瘟疫，比預料的還要嚴重。

烏托人占領了吉郡後，在城中大肆屠殺平民，擄掠婦女。大量死去的屍體被隨意丟到河邊，又是春季，很快爆發瘟疫。烏托人直接將城中還活著的大魏百姓都趕出去，任他們自生自滅。林雙鶴與燕賀來到吉郡的時，城外的田野裡，是堆積如山的屍體。

林雙鶴自認身為醫者，已經見慣生死，然而剛到此地時，還是忍不住為這裡的慘烈所驚。

燕賀的兵馬要用來對付烏托人，這裡的軍醫並不多，他是林清潭的孫子，本來人人都勸他，不必親自接觸這些病人，若沾染上瘟疫……不過林雙鶴並未聽取這些好心的意見，倘若怕死，一開始，他就不會選擇來這裡。

死去的平民不好就地掩埋，只能焚燒，化為白骨後，掩埋在深坑中，這已經是最好的辦法了。縱然如此，每日還是能聽到活著的人的哭泣悲鳴。

他將煮好的藥湯舀進破碗，一碗碗晾著，等稍微涼一些後，才端起來，送到草棚裡給病人餵下去。

他原先是位很講究的公子，總有些虛榮心，就連在朔京城為女病人醫治，見到長得可愛的，衣飾華美的，都笑得更燦爛些。可如今，這裡的病人們身上散發異味，髒汙猙獰，他卻未有半分嫌棄。

被林雙鶴扶起來的病人是個女子，應當很年輕，姿色平平，甚至有些過分豐腴。林雙鶴舀起一芍藥湯，湊到她唇邊，她小心地喝下去，望著面前溫柔俊美的公子，微微紅了臉，似是連身上的病痛，也減輕了幾分。

「林大夫，我自己來就好了。」她小聲地道。

「那可不行，」林雙鶴正色道：「怎麼能讓美麗的姑娘自己動手喝藥呢？我好歹是位憐香惜玉的君子。」

草棚裡的病人們，聞言都善意地笑起來。

這林大夫，長得好，性情也好，跟那位總是板著臉凶神惡煞的將軍不同，每次都是笑咪咪的，亦有心情與眾人玩笑，天南地北什麼都侃，明明眾人都不一定能見得到明日的清晨，明明是這樣緊張悲哀的時刻，可他的態度從未變過，於是有他在，氣氛輕鬆了許多，似乎和往日沒什麼不同，似乎一覺醒來，吉郡還是從前那個吉郡，一切都能迎刃而解。

待將草棚裡所有的藥都餵病人們喝下去，林雙鶴囑咐他們好好休息，才將碗全部撿走。

他將剛剛喝藥的碗用煮沸的熱水全部沖洗一遍，才停了下來，揉了揉肩，終於有機會審視自己。然而一看自己身上這一塊那一塊的汙跡，發了一會兒呆，索性放棄了。

實在是因為，他帶過來的白袍，全部裁做了為病人包紮傷口的布巾，如今，這是最後一件衣裳，再也沒有別的白衣可以替換了。

林雙鶴往另一頭走去。

燕賀帶來的兵馬，同烏托人交過幾次手，有勝有敗，吉郡城外地勢複雜，烏托人在城內，易守難攻，戰事一時膠著。所幸的是燕賀倒是沒受此事影響，瞧著精神還不錯，士氣也算旺盛。況且如今瘟疫已經稍稍被控住了，恐慌的情緒沒有繼續蔓延。雖然這仗一時半會兒不太容易打，但總歸事情在一點點向好的方向走。

昨夜一場奇襲，大魏這頭小勝一場。新添了不少傷患，亦戰死了一些兵士。戰死的兵士就地掩埋，林雙鶴讓其他軍醫先去療治傷兵，他自己將最危險的瘟疫病人接手下來。

此刻就見帳前的河邊，一些受輕傷的兵士正坐著說話，燕賀正沒什麼形象地坐在地上，往嘴裡灌水喝。

林雙鶴拖著疲憊的步伐走了過去，在燕賀面前一攤手。

燕賀莫名其妙，一掌將他的手揮開：「你幹什麼？」

「燕將軍，」林雙鶴舔了舔嘴唇，「我忙著救治病人到現在，你連一碗野菜湯都沒留給我。我快餓死了，你好歹給口飯吃。」

燕賀白了他一眼，從懷中掏出一個乾餅，扔到他手中，「吃吧吃吧，噎不死你。」

若是往常，林雙鶴定然要與他搶白一番，今日實在是沒什麼力氣，又餓的狠了，便跟著一屁股坐下來，咬了一大口。

餅乾澀，吞咽起來磨嗓子，味道也著實算不上美味，林雙鶴果真被噎著了，燕賀嫌棄地看他一眼，將手中的水壺遞給他，「你是餓死鬼投胎嗎？」

林雙鶴趕緊接過水壺灌了一大口，將嘴裡的乾餅咽下去後才道：「大哥，我今日一整日都沒吃飯，做囚犯都不至於如此。你非但沒有半點同情之心，還罵我，你是人嗎？」

燕賀瞧著對面人狼狽的模樣，下意識想刻薄幾句，待看到他汙跡斑斑的衣裳時，又將到嘴的嘲笑咽了下去。

罷了，說實話，林雙鶴此行，還真是出乎他的預料。原本燕賀以為，林雙鶴雖然之前去過涼州衛，可涼州衛又沒有打仗，住在衛所裡，不食人間疾苦。真到了吉郡，這位嬌身慣養的公子哥定然會哭天搶地。沒想到從開始到現在，林雙鶴沒吭一聲。

他雖沒有在最前面與那些烏托人拔刀浴血，可照顧那些傷兵，安撫被瘟疫嚇到的平民，並不是一件容易事。

而且很危險。

燕賀哼了一聲，沒有作答。

林雙鶴又咬了幾口乾餅，喝了點水，墊了些肚子，沒那麼難受，又精神起來了。他看向燕賀，道：「燕南光，我在這裡也算是吃了大苦頭了，等回到朔京，你必須將我在這裡的功勞如實跟皇上稟告。好歹也賞我個一官半職的，我長這麼大，什麼時候吃過這種苦。這什麼餅子，要我從前，擱我家狗都不吃。」

這人活過來了就開始廢話，燕賀冷笑，「這裡沒人逼你吃。再說，我也沒見你吃什麼苦頭，都什麼時候了，還有心情與女子說笑逗樂，林雙鶴，你這走哪都拈花惹草的習性，真是改不了。」

「別說的你一身正氣凜然，」林雙鶴罵他，「你是有妻有子，我還孤家寡人，我怎麼知道哪個姑娘是我的命中註定？自然都要試一試。你早早的將自己吊死在一棵樹上，還看別人摘花嗅草眼紅，你有病啊？」

燕賀聞言，正要反駁，一旁經過的一個兵士驚訝地開口：「燕將軍，您有孩子了？」

燕賀瞪了林雙鶴一眼，林雙鶴輕咳一聲，夏承秀懷孕之事，還未對外宣揚。只是眼下被人聽到，斷沒有否認的道理。燕賀就道：「還未出生，在我夫人腹中了。」

那兵士看起來也就三十多歲，面容黧黑，有些憨厚的模樣，聞言跟著坐下來，撓了撓頭：「那感情好，等將軍打完這場仗回去，就能看見孩子了。就跟俺當年一樣。」

「你？」燕賀問：「你有孩子了？」

「廢話，」林雙鶴忍不住道：「你以為全天下就你一個人能當爹嗎？」

漢子撓了撓頭，笑道：「有，有兩個。大的三歲了，小的才剛滿月。俺這次回去，本想多陪媳婦幾日，沒想到烏托人來了……俺跟媳婦說好了，等打完仗回去，拿到餉銀，就給小兒子打個銀項圈戴上。還有俺的大女兒，俺走的時候，哭得哇啦哇啦的，哭的俺心都碎了……」

燕賀不是一個平易近人的人，因為出身高貴，又性情驕傲，就算是同下屬相處，也總是帶著幾分高傲，今日卻因為這漢子與他同為「父親」的身分，罕見的多說了幾句。

他問：「你女兒跟你感情很深嗎？你都住軍營，回家的時候不多吧？她怎麼還能跟你親近？」

林雙鶴費解：「你這是在為自己未來可能遇到的麻煩尋求前人經驗嗎？」

燕賀罵他：「閉嘴。」又求賢若渴地看向面前的漢子，「你快說。」

「這……俺也不知道哇。」漢子有點懵，「俺確實回家少，不過每次回家，都記得帶她喜歡吃的麥芽糖，給她買好看的布，讓我媳婦給她做新衣。燕將軍不用擔心，人家都說，閨女都親爹，將軍夫人若生的是千金，小小姐一定很親近燕將軍。」

燕賀被他說得心花怒放，隨即又神情凝重起來，「那萬一是兒子呢？」

「那不更好？」漢子道：「將軍就把少爺帶在身邊，上陣父子兵，還不用分開了。」

燕賀頓悟，看向眼前人：「沒想到你這做人爹的，做的還有兩分聰明。」

林雙鶴在一邊聽得無言以對。

那漢子得了上司的誇獎，憨憨地笑了一陣，忽然沉默下來，過了片刻，他才嘆道：「俺那小閨女，走的時候一直抱著俺的腿，俺知道，她是怕俺死在戰場上。如果，」他看向遠處的長空，「能活著回去就好了，俺一定給她買她最喜歡的糖糕。」

燕賀愣了一會兒，片刻後，也跟著看向遠方。

長空被夕陽染盡紅霞，殘陽如血，原野溫柔而沉默。

「放心，」他道：「她一定能吃到你買的糖糕。」

黃沙萬里，黑雲壓得很低，風沙捲起煙塵，兩軍交戰，廝殺聲震天。

大魏的兵馬在九川城外駐營五日後，城內的烏托人終於按捺不住了。軍灶日日減少，大魏來的女侯爺從不跟他們正面相抗，就連派出去的探子與大魏小兵們交手，大魏兵士趕到城門外不遠處，就不敢再繼續追下去。自大刻在烏托人的骨子裡，漸漸的，當初瑪喀與忽雅特令人傳回的消息，被當成了他們無能的藉口。

一個女人，不過是憑著她那名將丈夫有了點聲名，不足為懼，就連大魏自己的部下都無法駕馭，這不，才過五日，就有一半人當了逃兵。烏托首領篤定認為大魏兵士怯陣，當夜就令精銳部分輕裝上陣，追趕剩餘的大魏軍隊。

烏托兵士到了城外，往戈壁灘上走，突聞前方殺聲震天，伏擊在兩邊的大魏兵馬萬箭齊發，箭矢如疾風驟雨，殺了他們措手不及。正當時，又有騎兵手持長刀衝殺而來，為首的是個身披赤色鎧甲的年輕女子，眉眼驕厲，手持蒼色長劍，像是要將長空斬破，踏風而來，無可匹敵。

兩軍交戰，金鼓喧天。

撫越軍當年在飛鴻將軍手下，如神兵勇將，無人能擋。自打真正的飛鴻將軍離去後，再未如今日這般揚眉吐氣。那看起來瘦弱嬌小的女子，身軀裡卻像是蘊含著極大的力量。撫越軍在她手中如一把最好的刀，兵陣和埋伏，無一不精妙。禾晏伏在馬背上，長劍就如她的手臂，衝入敵軍陣營裡，無半分畏怯之心，長劍飛揚處，熱血噴灑，敵人的頭顱被斬於馬下。而她唇角笑意颯爽，照亮了戈壁灘上陰沉的長夜。

烏托人被打得棄甲曳兵。

最後一絲濺在長刀上的血跡被拭去，這一場激戰結束了。

烏托人死的死，被俘的被俘，城門雖未破，首戰卻算是告捷。

副將興奮的找到了正往回走的女子，不顧自己疲憊的身子，跑過去道：「大人，這場仗贏得太漂亮了！大人神機妙算！」

禾晏笑了笑：「並非我的功勞。」

她的鎧甲上全是血跡，臉上也帶著血汙，或許不只是烏托人的，但她姿態挺拔，未見一分一毫疲累，反而目光明亮，神采奕奕，令周圍的撫越軍們一看到她，就生出安心的感覺。似乎只要有她在，這場與烏托人的較量，他們就一定會是贏家。

軍中從來都是靠實力與拳頭說話，如果說之前撫越軍中，對禾晏領兵頗有異議，亦不明白她為何要讓人每日減少軍灶，此戰一過，她是真的得了軍心。埋伏與兵陣收效如何，眾人有眼睛都看得到。她在戰場上一馬當先，身先士卒，長劍有多威風，並非作假。

或許，真正的飛鴻將軍在此，也是如此風姿。

禾晏道：「讓軍醫先給受傷的兄弟們療傷，輕傷或是沒受傷的兄弟，將戰場清理一下。」頓了頓，她道：「天亮了，還要再攻城。」

「攻城？才過一夜，兄弟們恐怕……」

禾晏笑道：「並非真的攻城，騷擾他們罷了。」

這一場仗，雖然贏得漂亮，但贏的並不輕鬆。派出來的這一支，是烏托人的精銳，撫越軍對戰，尚且有些吃力，不過是占在奪得先機。而這，僅僅只是邁出了第一步。

有人從後面跑來，氣喘吁吁地叫她：「禾……禾大人！」

禾晏回頭一看，是江蛟，她問：「怎麼了？」

「山哥……」江蛟臉色很是難看，「妳去看看吧。」

洪山被烏托人一刀貫穿了胸口，脫掉鎧甲後，衣裳都被鮮血染紅了。王霸一行人圍在他身邊，軍醫見禾晏過來，搖了搖頭。

禾晏走過去，這個總是笑著拍她的肩，一口一個「阿禾」的漢子，如今永遠醒不過來了。

洪山在這行人中，身手算不上最好，不過，一直努力的跟上眾人的步伐。禾晏還記得自己此生投軍的第一個認識的人就是洪山，這個漢子將她當做家中瘦弱的弟弟，總是對她諸多照顧。也曾說過「做伙頭兵也沒什麼不好，至少有命在」，但如今，他死在了戰場上。

他身上沒什麼信物，沒什麼可以帶走的。

向來總是要說上兩句的王霸，此刻一句話沒說，眼睛有些發紅。

都是一起經歷過許多的兄弟，感情本就比旁人更加深厚，可戰爭的殘酷之處就在於，沒有人能提前知道，下一個永遠離開的是誰。

而她，更沒有時間與精力在這裡悲傷。

「葬了吧。」她輕聲道，站起身來，往前走去。

王霸忍不住怒道：「喂，這就完了？」

「收拾整肅，」女子的聲音堅定清朗，沒有半分多餘的傷感，「天亮時分，攻城。」

城門大開，陵道上千軍萬馬，戰鼓雷鳴。

身披銀甲的年輕將軍如夜色裡一條矯捷銀龍，刀鋒帶著悍勇的冷厲。

歸德中郎將作戰方式慣來直接凶悍，一往無前，他手下的燕家軍亦是如此。兩軍交戰，似是不留後路。

吉郡雖瘟疫厲害，如今卻被林雙鶴控制住了，先前幾場小試探後，燕家軍又接連勝了幾場，今日城門終破，算是真正的正面對決。

或許是因為比起燕賀，烏托人更懼怕封雲將軍，烏托國大部分的兵馬，都去增援調遣到了雲淄，剩下吉郡這頭，兵馬數量不及燕家軍。大魏，暫時占於上風。

打勝仗，最能激起士氣，此刻燕家軍士氣正盛，聽周圍兵士吼道：「殺了烏托人，讓他們滾出大魏！」

「滾出大魏！」

亦有人笑著喊道：「此戰告捷，或許我們才是最先回到朔京的兵馬！」

此話說的人愛聽，誰都知道他們燕將軍最愛和封雲將軍比試，倘若此戰率先告捷，先回到朔京，不就是他們將軍比肖都督厲害了？

燕賀聽得也心中舒爽。

正在這時，他見前面與烏托人作戰的大魏兵士，瞧著有些眼熟，一下子想起，這不是前幾日與他說起家中幼兒的那漢子。燕賀還記得這漢子家中大閨女才三歲，此刻他正拼命與面前烏托人廝殺，並未瞧見從背後飛來的一簇冷箭。

燕賀眉頭一皺，戰場上他不可分心，然而或許是那一日那漢子眼中對回家團聚的渴望，讓人異常深刻。又或許是他家中等著父親帶回糖糕的小女兒，令燕賀想到了夏承秀腹中未出世的骨肉。

總之，他飛身過去，一掌將那漢子推開。

箭矢擦著二人的頭髮過去，燕賀心中舒了口氣。

正在此時，耳邊響起身旁人驚慌失措的叫聲：「將軍——」

雲淄靠海，同吉郡與九川，是完全相反的兩個方向。

夜色如墨，海岸邊可以聽到浪潮拍打岩石的聲音，風將海水潮濕的氣息送來。從岸邊望過去，海天連成一片，像是乘船出海，一直往前走，就能走到九重天上。

倘若沒有戰爭，這裡的風景極美。然而一旦有了戰爭，曠達與悠遠，就變成了淒清與涼薄。

帳中可見火把，身披黑甲的青年，正看著沙盤中的輿圖沉思。

有人從外面走了進來，道：「少爺，您吩咐的讓人挑米擔從城門前經過，已經安排好了。」

肖玨點頭：「好。」

大魏兩大名將，在烏托人眼裡，飛鴻將軍已經不在了，剩下難以對付的，就只剩下封雲將軍一個。因此，雲淄的烏托兵馬最多，然而肖玨率領南府兵抵達雲淄後，從頭到尾，烏托人沒有跟他正面相抗過。

或許是過去那些年，烏托人在肖玨手上吃了不小的虧。又或許他們是將潤都與濟陽之戰大魏打了勝仗的功勞，全都算在肖玨的頭上，這一次，不肯輕舉妄動。因此，城門緊閉，暫不出城。

飛奴看向坐在桌前的青年，「少爺，這些烏托人一直不肯動手，是存著消磨南府兵意志之心。雖南府兵和九旗營的人並不會因此怯陣，但時日久了，糧草恐怕不夠。」

這才是真正需要考慮的事情。

「他們打的，就是這個主意。」肖玨道：「不過，」他扯了下嘴角，目光冷冽，「烏托人比南府兵先到雲淄，縱然城內有米糧，但他們人多，城中米糧恐怕堅持不了多久。想耗我們？」青年唇角的笑容嘲諷，「亦當自耗。」

烏托人想要等南府兵們缺糧人饑，士氣低落時才趁機出兵，可同樣的，時間一長，消磨的不僅是南府兵，烏托兵馬也面臨同樣的困境。

「所以，少爺讓他們擔米經過城門，是故意給烏托人看的？」

「讓他們發現大魏米糧充足，我看他們還能堅持幾日？」

飛奴低頭道：「少爺英明。」

肖玨將指點輿圖的短棍放下，轉身走出營帳。

外頭無月，巡邏的士兵們舉著火把走動，有兵士們坐在一起啃著乾糧，見了肖玨，規規矩矩地問好。

南府兵與九旗營是肖玨帶出來的，尤其是九旗營，同涼州衛與撫越軍中不同，兵士與上司，並不會過分親近。倒不是感情涼薄，實在是因為這位右軍都督，個性冷淡，又極重軍紀軍規。

女子們只瞧見「玉面都督」的好相貌，兵營中人卻知道他好皮囊下的活閻王心腸。因此，素日裡南府兵內，連笑話都不曾聽到一個。

肖玨從營帳前走過，一名兵士捅了捅身側的赤烏，小聲問：「赤烏，都督腰上掛的那是什麼？是香囊嗎？怎麼會掛那麼醜的東西？」

赤烏：「……」

肖玨好歹是大魏數一數二的美男子，素日裡就算是鎧甲，也能穿得格外英武優雅，偏偏這一次出兵，腰上的配飾變成了一個香囊，烏七八糟繡的也不知道是什麼，但這玩意兒實在是太顯眼了，讓人想忽略也難。兵士們不敢問，這一個膽大的，終於按捺不住，來問問肖玨的貼身手下赤烏了。

「就是，赤烏，那是何物？」又有人問，「我見都督日日戴在身上，寶貝的很，什麼來頭哇？」

赤烏揮了揮手：「那是少夫人給少爺繡的，你們懂什麼？」

「少夫人？」

圍過來的兵士們面面相覷，最先開口的那個露出尷尬的笑容，「少夫人的女紅……還真是特別。」

「是挺特別的，」有人點頭道：「都督把這麼特別的香囊日日戴在身上，赤烏，我聽人說，都督十分寵愛少夫人，是真的嗎？」

「不可能吧，你何時見過都督寵人？你能想像嗎？」

「我不能。」

赤烏被問煩了，站起身來，指著他們教訓道：「好好值夜，一天天瞎想些什麼，自己有夫人了嗎就這麼關心別人，小心少爺聽到了拉你們挨軍棍！」

他一站起來，就有人瞧見他腳上的靴子，奇道：「咦，赤烏，你這靴子也挺特別的，怎麼上面還繡了朵花？」

「什麼什麼？哪裡有花，哇，真的有花！」

「這肯定是姑娘繡的，赤烏，你什麼時候有心上人了？也不告訴兄弟們一聲，真不夠義氣！」

「什麼心上人，」赤烏面紅耳赤，斥道：「不要胡說！」自己轉身走了。

肖玨走到岸邊。

岸邊被火把映亮，照出水面粼粼的波光。沒有月色的夜晚，顯得有幾分薄涼。

他伸手，解下腰間的香囊，香囊上，歪歪扭扭的「月亮」正看著他，似乎能透過這蹩腳的針線，看到女紅主人燦爛的笑顏。

青年盯著手裡的香囊，唇角微微彎起。

九川和雲淄隔得太遠了，消息傳到這裡，要等許久才到。不知道她那頭情況如何，不過……想來，她應當應付的來。

他抬眸看向天際，海面一望無際，唯有海浪輕湧的聲音，如情人夢中的囈語，一點點散碎在疆場的夜裡。

朔京。

夜裡起風，將沒有關好的窗戶吹開了，風吹的桌上的紙卷「沙沙」作響，榻上的人睜開眼，點燈起身下床，走到窗前，望向夜空。

京城一片寧靜，絲毫沒有半點戰事將起的慌張。難以想像千里之外的戰場，將士們此刻在做什麼？

身後響起丫鬟迷迷糊糊的聲音，「夫人，您怎麼起來了？」

夏承秀笑了笑：「沒什麼，只是睡不著罷了。」

小丫鬟走到她身邊，伸手將窗戶關上，扶著她往裡走，道：「夫人仔細些，如今妳有了身子，春天的風冷人的緊，可別受了風寒。回頭將軍問起來，奴婢就要吃苦頭的。」

整個燕府上下都知道，燕將軍雖然性子高傲霸道，但卻不愛責罰下人，但只要事關夏承秀，便斤斤計較的厲害。夏承秀剛進門的時候，府中管家的貌美女兒對夏承秀頗有敵意，暗中挑釁，被燕將軍知道後，連人帶一大家子，全都趕出了府，一點過去情面都不講。

此次出征前，燕賀還特地交代燕府上下，倘若夏承秀和肚子裡的孩子有個三長兩短，整個府邸上下都要跟著一起倒楣。

燕將軍說到做到，下人們當然時時刻刻緊張著夏承秀，生怕出一點兒意外。

似是想到了燕賀事無鉅細操心的模樣，夏承秀忍不住好笑起來，道：「哪有這樣誇張，我在府中，有人看顧著，大夫每日都來把脈，哪有那麼嬌氣。」

丫鬟笑咪咪道：「將軍也是擔心夫人嘛。」

夏承秀低頭，看向自己的小腹，伸手撫上去，明明什麼都感覺不到，很奇妙的，卻像是能透過這血脈的瞬間相觸，知道裡頭那個小傢伙此刻的歡欣。

丫鬟看到她的動作，笑著問：「要是將軍能趕上小少爺或是小小姐出生就好了。將軍如此疼愛夫人，想來小少爺小小姐出生後，也是朔京城裡最好的父親。」

「若真如此，」夏承秀笑道：「他一定極早就想好要如何教導這孩子了。」

孩子尚未出世，便連名字都取好了。夏承秀也是哭笑不得，臨走時，還頗認真的同「慕夏」道歉，只道戰事緊急，暫且不能陪伴在她身邊，待回來，一定加倍補償，讓她千萬勿要生爹爹的氣。

誰知道這腹中的，究竟是「慕夏」還是「良將」？

不過……夏承秀心中，竟莫名期待起來，燕賀做爹時，是什麼模樣？她嫁給燕賀之前，見過這青年凶巴巴四處挑釁的模樣，那時候也沒想到，後來這人會成為她的丈夫。更沒想到，在外頭鬥天鬥地的歸德中郎將，在家中，會對她如此百依百順。

他若當了父親，不管是「慕夏」還是「良將」，應當都會真心疼愛，悉心教導。看著他們一日一日長大，成為優秀的人。

就如他一樣。

「夫人……是想將軍了吧？」身側的丫鬟瞅著她的神情問道。

夏承秀笑了笑，燈火下，女子本就柔婉的眉眼，溫柔的不可思議。

不知過了多久，她「嗯」了一聲，認真地回答：「我想他了。」

穀雨過後，過不了多久，就是立夏了。

朔京這個時節，應當雨水落個不停。但在九川，荒漠一望無垠，已有夏日炎氣，日頭長而曬，士兵們嘴唇都乾裂起皮。

戰況格外激烈。

上次首戰告捷後，月餘時間，禾晏又率撫越軍與烏托人多次交手。烏托人屢次在武安侯手中吃了苦頭，漸漸明白過來，武安侯絕不是一個虛有其表，僥倖封官的無能之輩。她布陣的精妙，上陣英勇，甚至劍法純熟，令烏托人想到當年傳說中的飛鴻將軍，亦是如此。

禾晏在幾次交手後，大致摸清了烏托人的作戰形式，就開始反攻。她極有耐心，並不著急攻城，只行「賊來則守，賊去則追；晝則耀兵，夜襲其營」的戰法，烏托人受不了這麼隔三差五的「騷擾」，長時間下來，士氣不振，沮喪疲憊，眼看著一次比一次不敵。

今日是攻城的時候。

身披赤甲的女子身騎駿馬在疆場馳騁，旗鼓震天，刀光劍影。兵陣隨她指揮如矯捷巨龍，攜裹著沖天殺氣往敵軍陣營衝殺而去。

她的劍一往無前。

兩軍交戰，赤地千里。

小麥正與一名烏托壯漢拼殺在一起，他雖年輕力壯，但若論起身手，不如石頭，此刻拼盡全力，忽然一腳踹向面前人的膝蓋，那人被踹得踉蹌一下，小麥趁此時機，一刀抹了他的脖子。

對手倒了下去，他心中欣慰，尚未露出喜悅的笑容，忽然被一人撲倒在地，在地上滾了兩圈。小麥心中一緊，下意識抬頭，就看見石頭抱著他，後背擋在他身前，一根黑色箭矢沒入他的後背，只露出一點箭羽。

石頭嘴唇動了動，只來得及說出兩個字：「小心。」

又是一箭刺穿他的後背。

少年吐出一口鮮血，「……快走！」

「大哥——」小麥悲慟喊道，另一頭王霸見狀，提刀衝向兩個埋伏在暗處的烏托弓箭手，同他們廝殺在一起。

總是笑咪咪的活潑少年，此刻滿臉驚惶，眼淚大顆大顆落下，跪倒在他身邊，喊道：「大哥，你別嚇我，大哥……」

石頭費力地看向面前的幼弟，兩支箭，正中胸膛，他的體力在一點點流逝，戰場上這麼亂，小麥這樣很危險。

「走……別待在這裡……」他艱難地開口，「危險……」

然後，他眼裡的光熄滅了。

小麥發出一聲痛苦的嚎哭，可惜，這是戰場，無人注意他此刻的悲傷。

死亡隨時隨地都在發生。

黃雄的鎧甲已經被砍爛了，身上臉上亦是負了不少的傷。他的年紀已經很大了，對付普通的賊子自然綽綽有餘，但對付這些彪悍狡詐的烏托人，就有一些吃力。

面前的烏托人與他纏鬥在一起，他的虎口處被人砍了一刀，血肉模糊，握起刀的時候，鑽心的疼，力氣漸漸流失，就聯手中陪伴多年的金刀，也變得格外沉重，像是難以揮動似的。

他的疲憊被對方看在眼裡，那烏托人大笑道：「不行了，這大個子不行了！」

他的外貌雄壯，那把金刀又格外顯眼，烏托人很注意他，嘴裡嚷道：「這把刀歸我了！」

黃雄沉聲道：「做夢。」

他手握大刀，同對方的刀鋒砍在一處，正在此時，背後突然一涼，一把雪亮的長刀子自他背後貫穿胸膛，捅得他一個踉蹌。

身後的烏托人放肆大笑起來。

然而這笑容才到一半，身形如熊的漢子大喝一聲，猛地回頭，不顧身上的傷，提起手中大刀，頃刻間將身後烏托人的頭顱斬下，另一頭得意洋洋的笑聲，也在一線金光將將他性命取走的剎那戛然而止。

身上的鎧甲，被刀尖澈底捅破，他握住刀柄，猛地拔出，拔出的瞬間，終於支援不住，頹然倒地。

手中，還緊緊握著那把金背大刀。

這麼多年，他曾因為此刀錯落流離，卻也是這把刀，陪著他奔赴千里，血刃仇敵。他如今孑然一身，無牽無掛，死前唯有這同他多年相伴的摯友作陪，也不算遺憾。

只是……

魯壯的漢子望向長空，胸前的佛珠溫潤黝黑，恍惚間看見母親在佛堂前溫柔的祈禱遠方的遊子早日歸來，姊妹們張羅著熱氣騰騰的飯菜，兄長正在院子詢問小姪子今日剛學的功課……

如此平靜，如此安逸。

他安心地閉上眼，神情是從未有過的寧靜。

浪子在外流離了這麼久，如今，終於可以歸家了。

城破了。

偃甲息兵，白骨露野。兵士們為這來之不易的勝利歡呼，每個活下來的人臉上都是喜悅的笑意。

為首的女子神采奕奕，未見半點疲憊，她永遠都是如此，好似從來不會有軟弱的一面。正因為有她在，撫越軍的士氣才會一日比一日更盛。

烏托人被打得棄城逃走，至此，九川終於被大魏重新奪回。

禾晏臉上帶著還未來得及擦拭的血跡，正要去清點戰果，就見王霸面色凝重的朝她走過來。

她唇角的笑容頓時散去了。

「妳來看看吧。」他道。

連日以來的戰爭，不斷有人死去，從涼州衛來的男人們終於意識到，這一次同從前不同。戰爭令他們迅速成長，令他們變得寡言、堅定而冷靜。王霸早已不是先前動輒喊來喊去的人，這些日子，他沉靜了不少。

禾晏隨著他往前面走去。

戰死的士兵只能就地掩埋，活下來的士兵們則在一一檢查他們身上是否有帶著的信物，若能找到，待回到朔京，拿給他們的家人。這裡的士兵每個人上戰場前，身上都裝了一封信，若是不幸戰死，戰友會將遺信帶回給他們的家人。

禾晏看到了石頭和黃雄。

她很早以前就明白，人在戰場上，不能決定自己的生死。當披上鎧甲的那一刻，就做好了付出生命的準備。活到最後的人，不怎麼幸運的，免不了看著身邊的戰友一個個離去。

先是洪山，現在是石頭和黃雄。

石頭是中箭而亡的，箭矢被拔掉了，胸口的衣衫被染得通紅。黃雄是死在刀下，聽聞他最後與兩個烏托人同歸於盡，最後找到他時，他還死死握著手裡的刀。

禾晏在他們身前半跪下來，認真替他們整理身上被砍得凌亂的衣衫。

小麥在一邊哭啞了聲，兩眼通紅。禾晏還記得第一次見到石頭和小麥的時候，自小長在山中的獵戶兄弟，同她說起投軍的志向，小麥活潑天真，貪吃好玩，石頭寡言穩重，心細如髮。

戰爭讓這一切都改變了。

有小兵問道：「大人，黃兄弟的刀……」

這樣好的刀，若是用在戰場上，也是讓人眼饞的。

「他沒有家人，這把刀就是他的家人，陪伴他這麼多年，跟著他一道入葬吧。」禾晏瞧著地上的漢子，那總辨不清方向的，繞來繞去迷路的老大哥，看他臉上平靜的笑容，想來，已經找到了回家的路。

她站起身，悲傷不過轉瞬，就道：「叫他們來我帳中，有戰事相談。」

腳步堅定，再不回頭看一眼。

似是為了慶祝奪回九川的勝利，深夜，月亮出來了。

營帳中的女子，在輿圖上落下最後一筆，揉了揉眼睛，站起身，走了出去。

她爬上城樓，望向遠方，城外一片黃沙茫茫，遠處烽火映著長平的地面，戈壁荒涼，白色的城樓在這裡，如深海中的孤舟。

一輪彎月掛在夜空，將淒清照亮了幾分。

她席地坐了下來，肚子發出一聲輕響，才發現這場戰事結束到現在，她還沒有吃過一口東西。

一個乾餅遞了過來，禾晏微怔，江蛟從後面走了過來，在她身邊坐下，道：「知道妳大概沒吃，特地留給妳的。」

禾晏微微一笑：「多謝。」

她咬了一口乾餅，粗糲的糧食填入腹中，帶來的是真切的飽足。

江蛟將水壺遞給她，她仰頭喝了一大口，姿態爽朗。臉上還帶著未擦乾的泥濘和血跡，看起來格外狼狽，唯有那雙眼睛，仍如星辰一般明亮。

他心中忽然有些感慨。

撫越軍裡，人人都說禾晏天生神勇，用兵如神，永遠不知疲憊，男子們經過這場大戰需要休息。她卻是從下了戰場後，清點戰果、安排指揮接下來的追擊、重新分析敵情，到現在，衣裳沒有換，乾糧沒有吃，只有在此刻，在無人的城樓上，席地而坐時，才會稍稍流露出一點疲憊。

他聽到禾晏的聲音：「小麥怎麼樣了？」

「不太好，王霸一直陪著他。」江蛟的聲音低沉下去。

涼州衛的兄弟，已經走了一半。而下一個走的是誰，誰又能走到最後，活著回到朔京，沒有人能說得準。

禾晏仰頭灌下一口水，聲音依舊平靜，「得讓他快點走出來。」

這話說的殘酷，可江蛟心中也明白，這是在戰場，戰場上，不會給人留下悲傷的時間。

禾晏雖然沒有流淚，但不代表她不難過。她畢竟是個女子，獨自一人留在這裡，看著身邊人一個個離去，應當很無力。

「禾兄，」江蛟問：「妳想都督了嗎？」

回答他的是沉默。

過了一會兒，禾晏抬起頭看向遠方。

孤曠的荒漠裡，唯有那輪銀白的彎月，靜靜地懸在夜幕中。

「沒有。」她微微揚起嘴角，似是透過眼前的彎月，看到了另一個人。

「我知道，他在呢。」

遠處傳來烏鴉的聲音，夜裡的冷風吹得火把如晃動的星子，年輕的女將站起身，拍了拍身邊人的肩：「早點回去吧，明日還有一場硬仗要打。」

轉身離去了。

吉郡連日都在下雨，雨水洗淨了地上的汙泥和血跡，若非散落的兵器和屍首，不能看出，這裡剛剛經過了一場激戰。

營帳中，身著麻衣的男子望向坐在帳中的主將，神情驚怒道：「燕南光，你不要命了！」

他身上的最後一件白袍，最終也沒有倖免被裁做布條的命運，至此以後，他就穿著普通百姓穿的麻衣穿梭在燕家軍的營地中。而如今，林家少爺再無過去風度翩翩的模樣，一日十二個時辰，有十個時辰，他的臉都是髒汙的，手上沾了鮮血。

戰事一日比一日緊張，傷兵越來越多，軍醫根本不夠用，而他在這裡，是最厲害的那個，也是最讓人安心的存在。

但如今，只有林雙鶴自己知道，他心中有多不安。

燕賀並未理會他，只是緊皺著眉頭清點昨夜的戰果，昨夜燕家軍大敗烏托人，殺敵一萬，繳獲駿馬上千匹，是足以令人慶賀的好事。

「燕南光，你究竟有沒有聽到我說話！」林雙鶴急道。

「我聽到了。」燕賀不耐煩的回答。

「那你知不知道，你現在很危險！」林雙鶴壓低了聲音，「你會沒命的！」

那一日，燕賀出手，將那位已經是一雙兒女的父親從烏托人手中救了下來，卻被暗中放冷箭的烏托人所傷，雖未傷及要害，只是刺中胳膊，然而對方本就是衝著他而來，箭矢上塗著毒藥。

林雙鶴解不開那毒。

戰場上，並無藥材可以給他慢慢研製解藥。

毒一日比一日蔓延，如果不儘快找到解藥，燕賀會死。但他連日來廝殺、打仗，傷口處的毒跡，蔓延的越來越快，越來越深，令林雙鶴心驚肉跳。如果燕賀能暫且拋開戰事，毒性發的會慢一些，或許能撐得更久，但現在，再這樣下去，或許……根本等不到回朔京。

「你已經研製出解藥了嗎？」燕賀皺眉問。

林雙鶴一怔，頹然回答：「沒有。」

「既然都是死，你又何必管這麼多。」燕賀不以為然道。

他看起來沒有半分在意，像是說的是旁人的生命。甚至並不為此感到擔憂。

林雙鶴問：「你真的要繼續如此？」

「林雙鶴，這是在戰場。」燕賀聲音肅然，「近日來我們捷報連連，烏托人士氣大傷，繼續下去，很快就能把吉郡奪回來。這種時候，就要趁熱打鐵，不趁著士氣最盛的時候一舉拿下，日後再想等這個機會就難了。在戰場，沒有停下的時間。」

林雙鶴閉了閉眼。

他知道燕賀說的都對，都是實話。可他身為醫者，更明白再這樣下去，或許一線生機，就會變成全無可能。

「你要知道……」他艱難地開口，「你如果繼續這樣下去，不停下休息，至多……三月。」

「三月，」燕賀道：「那就在三月內，打完這場仗。」

到現在，他心心念念的，仍然是這場仗的結果，林雙鶴忍不住道：「就算你自己不在乎，難道你不想想承秀？燕南光，你的孩子還在等你回去！」

燕賀的手指微微一顫，不過面上仍是尋常，他若無其事道：「你既然知道，就趕快去給我研製解藥。不然要你來這邊何用？你既是神醫，難道只會醫女子，不會醫男子嗎？」

若是尋常，林雙鶴聽到這等質疑他醫術的言語，必然要上前理論一番，但如今，他只是看著燕賀，心中倏然明白，哪怕眼前這人知道自己只有一日的性命，也會將這最後一日，用在做一個好主將這件事上。

在戰場上，他不是夏承秀的丈夫，也不是燕慕夏的父親，他是燕家軍的首領，大魏的將軍，僅此而已。

「我知道了。」林雙鶴深深地看了他一眼，「我會盡力而為。」

他轉身走了出去，桌前，燕賀抬眸，看向林雙鶴的背影，忽然嘔出一團烏黑的血。

毒藥不僅會令他生命流逝，也讓他飽受痛苦煎熬，然而這一點，卻不能在人前顯露出來。燕家軍們需要一個主心骨，在打完這場勝仗之前，他永遠不可倒下。

燕賀隨手扯過一邊的布巾，將唇角的血擦拭乾淨，散去痛苦的神情，目光重新落在眼前的兵防圖上。

三個月……

他必須速戰速決。

學館裡，池塘翠色的荷葉上，開始冒出粉色的骨朵，蜻蜓從水面掠過，琉璃似的翅膀劃出一道淺淡的漣漪。

立夏後，白晝變長，風也帶著暖薰的日光。

午後的學館裡，日頭正好，少年們坐著打瞌睡，美好的時光總是分外綿長。

有人從外面跑進來，帶著喜悅的激動，一口氣跳上桌子，道：「好消息，好消息，武安侯禾大人帶領的撫越軍，奪回九川，大敗烏托賊人啦——」

沉悶的午後，霎時間被這消息驚醒了。

「果真？這麼快就奪回九川了麼？」

「是真的，外頭都傳開了！我剛從外面回來。」

「那武安侯好生厲害，四大將軍分頭出兵，竟是女子為首的撫越軍率先拿下城池。」

「女子又如何？原先那撫越軍的首領飛鴻將軍，不也是個女子麼？我看著武安侯亦是巾幗英雄，說不準等回京後，皇上封個大官，日後就是武安將軍了！」

學館角落裡，坐著的少年目光懵然，聽聞此信，仍有些不敢置信。

禾晏勝了？已經奪回了九川？

正想著，一群人「呼啦」一下圍了上來。

「禾雲生，你姐姐真厲害，這麼快就立功了！我看你們禾家日後會扶搖直上。」

「哎哎哎，禾兄、禾兄，從今日起，我們就是好兄弟了，日後你發達了，不要忘了提攜小弟我。」

「呸！你們一個個的，先前還在背後議論人禾大人全是沾了肖都督的光，自己並無本事，眼下全都打臉了吧！那禾大人此去九川，可是單獨帶兵，卻比燕將軍、肖都督、虎威將軍先傳回捷報，可見人家是有真本事的。」

「對對對，真本事，是我有眼不識泰山，雲生兄、雲生兄……」

禾雲生被簇擁著，並未被同窗們熱情的恭維沖昏了頭腦，心中只有一個念頭，禾晏勝了，她平安了……

少年微微側過頭去，嘴角忍不住翹起來，心道，算她這回遵守約定。

肖府的石榴樹，到了夏日，成了最好遮陰的場所。

黃犬伏在樹下，懶洋洋地睇起眼睛，青梅給牠的水槽裡加了水，擦了把額上的汗，正要回屋，冷不防從外頭蹦進來一個影子，聲音歡快：「青梅姐姐、青梅姐姐！」

青梅嚇了一跳，見白果一陣風似的跑過來，忙扶住她，「什麼事？怎麼這樣高興？」

「我剛剛去外面，聽到外面的人都在說，二少夫人打了勝仗，帶撫越軍奪回了九川！青梅姐姐，二少夫人立功了！」

二毛也被白果的興奮感染了，跳起來圍著白果繞了兩圈。

白容微被婢子扶著走了過來，聲音亦是藏不住的驚喜：「果真？」

「是真的。」白果高興地道：「說二少夫人好厲害，雖然第一次單獨帶兵，卻連打勝仗，這麼快就把九川奪回來了，奴婢聽人說，等二少夫人回來，皇上肯定重重有賞！咱們府上，說不準又會再出一個將軍呢！」

白容微被她逗笑了，嗔道：「就妳會說話。」又搖頭笑道：「立功賞賜都不重要，阿禾只要平安無事，大家就很高興了。」

她如今小腹漸漸隆起，可邊境有戰事，肖如璧每日忙碌。白容微一個人待著的時候，總是忍不住擔心肖玨與禾晏二人。要說他們二人都在一處也還好，彼此有個照應，偏偏又在相反方向。肖玨還好，時時上戰場，南府兵又是肖仲武當初帶出來的，禾晏就不同了。第一次領兵，撫越軍裡未必人人都服氣，她又是個女子，總有諸多不便，白容微一顆心都操碎了，如今總算可以稍稍鬆口氣。

「我看再不久，禾叔也該回來了。」白容微笑道：「他要是知道阿禾打了勝仗的消息，一定很高興。」

自打禾晏與肖玨離京後，白容微與肖璟往禾綏家去的勤了些。一來，肖玨為他們買的宅子本來離肖家就近，不過一條街的距離，來來去去也方便。二來，白容微想，她這個做嫂子的尚且如此擔心，禾綏這個做親爹的，只怕心更是時時刻刻懸著，禾雲生又是個十七八歲的少年，到底不如女兒貼心，肖仲武夫妻過世的早，禾綏既是禾晏的父親，也就是他們的父親了。是以，夫妻二人時常過去同禾綏說說話，陪他解悶，這姻親倒是做的比朔京城別的人家更和睦。

「大少爺也快回來了，」白果嘰嘰喳喳地道：「夫人，今日既是喜事，奴婢就去讓小廚房做點好菜，權當是慶祝了吧！」

「行，」白容微笑道：「青梅，妳也去禾家一趟，晚上叫禾叔雲生一起來吃飯吧。」

青梅聞言，露出大大的笑容，「好，奴婢這就去。」

宮裡，御書房，昭康帝看著眼前的摺子，忍不住露出欣慰的笑容。

登基以來，這大概是最值得高興的一件事了。

內侍瞧著帝王臉上的神色，頗有眼色地道：「太后娘娘早晨來過一趟，陛下正在忙著政事，此刻天色已晚。」

昭康帝站起身，道：「朕去看看母后。」

清瀾宮裡，蘭貴妃，現在應當是太后娘娘了，正倚在軟榻上看書。她雖已經貴為太后，卻並未搬離宮殿，行事也同過去一般無二。

「母后。」昭康帝走近後，喚她。

太后放下手中書卷，看向面前的人，微微一笑：「皇上今日看起來心情很好，是為了九川捷報一事而高興？」

昭康帝在母親面前，終於露出真切的開懷，笑道：「自然，朕沒有想到，武安侯竟如此勇武，比燕賀、肖懷瑾，率先拿下城池！」

他原先雖然將兵權給了禾晏，但大部分是看在肖玨的份上，對於禾晏的本事，他只聽人說過，但並不知她帶兵作戰的本領如何。如今，傳來的捷報令他終於放下心來，這女子，比他想像中的還要出色。

「看來皇上日前，仍是小看了她，也不認為武安侯真的可以馳騁疆場。」太后了然。

昭康帝有些赧然，「朕只是沒想到，世上還會有第二個飛鴻將軍那樣的女子。」

當初的「飛鴻將軍」，已經是萬裡挑一，這樣的人才隕落，令人扼腕，而如今，又出現這麼一員福將，誰能不說這是天佑大魏？

「哀家早就和你說過，」太后輕聲道：「不要小看女子，大魏千千萬萬女子，殊不知還會有第三個、第四個飛鴻將軍。」

「母后教訓的是。」

「武安侯是個心思純澈的正直之人，這樣的良臣，可遇不可求。皇上既然遇到了，就一定要好好招攬。此次她奪回九川，立下大功，禾家又無背景，皇上可想好了，如何賞賜武安侯？」

昭康帝聞言，笑了笑，道：「這個，母后不必擔心。朕已經想好了，待她回朝，朕會賜封她為真正的武將，從此大魏的史冊上，都會留下她的一筆。」

就如當初的飛鴻將軍。

立夏之後是小滿，小滿一過，天氣越發炎熱，眼看著快到端午。

武安侯帶領的撫越軍奪回九川，捷報連連，十萬烏托兵被擊潰，殘兵向西逃竄，被撫越軍盡數殲滅。至此，禾晏率軍歷時近三月，決勝荒漠，收復九川。

九川的百姓日日歡呼，慶祝來之不易的勝利。撫越軍中，再也沒人敢小看這位年輕的女侯。她用勝利，證明自己的英勇與智計。

禾晏坐在屋裡，清點著戰果，最後一場大捷，俘虜和收穫不少。副將從外面走了進來，恭敬地開口：「大人，九川城主想讓您留下來，等端午過後再離開。」

九川的烏托兵，是沒有反撲的機會了。本來將這裡的事處理清點後，她便要即刻回京。不過，感激撫越軍的將士們替他們趕走了烏托賊子，百姓們都很希望他們能留下來多待一些時日。

尤其是那位女將。

她在戰場上威風凜凜，令人膽寒，但對普通平民百姓，格外耐心和悅。

禾晏問：「端午還有幾日？」

「還有五日。」副將答道。

禾晏默了默，「好吧，端午一過，立刻啟程。」

剛剛經歷過戰亂的百姓，需要一點希望。留下來，或許能讓他們從中得到力量，更好的面對需要重新開始的未來。

除了打仗，她能為這裡的百姓做的，也只有這些了。

屋中清簡，烏托兵占領九川的時候，在城裡燒殺搶掠，值錢的東西都被搶走燒毀，就連如今她住的這間屋子，也被燎了半面牆。

禾晏望著桌上的輿圖，幾不可聞地嘆了口氣。

到底是奪回了九川。

雲淄和吉郡還沒有傳回消息，並江那頭的消息倒是傳回，看起來勢頭頗好。九川能這麼快打完勝仗，說起來，還是托了當年她率軍平叛西羌之亂的原因。漠縣與九川地形相似，撫越軍又是曾在漠縣待過的，她才會奪取的這般順利。

不知道燕賀與肖珏那頭，如今怎麼樣了。

她正想著，外頭有人進來，竟是王霸，王霸從懷裡掏出一封信，道：「吉郡那頭傳信過來了。」

兄弟們接連戰死，王霸如今沉穩許多，再難看見過去在涼州衛霸道囂張的模樣。

禾晏接過信，迫不及待地打開。

上一次吉郡來信時，只知道瘟疫不容樂觀，過了這麼久，不知道他們現在怎麼樣了。

信不長，只有寥寥數語，禾晏看著看著，神情凝重起來。

王霸見她神情不對，問道：「怎麼了？是那些烏托人不好對付？」

禾晏搖了搖頭：「燕賀出事了。」

信是燕賀寫的，上頭雖然只輕描淡寫的提了幾句，可每一句話都令禾晏膽戰心驚。吉郡這幾月來同烏托人膠著，但大體是好的，唯一不好的，是燕賀。信上言他中了烏托人的無解之毒，聽聞九川已被奪回，雲淄和並江與吉郡並不在同個方向，唯一離得稍近些的，只有九川。

燕賀自言恐怕時日無多，怕自己走後無人帶兵，請禾晏來援。信到最後，他甚至還有心思調侃幾句，只道當初潤都禾晏同他求援，他率兵趕來，眼下，就當是還當初潤都解圍之恩了。

雖還有玩笑的心思，禾晏卻知情況必然不會太好。要知道林雙鶴是跟著燕賀一道去吉郡的，倘若是普通的毒，林雙鶴如何解不開？燕賀信上言時日無多……

她猛地站起身。

王霸問：「妳要做什麼？」

「傳令下去，我等不了端午後了，今日整理軍備，明日啟程出發，去吉郡。」

夏日裡草木茂盛，下過一夜的雨，泥土泛著濕潤的腥氣。

河邊，身著麻衣的男子正搗碎面前的藥草，仔細的將幾種藥草混合在一起。

一邊經過的士兵好心地勸道：「林大夫，您都在這忙了一夜了，趕緊歇歇吧。」

林雙鶴抬起頭，露出一張鬍子拉碴的臉，他的神情很憔悴，因徹夜忙碌，眼睛中生出血絲，乍一眼看過去，怪嚇人的。

他抬起頭，似乎被日光晃得瞇起眼睛，過了好一會兒，才搖了搖頭，聲音沙啞道：「不了。」

巡邏的士兵有些奇怪，這林大夫不知怎麼回事，前些日子起，就沒日沒夜的搗飭一些藥草。按理說，如今的瘟疫已經平定了，他大可不必如此辛勞，但他急急忙忙的，不知是為了什麼。

不過，林雙鶴不聽，他也沒有辦法，只搖搖頭，走了。

林雙鶴低頭看向瓦罐裡的藥草。

已經過去快兩個月。

他沒有研製出解藥，更糟糕的是，燕賀的毒浸的越來越深了，已經開始吐血。他找來些藥草只能暫且令燕賀看起來不那麼憔悴，免得被燕家軍們發現端倪。那毒已經浸入五臟六腑，林雙鶴非常清楚，燕賀時日無多了。

他沒日沒夜的忙碌，就是為了找到辦法，但是沒有，無論他怎麼努力，燕賀的毒毫無成效。

他不得不承認，自己的無力。

過去在朔京，他雖是「白衣聖手」，但醫治的女子醫科，多為疑難雜症，與性命無憂。人生在世，最大不過生死。只要有命在，就不算絕望。而如今，他卻要眼睜睜地看著自己的友人一日比一日更靠近死亡，他這個做大夫的，束手無策。

林雙鶴低頭搗著藥草，嘴裡喃喃道：「要快一點，更快一點……」

草藥在瓦罐裡被鐵杵搗的汁液飛濺，一些濺到他的臉上，泛著苦澀香氣，搗著搗著，巨大的無力和悲哀席捲而來，他停下手中的動作，突然紅了眼睛。

他從未如眼下這般渴望過，自己的醫術精進一點，再精進一點，就可以救下燕賀，而不是像現在這樣，做些無關痛癢的事。

但周圍的人還不知道，他們的主將每一次拼殺，付出的都是性命。

林雙鶴站起身，在河邊洗了洗手，頓了一會兒，走近燕賀的營帳。

一陣壓抑的低咳聲響起，林雙鶴掀開帳子的瞬間，看見的是燕賀擦拭唇角血珠的畫面。

「你！」他驚叫出聲。

「小點聲。」燕賀對他搖頭，「不要被別人看到了。」

林雙鶴將帳簾放下，幾步上前，抓住燕賀的手腕替他把脈，燕賀安靜的任他動作，片刻後，林雙鶴放下他的手，嘴唇顫抖地望著他。

燕賀問：「我還有多久？」

林雙鶴沒有回答。

「那看來，就是這幾日了。」燕賀笑了笑，笑容裡有些不甘，又像是釋然，「算算我給禾晏送信去的時間，估計再過幾日，她也該到了。時間倒是接的恰好，不知道我還能不能見她一面。」

「……不，」林雙鶴下意識開口，「我可以做出解藥，等我，我一定可以，再說，那些烏托人手中一定有解藥……只要找到他們，一定會拿到解藥！」

「你還真是一如既往的蠢，就算你沒打過仗，也該有點腦子，」燕賀不屑道：「那些烏托人可是親眼看著箭射中了我，好不容易才能除去我，怎麼可能會交出解藥？信不信，就算現在我抓到了主將，用他們主將的命來交換，他們也不會交出解藥。只有一種可能，我若願投降為他們所驅使，或許能僥倖撿一條性命，但這種事，我燕家兒郎不做。」

「一個歸德中郎將……」燕賀笑一笑，「就算他們打輸了這場仗，也不虧。」

「還有你，」燕賀蹙眉看向他，「你要是能做出解藥，會等到現在這個時候嗎？罷了，你只是個大夫，又不是閻王，哪能決定人的生死。不必將自己想的過高。你這條狗命還是留著等武安侯來救吧。」

林雙鶴神情痛苦。

他過去與燕賀雖然嘴巴上你來我往，相看兩厭，到底是一起長大的同窗。他雖厭惡燕賀自大好鬥，燕賀也瞧不起他不學無術，但這麼多年，總歸算得上「朋友」。

「你不必哭喪著臉。」燕賀瞅著他的神情，像是被噁心到了，「你們做大夫的，不是見慣了生死，怎麼還沒我想得開？你難受個屁呀！幾十年後還不是要下來陪我。我就先去找那位女扮男裝的同窗切磋了。」

怎麼都到了這個時候，他還想著比試。林雙鶴忍不住笑起來，笑過之後，更覺悲傷，默了默，他問：「你有沒有想過，今後，嫂夫人和慕夏又怎麼辦？」

燕賀原本沒心沒肺的神情，陡然間僵住了。

他想起那個總是溫柔笑著的女子，臨走前對他的殷殷期盼。她那麼體貼，知道了自己的消息……她應該會哭的吧，應該會很難過。

燕賀忽然變得難過起來了，胸口彷彿堵著一團濕潤的棉花，窒息沉悶。

過了很久，他才慢慢開口：「我走之前，答應過承秀，儘可能趕回去見慕夏第一面。」

「不過，眼下看來，我要食言了。」

他低頭自嘲地笑笑：「承秀最討厭言而無信之人，我若是沒回去，她應該會生氣。林雙鶴，你要是回頭見著她，麻煩同她說明，我不是故意的。」

「我這個人，脾氣不好，表面上人人敬著我，我知道，實際上都不喜歡我，就像你、肖懷瑾、禾晏一樣，我做人朋友是不行，不過，做夫君做的還不錯。我原本想再接再厲，做個朔京第一好父親，但是……」

他的聲音很低：「沒有機會了。」

林雙鶴想說話，可張了張嘴巴，竟不知道說什麼才好。

「我原來覺得，如果承秀生的是女兒，就叫慕夏，如果是兒子，就叫良將。可現在想想，如果是兒子，也可以叫慕夏。」

「我本來想親眼看著他長大，等他長得大一點，就教他，良將不怯死以苟免，烈士不毀節以求生。現在沒辦法了，但我又覺得，沒有什麼比這樣更好教他的了。日後等他長大了，知道他的父親是戰死於沙場，不必我教，他自己就會明白。」

他說起未出世的慕夏時，眸光終於柔軟下來，眷戀而溫柔。

林雙鶴閉了閉眼。

這交代遺言般的話語，如無數根鋒利的針尖一同扎進他的心房。

「你不用為我傷感，也不用為我心痛，將軍死在戰場，就是最好的歸宿，我雖有遺憾，但並不後悔。」燕賀站起身，走出營帳，望向遠處，城樓的方向。

「每一個上戰場的人，都做好了死在這裡的準備。」

「還有幾日，」他道：「繼續吧，往前看。」

禾晏到達吉郡時，看到了同過去截然不同的林雙鶴。

那個總是白袍摺扇，任何時候都風度翩翩的優雅公子，憔悴的不成人樣。他的衣服上沾滿了血跡與泥濘，臉像是幾日沒有洗過，鬍子拉碴，頹廢的讓禾晏差點沒有認出來。

「林兄……」她翻身下馬，上前詢問。

「妳來了，」林雙鶴的黯淡的眸光裡，終於出現一點生氣，他訥訥道：「妳來看看燕賀吧。」

燕賀是死在戰場上的。

他中了無解之毒，明知道劇烈活動會使毒性蔓延的更快更深，卻因為戰事不肯停下腳步，如本就只剩一截的蠟燭，拼命燃燒，終於將自己燃燒殆盡。

他死前，剛打完一場勝仗。

年輕的將軍躺在帳中，臉上的汙跡被擦拭乾淨，他的頭髮如年少時束的很高，銀槍一同放在身側，依稀可見往日意氣風發的模樣，但當禾晏走過去的時候，卻再也不會橫著眉眼，氣焰囂張的來叫她比試了。

「他知道自己時日無多，臨走前，讓我把這些交給妳。」林雙鶴將匣子交給禾晏，禾晏打開來看，裡頭是寫好的文書，燕賀將吉郡這頭所有戰況和軍馬，都清點清楚，全部寫好，為的就是待禾晏來到這裡時，不至於一頭霧水。

他做的很周到，在生命的最後一刻，仍舊心心念念著這場戰爭。

「吉郡這邊如何？」禾晏問。

林雙鶴搖了搖頭，聲音低沉，「燕賀走了後，燕家軍士氣大亂，烏托人趁此時機接連進攻兩次，燕家軍沒了燕賀，如一團散沙，潰不成軍。」

禾晏道：「並非燕家軍的錯，本來吉郡的位置，就易守難攻，他們占據有利地形，燕賀要想攻城，本就難上加難，況且，還用如此卑鄙的手法。」

「那現在……」

「我現在要見一見燕家軍的副將，再做商議。」禾晏回答。

林雙鶴默默地點頭。

禾晏轉身要走，忽然想起什麼，腳步一停，回頭看向林雙鶴。

「林兄，」她聲音平靜，目光像是有撫慰人心的力量，「沒救下燕賀，不是你的錯。」

一句話，就讓林雙鶴這些日子以來的自責與愧疚，終於有了傾瀉的出口。

「不，」他的聲音有些顫抖，第一次在禾晏面前露出脆弱的神色，「是我沒有找到解藥……」

燕賀走後，他的部下們終於得知燕賀身中劇毒的消息，他們責怪他身為所謂的神醫，卻沒有找到解藥，救不了他們的將軍。無數指責和怒罵無時無刻不充斥在他耳邊，甚至林雙鶴在夜裡都會從噩夢中驚醒。

身披赤甲的女子看著他，溫聲開口，「你是大夫，不是神仙。你只能治病救人，不能決斷生死。燕賀是中了烏托人的毒箭，若要為他報仇，就要打贏這場仗。」

「你要振作起來，林大夫，」她換了個稱呼，「我需要你的說明。」

「吉郡需要你。」

營帳裡，燕賀的副將陳程失口叫道：「妳說什麼，投降？」

「是假意投降。」禾晏開口，「既然烏托人已經知道燕將軍不在，燕家軍群龍無首，這幾日必然會趁勝追擊。與其這樣被他們一直牽制，不如假意投降。待我們的人進城以後，撫越軍與燕家軍在後壓陣，趁亂可攻破城門。」

「將軍在時，我們從來都是和烏托人正面相抗，燕家兒郎從不投降，就算是假的也不行！」陳程一口駁回。

禾晏並未生氣，只神情平靜地看著他，「吉郡的地形，你們在這裡待了這麼久，應該很清楚，如果不攻破城門，一直在城外駐營，不過是自耗。燕賀帶你們正面相抗，是贏了不少次，殺了不少烏托人，但最後呢？最後怎麼樣，吉郡城還是被烏托人占著，進不去城，就打不贏這場仗！」

「妳懂什麼？」陳程神情激動，「妳根本不懂燕將軍，妳和那個林雙鶴是一夥的，不過虛有其名，只會誤事！」

燕賀的死，對燕家軍所有人來說都是沉痛的打擊，他們痛恨林雙鶴沒有早點說出真相，但對於燕賀的苦心，又一無所知。

禾晏的眉眼冷了下來。

身側撫越軍的副將開口斥道：「什麼虛有其名？禾大人才率兵收復了九川，打了勝仗，你們憑什麼看不起人！」

燕家軍沒有見過禾晏在戰場上的本事，他們撫越軍可是看的清清楚楚，如果禾晏都是虛有其表，大魏能「名副其實」的武將，也沒有幾個了。

「我不是在跟你們商量，」禾晏冷冷道：「我是在下命令。你要是不聽，違抗軍令是什麼下場，」她「唰」的一下抽出腰間長劍，劍光寒若冰鋒，「大可一試。」

「妳……」陳程咬牙道：「妳帶的是撫越軍，不是燕家軍，燕家軍的主子，只有燕將軍，妳憑什麼命令我們？」

「就憑你們的將軍把兵符交給我了我，就憑你們將軍，親自點名要我來帶你們出兵！」

她一揚手，手中兵符落於眾人眼中。

「現在，」女子目光清朗沉著，「你們還有異議嗎？」

兵符在手，她現在就可以號令燕家軍，縱然陳程有十萬個不願意，此刻也不能再說什麼。

他咬牙道：「沒有。」

「我知道你們不服氣，」禾晏道：「所以假意投降的前鋒兵馬，我會親自帶兵。」

陳程一愣。

率先進入城內的那一隊兵馬，無疑是最危險的，猶如羊入虎口，大魏的兵馬都在城外，四面都是烏托人，如果烏托人突然反悔殺人……

他們這一隊人，就是送死的。

「妳……確定？」陳程懷疑地問。

禾晏看了他一眼，不知為何，陳程竟被她這一眼，看得有些臉上發熱，女子的聲音冷靜而平淡，「身先士卒，是每一個將領都會做的事，不只是你們的燕將軍。」

「還有，」她道：「林大夫亦是聽從你們將軍命令辦事，如果你們要將罪責全都推在一個大夫身上，而枉顧真正令你們將軍喪命的烏托人，如此是非不分，那我也無話可說，只是，」她聲音微帶嘲諷，「你們的將軍要是看到這一幕，應該會對他一手建立的兵隊十分失望。」

「我……」陳程還要開口，那女子卻不再理會他，逕自出了營帳。

禾晏一出營帳，就愣住了，林雙鶴站在營帳外，怔怔地看著她，看來剛剛她在裡面的說的話，都被這人聽見了。

聽見了也沒什麼，她本來就是這麼想的。

「謝謝妳，」默了片刻，還是林雙鶴主動開口，他苦笑道：「不過，妳這樣為我說話，反而連累妳被他們一併看不慣了。」

「我不過是實話實說罷了，」禾晏看向遠處，「你跟著燕賀到了這裡，一路平瘟疫，醫治傷兵，何嘗不是將腦袋拴在腰帶上。只是，」她笑了笑，「你也不要記恨他們，他們只是太過傷心罷了，一時想岔，等日子久了，自然會明白。」

「我沒有記恨他們。」林雙鶴深吸口氣，換了個話頭：「我剛剛聽到，妳說要假意投降？」

「撫越軍的營地離這裡不近，那些烏托人大概還沒察覺到我們的到來，成竹在胸，此刻投降，他們才會輕信，也才會打開城門。只有打開城門，才有機會將烏托人盡數拿下。」

「先進城門的那一隊前鋒兵馬，是不是很危險？」

風吹過，女子紮起的長髮被吹得輕輕飛揚。

她的聲音卻是堅定的，沒有半分猶豫。

「戰場都是危險的。」她道：「我不怕危險。」

六月初一，吉郡緊閉的城門終於開了。

兩千大魏兵士率先進城，同烏托兵投降。

歸德中郎將燕賀死後，剩下的燕家軍便如一盤散沙，對烏托人發動的幾次進攻，都應付不及。如今殘兵敗將，既無外援，投降是遲早的事。烏托人並未起疑心，城門兩旁的烏托兵士，全都提著刀，嘲笑諷刺著大魏兵士的軟弱。

大魏兵馬的隊伍裡，禾晏藏在其中。她的臉被灰塵抹過，看不出原來的模樣，混在其中。這兩千人，是禾晏親自挑選的兩千人，其中大部分都是撫越軍，倒不是因為別的。燕家軍如今與她並未磨合，撫越軍裡同她已經一起作戰了一段時間，彼此有默契，此番進城，十分危險，一點岔子都不能出。

燕賀死後，燕家軍裡能說得上話的，就只有他的副將陳程了。道路的盡頭，烏托人將領沙吉特瞧著陳程上前，放聲大笑，只道：「大魏懦夫，不過如此！」

陳程低下頭，問：「我軍倘若盡數歸降於烏托，能否放我兵士一條生路？」

「當然，當然。」沙吉特生的壯碩，聞言嘲諷道：「既然歸降烏托，從此後，你們就是烏托人，我們不會對自己人動手！」

「那就請沙吉特大人打開城門，接受我大魏降軍吧。」陳程回答。

沙吉特眼中精光一閃：「打開城門是小事，不過那些降軍，得跟你們一樣，」他指了指兵隊，「卸下兵器，縛住雙手，這樣才行。」

他到底還是不信任大魏。

陳程道：「這沒有問題。」他道：「請容我派出一人回去，說明此事。」

沙吉特：「好！」

陳程走到一名兵士身邊，在他耳邊低聲說了幾句話，那兵士點了點頭，轉身朝城門走去，才走到一半，忽然間，站在旁邊的烏托人突然搭弓射箭，一箭射穿了那回去傳令的小兵胸膛。

小兵甚至沒來得及發出叫聲，就栽倒在地，不再動彈。陳程勃然大怒，「怎麼回事？不是說讓他回去傳令嗎！」

「你們如今已經是俘虜了，怎麼還敢跟我們提條件？」那舉著弓箭的烏托人語氣裡盡是不屑，「再多廢話，連你一塊兒殺！」

沙吉特笑咪咪地開口，「何必生氣，不過是一個普通兵士，再派一個人去不就得了？」

他們這般態度，分明是故意激怒大魏兵士，禾晏心中暗道不好，還未來得及出聲提醒，一個燕家軍就猛地朝面前的烏托人撲過去，嘴裡喊道：「士可殺不可辱，跟他們拼了——」

禾晏心中暗嘆一聲。

將領的作風，會影響整個兵隊的行事，燕賀直接悍勇，連帶著他手底下的兵也是如此，不可激將，如今這一下，先前的準備便統統做了無用功。

可那又如何？

眼前的兵士們已經和烏托人們交上手，他們進城之前，卸掉了身上的兵器，如今只能空手從對方手裡奪下刀刃。

慘烈而驚險。

禾晏一腳踢開正往自己眼前襲來的烏托人，反手搶過他手中的長刀，高聲喊道：「兒郎們，隨我來！」

雲淄城外的戰場，金戈鐵騎，流血漂櫓。

城外的烏托士兵被打得抱頭鼠竄，狼狽異常。「殺將」之所以為「殺將」，「九旗營」之所以為「九旗營」，「南府兵」之所以為「南府兵」，就是因為與他們交過手的，大多都死在戰場。旁人只能從僥倖逃生的人嘴裡得知這支隊伍是如何勇武無敵，但只有真正在疆場上正面相對時，才知道傳言不及十分之一。

千兵萬馬中，黑甲長劍的青年如從地獄爬出來收割性命的使者，劍鋒如他的目光一般冷靜漠然，如玉的姿容，帶來的是無盡的殺意。

而他並不是一個人在戰鬥。

他身後那支鐵騎，如他的盾，又似他的槍，令這支軍隊看起來無法戰勝，令人望而生畏。

一人之兵，如狼如虎，如風如雨，如雷如霆，震震冥冥，天下皆驚。

這是至關重要的一仗，也是最後的攻城一戰，只要這場仗勝利，就能奪回雲淄，剩下的，是收拾殘局。

為了這一仗，肖珏與南府兵們，已經等待多時。

雲淄的烏托人不肯開城門與南府兵相對，懼怕南府兵和九旗營的威名，想要提前內耗。他們在雲淄城裡有儲備，而在城外駐營的大魏兵馬，軍糧總有吃完的一天。

肖珏日日令人擔著米糧從城外晃過，特地給暗中前來打探消息的烏托人瞧見，一日兩日便罷了，天長日久，烏托人也會生疑，見大魏這頭米糧充足，士氣旺盛，不免心中驚疑畏怯，士氣衰退。

不僅僅如此。

早在來雲淄之前，肖珏就在南府兵中，安排隨行了幾個能工巧匠，到了雲淄後，派兵與匠人們暗中挖通地道，通往雲淄城內。又讓人以強弩每日朝著城裡放石箭，騷擾烏托人，長此已久，烏托人日日提心吊膽，縱然首領下令不可出城，軍心也已動搖。

將領之間鬥智，有時候不過就是比誰更沉得住氣，誰先坐不住，誰就輸了。

占領雲淄的烏托人終究是中了肖珏的攻心之計，在這個清晨，出城與南府兵正面交手。長久的準備，令這場戰役勝的順理成章。

數萬敵軍被俘虜，繳獲戰馬兵器無數，剩下一小部分烏托人倉皇逃走，不足為懼。

至此，雲淄大局已定。

南府兵們難得的在城中歡呼相慶，從春日到秋日，近乎半年的時間，雖然瞧著輕鬆，但只有他們自己知道，這日子難捱。雲淄近海，夜裡潮濕，許多士兵身上都起了紅色的疹子，一到夜裡，奇癢難耐。還有軍糧，早就不夠吃了，烏托人日日瞧見的那擔白米，其實都是同一擔。

「終於可以回家了！」一名年紀稍小的南府兵咧嘴笑道：「雲淄這地方我是待夠了，回京了！」

赤烏經過他身邊，正想訓斥兩句，話到嘴邊，到底還是沒有說出來，反而跟著露出一抹笑容。

能活著回家，就是一件讓人高興的事。

營帳中，軍醫正在為主將療傷。

青年的中衣被褪到肩頭，前胸包著厚厚的布條。他既是右軍都督，自是烏托人所有的矛頭中心，明槍暗箭，到底是負了傷。只是黑甲掩住了他的傷口，無人瞧見他流血，是以，旁人總是以為，封雲將軍，是不會受傷的。

「都督這幾日不要做太大的動作了。」白鬍子的老軍醫提醒，「箭傷雖然沒有傷及要害，但傷口也很深，最好多休養幾日，免得日後落下病根。」

肖玨將外袍拉上，蓋上傷口，點頭道：「多謝。」

老軍醫剛退出去，外頭又有人進來，是飛奴，他手中拿著一封信，快步走來，神情是罕見的焦急，「少爺，吉郡那頭來信了。」

吉郡離雲淄遠，信傳過來的時候，已經過了些時日。上次收到吉郡那頭的信，是得知燕賀的死訊。九川已收捷報，吉郡沒了主將，禾晏率撫越軍前去相援。

這回這封信，當是禾晏到了吉郡之後的事。

飛奴將信遞給肖玨，臉色難看。他雖沒有打開信，但是從送信的人嘴裡，已經得知了那頭的消息。

實在不能算是一個好消息。

吉郡易守難攻，燕家軍如今又失去主將，軍心不穩，如若不儘快結束戰爭，拖下去只會對大魏不利。禾晏帶著兩千兵馬假意投降進城，企圖從城內攻破烏托人的兵陣，待城內亂起來時，趁機大開城門，讓撫越軍與剩下的燕家軍裡應外合，殺烏托人個措手不及。

計畫沒什麼問題，可惜的是，在執行計畫的時候，有一位燕家軍經不住烏托人挑釁，忍不住出手，計畫被打亂，禾晏率領的大魏士兵在城內與烏托人廝殺，雖最後大開城門，打贏這一仗，但禾晏身受重傷，情況非常不好。

肖玨盯著信。

信是林雙鶴寫的，字跡很潦草，可見他寫這封信時，情況緊急。上頭雖未言明情況究竟是有「多不好」，但可想而知。

兩千人入城，一旦提前動手，就如羊入虎口，沒有兵器，本就處於弱勢，加之雙拳難敵四手……

更嚴重的是，雖然打贏了這一仗，但烏托人一旦得知主將受傷，勢必反撲。林雙鶴不懂戰局，信上寫的不清不楚，不知道究竟到了何種地步。

飛奴打量著肖玨的臉色。

老實說，這封信來的不是時候。雲淄的戰場只要收尾就好了，這時這封信，必然讓肖玨心神大亂，但雲淄與吉郡根本不是同個方向，就算是現在掉頭去吉郡相援，也趕不及。

只能眼睜睜地看著，何其難捱。

「少爺，是否啟程去吉郡……」

「不必。」肖玨打斷了他的話。

飛奴不敢說話了。

肖玨站起身，走出營帳。

外頭，西風撲面而來。已快立秋，夜裡褪去所有的炎意，只餘蕭蕭涼氣。

遠處，長海茫茫，潮聲洶湧，清月映在雲中，將海水染成白練。

邊疆的夜向來如此，日寒草短，月苦霜白。但沙漠裡的月色和海邊的月色，究竟有什麼不同？

胸口泛出隱隱的疼，不知是傷口，還是別的。他抬眸，靜靜望著天上的冷月，耳邊浮起的，是女子爽朗的聲音。

——「我要你答應我，倘若有消息，不管是什麼消息，該做什麼就做什麼，不要影響大局，不要停留，繼續往前走。」

繼續往前走。

片刻後，他收回目光，轉身往營帳走去。

副將迎上前，遲疑地問道：「都督，接下來……」

「天亮後，向北收拾殘兵。」他道。

濟陽的暑氣，終於被一夜的秋風秋雨吹散了。

清晨，殿外的梧桐樹下，堆了厚厚一層金色，三兩片落進池塘，偶爾游魚浮至水面，輕巧地頂一下，又迅速游開，只餘一點魚尾晃出的漣漪。

穆紅錦走到院裡。

婢子道：「殿下，崔大人來了。」

崔越之從外面走了進來，這些日子以來，他瘦了許多，看起來比先前更精神一些。烏托人入侵大魏國土，濟陽城軍本就不強，先前因為肖玨與禾晏二人，以少勝多，轉敗為勝，如今肖玨與禾晏各自前往疆場。雖然濟陽眼下平安，上次的事卻是個教訓。年關一過，崔越之日日待在演武場，操練濟陽城軍，為的就是有朝一日若有賊人前來，迎敵之時，有強硬底氣。

他對著穆紅錦行禮，遞上卷軸，「殿下，這是吉郡和雲淄的戰報。」

穆紅錦伸手接了過來。

她亦老了一些，但如今，她沒有再讓婢子每日將頭上新生的白髮拔掉，於是挽起來的鬢髮間，可見星點斑白。不過，她並不在意，穆小樓已經漸漸長大，濟陽城遲早要交到新的王女手中。

人人都會老去，而衰老，本不該是一件可怕的事情。

她打開卷軸，目光落在卷軸的字跡上，看了許久，而後，將卷軸合上，嘆了口氣。

「九川和雲淄已經收回，並江一切都好，吉郡那頭也傳來好消息，殿下可是在為禾姑娘擔憂？」崔越之問道。

禾晏生死未卜，這的確是一件令人操心之事。崔越之還記得上次見到禾晏，她不拿兵器時，就如普通的姑娘一般，燦然愛笑，格外爽朗，當她拿起兵器時，像是為戰場而生。縱然那個時候，他們都已經很清楚，禾晏並非普通女子，可知道她率領撫越軍獨自奔赴九川的消息時，還是忍不住吃了一驚。

當年那位年輕的飛鴻將軍，亦是女子，可那世上萬裡挑一的女子，已經不在人世了。何其有幸，他們有生之年，還能親眼見到另一位。

但如今，難道這一位女將，也要如飛鴻將軍一般，早早隕落麼？

身著廣袖紅袍的女子，聞言輕輕搖了搖頭，目光有些悵然，「本殿只是不想……」

不想看著有情人如她一般，得不到好結局罷了。

世上之事，圓滿太難，她已經如此，實在不想看著心上人之徒，也走上如她一般天人相隔之路。

潤都城內的佛寺裡，金佛慈眉善目，俯視眾生，殿中女子們，各個跪坐在草垛上，閉眼為了遠方的人祈福。

這些都是當初在潤都一戰中，被禾晏從烏托人手中救回來的女俘虜。當初若非禾晏出手制止，如今她們，恐怕早已成為一堆白骨，再無今日。自打禾晏離開潤都後，潤都縣令趙世明受禾晏之托，幫忙看顧著這些女子。她們大多不被家人所承認，有的家人都死在烏托人手中，趙世明便在城內為她們找了一處繡坊，平日裡做做繡活，用以謀生。

對於這些女子來說，能做到如此，已經是格外驚喜了。她們雖然心中還沒有完全從自卑中走出來，但已經有了勇氣重新面對未來。

禾晏帶兵相援吉郡，身受重傷的消息傳到潤都時，這些女子們俱是心急如焚，恨不得自己身為男兒身，能一起上戰場，隨那位女英雄殺敵。而如今，她們只能在佛堂裡用心替禾晏祈禱，祈禱那位年輕英勇的姑娘能早日好起來，平安無恙的歸來。

殿外，身著長袍的縣令感嘆道：「你看，她們多虔誠，在她們心中，是真的敬重小禾大人。」

在他身側，李匡望著殿中的女子們，沒有說話。

距離綺羅過世，已經過了快一年。縱然如此，他有時說話做事，都會下意識尋找那個嬌俏的身影。無數個夜裡，他從夢中驚醒，總是想起那一日，綺羅望著他的目光。

沒有任何怨恨，只有疑惑和不解。

禾晏說的沒錯，他的確錯了，所以一直到現在，他將更多的時間花在操練潤都城軍這件事上。犯下的錯無法彌補，他能做的，只有不讓這樣的錯誤再次發生。

「李大人現在看到了，她們活下來了，而且過得很好。」趙世明開口道。

當初禾晏救下這些女子，所有人都認為，她不過是白費力氣，只因被敵軍侮辱過的女子，就算僥倖活了下來，也終敵不過世俗的目光，背後的指點和嘲諷會成為壓垮她們的最後一根稻草，離開這個人世，是遲早的選擇。

是禾晏在離開前，告訴趙世明該如何安置這些女子，甚至自己留下了一筆銀錢，她是真心為那些女子著想。而現在，那些女子也沒有辜負她。

李匡低頭，自嘲地笑了笑：「我不如她。」

「世上能比得過小禾大人那樣的人，又能有幾人？」趙世明捋了捋鬍子，「希望小禾大人在吉郡，能逢凶化吉，她若在，這些女子，心中就有了歸處。」

趙世明看向遠處的天空，一行秋雁飛過，他看了一會兒，低聲道：「但願如此。」

時日已經過去了很久。

久到朔京城經過春日，熬過中秋，眼看著風越來越冷，冬天快到了。

烏托人澈底戰敗，於此戰元氣大傷，十年之內，不可能再對大魏生出妄想。九川、吉郡、雲淄和並江捷報傳回朔京，無數百姓拍手相慶。

在熱鬧的喜悅中，亦有悲傷之事發生，譬如，歸德中郎將燕南光戰死。

消息傳回朔京，傳到燕家時，燕賀的母親當場昏厥，燕賀的妻子夏承秀提前分娩。因為傷心欲絕，生產之時極為凶險，穩婆都束手無策，生死攸關的時刻，還是林雙鶴的父親林牧帶著女徒弟趕來，在簾外指點女徒弟親自為夏承秀接生。

燕家上下都聚在產房外，聽著裡頭女子氣遊弱絲的聲音，瞧著一盆盆端出來的血水，不免心驚肉跳。從來不信佛的燕老爺去了自家祠堂，跪在地上祈禱承秀二人母子平安。

屋中，夏承秀額上布滿汗水，神色痛苦，只覺得渾身上下力氣逐漸消失。

而在奄奄一息中，她竟能真切的感覺到自己的心痛，那心痛勝過一切疼痛，令她連喘息都覺得艱難。

燕賀戰死了。

身為武將的妻子，嫁給燕賀的那天起，她就做好這一日到來的準備。戰爭是殘酷的，戰場是瞬息萬變的，沒有人可以保證，自己一定會成為活下來的人。夏承秀曾經無數次想，既決定成為他的妻子，等日後真的面臨這一日時，她應該是從容的，坦蕩的，縱然心裡萬般難受不捨，面上都是能經得住風霜的。

但這一日真正到來的時候，她才發現自己的軟弱，她比想像中的更軟弱。

那個在外人眼中凶巴巴，脾氣不好，頗愛挑釁的男人，從未對她說過一句重話，自成親以來，夏承秀感激上蒼，這樁姻緣，確實是她從未想過的美滿。然而世上好物不堅牢，彩雲易散琉璃脆，正因為太過圓滿，才會如此短暫。

她在迷迷糊糊中，眼前似乎看到一個熟悉的影子，正是銀袍長槍的燕賀，他像是從外頭回來，帶著滿身風塵，眼裡凝著她，唇角帶著熟悉的笑，有幾分得意，有幾分炫耀，就和過去一般，打了勝仗後歸來。

燕賀朝她伸出一隻手。

夏承秀癡癡望著他，下意識要將自己的手交到他掌心。

身側的女醫瞧見她的臉色，嚇了一跳，喊道：「燕夫人，堅持住，別睡，別洩氣！」又側頭看向簾子，急道：「師父，燕夫人不行了！」

簾後的林牧心中一緊，顧不得其他，喊道：「燕夫人，想想妳腹中的孩子，難道妳不想見見他長什麼模樣，難道妳不想陪著他長大嗎？」

「為了妳的孩子，燕夫人，妳要堅強起來！」

孩子？

猶如在混沌中，撕開一道清明的口子，孩子……慕夏……她猛地睜開眼睛。

這是她和燕賀的孩子，燕賀走前，還曾對著她的小腹認真道歉，不能陪伴在她身邊。他希望是個小小姐，但若是個小少爺，也會一樣認真疼愛。正如他在心中無數次的猜測日後會是什麼模樣，夏承秀自己，也描摹過許多次這孩子的眉眼。

他若是個小少爺，就生的像燕賀，濃眉大眼，意氣飛揚，若是個小小姐，就和自己一般，溫婉秀氣，乖巧可愛。

自己都還沒見過這孩子，怎麼就能撒手離開？

不可以！

夏承秀陡然清醒，她不能，至少現在不能沉溺在悲傷中。她是燕賀的妻子，她也是母親！

「哇——」

一聲嬰兒的啼哭在燕家院中響起，正在祠堂中雙手合十祈禱的燕老爺一怔，隨即老淚縱橫。

女醫笑道：「恭喜燕夫人，賀喜燕夫人，是個小少爺——」

簾後的林牧，倏而鬆了一口氣。吉郡的消息傳來時，他亦為燕賀的遭遇感到難過。林雙鶴沒能救得了燕賀，至少自己救下他的孩子。

夏承秀精疲力竭，被汗水浸濕的頭髮一綹一綹的貼在臉頰上，恍惚中，她又看到了燕賀。

男子笑容溫暖，像是含著一點歉意，對她道：「對不起。」

夏承秀的眼淚湧出來，她伸手，試圖抓住面前的人，他卻笑了：「承秀，我走了。」

「南光……」

男人轉過身，大步往前走去，背影瀟灑俐落，走著走著，身影澈底消失在她眼中。

夏承秀誕下小兒滿月的時候，肖玨帶著南府兵回京了。

昭康帝龍顏大悅，賞賜無數，朝臣們心中暗自思忖，看如今新帝的意思，是要重用封雲將軍。一朝天子一朝臣，如今徐敬甫不在，日後大魏肖家，要重新崛起了。

朝臣們是各有思量，百姓們卻想不到這麼多，只道封雲將軍就是封雲將軍，雲淄艱險，亦能大獲全勝。

肖珏回京不久後，虎威將軍也率軍從並江回來了。

至此，只剩下禾晏帶兵的撫越軍和燕家軍還未歸來了。不過，雖未歸來，眾人也知道是遲早的事，畢竟九川和吉郡已經收復，算算時間，他們此刻應當在回京的路上。

禾雲生每日起來的更早了，除了上學外，他天不亮就起床，爬到東皇山上去砍柴。如今他們家的生計，其實不用如此辛苦，禾雲生砍柴，不是為了生活，不過是想要自己的身手好一點，再好一點。

如果有朝一日，他的身手能比得過禾晏，日後禾晏上戰場時，他就能一同出發了。

他每日下學後都要往肖家跑，見到肖珏，問的第一句話就是：「姐夫，可有我姐的消息？」

肖珏總是搖頭，淡道：「沒有。」

沒有，多麼令人沮喪的回答。

吉郡是打了勝仗，可禾雲生也得知，禾晏在打仗的時候身受重傷，這之後，那頭就沒有再傳信回來，縱是傳信，也未說明禾晏的狀況。禾雲生忍著沒有將這些事告訴禾綏，禾綏年紀大了，他怕禾綏知道此事日日擔心。

可禾雲生仍舊天天期盼著會有好消息傳來。

這之後不久，白容微也誕下一位千金。

肖璟高興極了，當年因為肖家出事，白容微身子落下病根，這一胎懷的格外艱難，如今母女平安，也算是一件好事。

程鯉素與宋陶陶過來看白容微，帶了不少賀禮。眼下肖家是昭康帝眼中的香餑餑，往日那些親戚，便又記起了「昔日舊情」。

程鯉素將母親托人送過來的布匹和補品讓肖家的小廝收好，左右望了一圈，沒有看到肖珏，就問肖璟：「大舅舅，小舅舅不在府裡嗎？」

他好些時日沒有看見肖珏了。

肖璟一怔：「這個時候，他應該在祠堂。」

程鯉素站起來，道：「我去找他！」一溜煙跑了。

他同肖珏感情親厚，肖璟與白容微已經見怪不怪，倒是宋陶陶，待程鯉素跑了後，問白容微：「肖大奶奶，可有禾大人的消息？」

白容微聞言，嘆息一聲，搖了搖頭。

宋陶陶有些失望起來。

另一頭，程鯉素跑到祠堂門外。

天氣越發寒冷，院中落葉紛紛，瓦上積了一層白霜，他躡手躡腳的往裡走，看見祠堂中央，正對的牌位前，青年負手而立。

深藍色的長袍，將他襯的冷淡而疏離，望向祠牌的目光，安然平靜。程鯉素忽然想起，許多年前那個夏日午後，驚雷雨水綿長不絕，他也是這樣，為了追一隻花貓，誤打誤撞的躲進了這裡，不小心撞見冷酷無情的青年內心，世人難以窺見的溫柔。

青年的聲音響起，「你躲在後面做什麼。」

程鯉素一愣，被發現了，他乖巧地走了進去，叫了一聲「舅舅」。

肖珏沒有看他。

他從少時起，每當不安煩躁的時候，難以忍耐的時候，就走到這裡，點三根香，三炷香之後，一切尋常照舊。

他的不安和恐懼，不可以被外人瞧見。就如此刻，看似寧靜下的波濤洶湧。

「舅舅，你是在為舅母擔心嗎？」程鯉素問。

肖珏沉默。

過了很久，久到程鯉素以為肖珏不會回答他的時候，肖珏開口了，他道：「是。」

程鯉素望著他。

「我只願她安好無虞。」

從白容微屋子裡出來，宋陶陶心裡有些悶。

她知道了禾晏的消息，也很擔心。縱然她曾因為禾晏是女子一事，暗中苦惱糾結了許久，但如今，那些都是過去的事了。

平心而論，拋去禾晏是個女子，她其實很喜歡禾晏。

死亡對每一個人都是公平的，因此，戰場才會變得格外殘酷。而真正意識到殘酷的時候，人就會開始長大。

無憂無慮的少女，過去最大的煩惱不過是今日的髮簪不好看，新出的口脂太暗沉，眼下，終於明白了無奈的滋味。

或許，她也長大了。

迎面走來一名青衣少年，眉眼清秀倨傲，同那爽朗活潑的姑娘有幾分相似，宋陶陶腳步一頓，「禾……」

她記得這少年，是禾晏的弟弟，性情與禾晏截然不同，可眉眼間的意氣與堅毅，卻又格外相似。

禾雲生也看見了她。

是禾晏在涼州衛認識的富家小姐，許是肖家的客人，他今日來肖家，是為了打聽禾晏的消息，當然，並未聽到他想要的消息。他忘了宋陶陶的名字，只稍稍點一點頭，算打過招呼，就要側身走過。

「喂……」宋陶陶下意識叫住他。

禾雲生腳步停住，抬眸望來，問道：「姑娘還有何事？」

宋陶陶囁嚅著，想了想，才開口，「你放心，武安侯一定會平安歸來的。」

禾雲生一怔，沒想到她會這麼說，默了片刻，對她道：「多謝。」才轉頭離開。

宋陶陶望著他的背影，不知道是對著遠去的人還是對自己，小聲自語：「她肯定會回來的。」

一夜飛霜，窗前的石榴樹上，果子不知何時紅了，落在梢頭，樹影裡點了一點殘紅，蕊珠如火。

白果小丫頭站在樹下，一大早就望著梢頭最大最紅的那顆石榴流口水。二少爺的院子裡冷冷清清，最熱鬧的，就是這株石榴樹。最大的那顆如小燈籠，一看就很甜。

青梅從旁走過，見她癡癡望著的模樣，忍不住輕輕敲了下白果的頭，道：「嘴饞。」

白果砸了咂嘴，正要說話，一抬眼望見肖玨從裡面走出來，忙道：「少爺！」

肖玨看了她一眼，「何事？」

白果指了指樹上，「您看，石榴紅了！」

肖玨側頭去看，那樹上的果子將翠色點出一點薄豔，如夜裡燃著的燈火。

「這麼紅，一定很甜啊。」白果咬著手指頭道。

青梅忍不住小聲道：「少爺要留著最甜的給少夫人，妳在這眼饞什麼。」

白果小聲辯解，「我知道啊，我就是想說，那個最小的能不能留給我們……」她聲音漸漸小了下去，不敢將話說完。

肖玨走到石榴樹邊，眼前忽然浮現起去年某個時候，女子站在這株石榴樹下，蹦蹦跳跳努力地摘樹上的石榴。後來京中事情堆積如山，最大的石榴沒來得及摘下，就熟透在了梢頭，被她遺憾了好久。如今時日正好，摘石榴的人卻沒有回來。

他隨手撿起樹下的石子，看向最遠的梢頭，手指微動，石頭朝著梢頭飛去，那顆火紅似燈籠一般的石榴應聲而落，落在他的掌心。

沉甸甸，紅彤彤的。

他收回手，這個時節的石榴，要放在院中的水井裡，用涼水浸著，這樣，等禾晏回來時，正正好。

肖玨正欲離開，赤烏從外頭跑了進來，氣喘吁吁的，只道：「少爺……少爺……撫越軍回京了！」

青梅和白果一愣，隨即高興起來，正要說話，一抬頭，只覺眼前有勁風掃過，再看院中，已無肖玨的身影。

唯有那株結了果子的石榴樹，豔色勝過冬日早梅。

城門口，早已站滿了聞訊趕來的百姓，將街道兩邊堵得嚴嚴實實。

來迎接的，大多是家中有人投軍的，多少婦人牽著幼子立在風中，在人群中仔細辨認是否有熟悉的面容。倘若瞧見親人在世的，便不顧場合衝過去，與人抱頭痛哭。亦有老者顫巍巍地扶著拐棍出來，從頭辨認到尾，直到殷殷目光失望成冰。

一場戰爭，無數戶人家支離破碎，別離與重逢，歡喜和眼淚，人間悲喜劇，一一上演。肖玨趕到時，兵隊已過城門，出行前多少兵馬，如今少了一半，人人臉上都是疲憊與喜悅，然而最前方，卻並無騎在駿馬上熟悉的爽朗身影。

他的目光頓時凝住了。

班師回朝，請功受賞，身為功臣的主將都會走在最前方，從無例外，但現在，沒有。

沒有禾晏的影子。

當年禾晏做「飛鴻將軍」時，班師回朝的時候，他沒有看到。後來禾晏與他玩笑說：「肖玨，總有一日，必然要讓你見到我打勝仗歸來的英姿。」

而如今，長長的兵馬隊伍從頭到尾，並無她的身影。

很多年，或許從肖仲武和肖夫人離世後，他再也沒有過這般不知所措的時候了。有那麼一瞬間，他甚至不知道自己究竟在何地。

熱鬧的人群像是離他很遠，有人從面前走過，未曾注意到這個失魂落魄的年輕人就是大魏的右軍都督，擠得他那顆緊握的石榴從手中溜走，滴溜溜的滾進人群中，再無痕跡。

他像是回到了少年時的那一夜，所有的平淡與冷靜陡然龜裂，慌得不知如何是好。

像是過了很久，又像是沒多久。

他才明白自己接下來要做什麼，轉過身，然後愣住了。

街邊靠牆的地方，正倚著一個年輕女子，她穿著赤色的勁裝，腰間長劍如松蒼翠，正含笑望著他，手裡上下拋著一枚紅色的果子，正是他方才被擠掉落在人群中的石榴。

「哎，」見他看過來，她不甚正經地喊道：「對面那位少爺，我腿受傷了，不能再往前走，能不能勞您貴體，往前走走？」

年輕男人的目光越過來往的人群，長久凝在她身上，然後，他朝她走去。

一步一步，像是跨越了所有的山海與歲月，於漫長的人生裡，終於找到了人間的歸處。

女孩子笑著朝他大大張開雙臂，彷彿在求一個擁抱。他快步上前，將這人緊緊擁入懷中。

剎那間萬籟俱寂，唯有懷中的彼此，方成最長久的眷戀。

身側的人群裡，有人歡欣，有人落淚，有人重逢，有人離別。他們就在這天地間的熱鬧下，彼此依偎，縱然千萬事，不言中。

青年錦衣如畫，輕輕拍著她的頭，他手心的溫暖令禾晏眼眶一燙，不知不覺，眼淚掉了下來。

「久違了，肖都督。」她輕聲道。

人間南北東西，生老別離，何其有幸，他們總能相遇，重逢。

尾聲

大魏與烏托的這場戰爭，最終是贏了。

烏托戰敗後，烏托國主親自寫下降書，令皇子與使者前來請罪。承諾未來百年，絕不主動發兵，與大魏結盟，成為大魏的附屬國。並將皇子留在大魏作為質子，以示歸服。

昭康帝大悅，率兵前去疆場的將士，皆有賞賜，其中更封武安侯禾晏為將，官至三品，賜號歸月。從此後，她就是大魏史上，第一位名正言順的女將軍。

院落裡，禾綏望著門前堆起來的賀禮犯了愁，只道：「布匹和米糧，可以久放，這些瓜果怎麼辦？家中人口不多，只怕還沒吃完就放壞了。」

禾雲生瞅了一眼：「往姐夫家送唄，姐夫家人多。不過，爹，你擔心吃不吃得完這種事，根本就是在侮辱禾晏的飯量。」

「有你這麼說你姐姐的！」禾綏一巴掌把他拍一邊去，「快把廚房裡的湯給晏晏端過去！」

禾雲生翻了個白眼，認命的往廚房去了。

禾晏正坐在屋裡看禾雲生最近的功課，肖玨坐在她身側，她如今走路極不方便，腿上的傷一時半會兒好不了，偏又不是能坐得下來的性子，每日能被白容微和禾綏念上一百回。

正坐著，禾雲生從外面走進來，手裡捧著個瓷盆，放到禾晏面前，沒好氣地道：「爹親自給妳燉的骨頭湯，喝吧。」

「怎麼又是骨頭湯？」禾晏聞言面色一苦，她原本是不挑食的，架不住這一天三頓頓頓骨頭湯，望著那比臉還要大的湯盆，胃裡都要泛出油花來了。

「妳不是傷了腿嗎？爹說吃什麼補什麼，妳好好補補吧。」頓了頓，他還是沒忍住開口教訓道：「都說傷筋動骨一百天，妳既然腿上有傷，沒事就不要亂跑，好好在家中休養不成？皇上都准了妳的假，妳怎麼不把自己的身子當身子……」

他絮絮叨叨說個不停，比禾綏還像個爹，禾晏忍無可忍，求救的目光看向肖玨。可這人明明看到她的窘迫，竟然只坐著，雲淡風輕地喝茶。

禾雲生說完了，還要問肖玨：「姐夫，你看我說的對不對？」

肖玨悠悠回答：「不錯。」

「妳聽到沒有，禾晏，」禾雲生有了人撐腰，底氣越發足了，「妳懂點事吧！」

「我……」

「不說了，我餵香香去了。」禾雲生劈里啪啦說了一通，自己暢快了，丟下一句：「把湯喝完啊，爹親手做的，一滴都不能剩。」出了門。

禾晏見他出去了，瞪著眼前那盆湯，又看向肖玨：「肖玨……」

「不行。」這人回答的很無情。

禾晏看著他，有點頭疼：「肖都督，你這是公報私仇，這都多久了，還生氣呢？」

他揚眉：「我沒有生氣。」

禾晏望著望著，突然想到，上一次她想起肖珏生氣的時候，還是在吉郡的營帳中。

那是她帶著兩千兵士假降的那日，燕家軍裡有人激不住烏托人挑釁，一時衝動，使得計畫臨時生變，她在城裡，奪了烏托人的刀同他們拼殺。城外的兵馬進不來，得有人將城門打開。她和江蛟、王霸三人往城樓邊走邊戰。

將士永遠不是一個人在戰鬥，寡不敵眾，就會落於下風，要往城樓跑，勢必會被當成靶子。

禾晏也受了傷。

她的腿被烏托人的刀砍傷，刀傷深可見骨，每走一步，傷口拉扯著筋肉，鑽心的疼。王霸和江蛟都怕她堅持不了，但她竟然堅持下來了。

城門最終是開了，等在城外的兵馬終於進城，他們打了勝仗。

禾晏下馬的時候，右腿已經沒了知覺。長時間的活動，血將褲子全部染紅，布料同血肉黏在一起，撕下來的時候，連帶著皮肉，讓人看一眼都頭皮發麻。

林雙鶴在看到禾晏的傷口的第一時間，臉色就白了。令人將她扶到營帳中去，禾晏那時已經流了太多血，一倒在榻上，就睏得要命，幾乎睜不開眼睛。昏昏沉沉的時候，心中只有一個念頭，完了完了，沒有活著回去，食言而肥，肖珏一定又要生氣了。

她其實不怕肖珏生氣，因肖珏雖然比她容易生氣了點，但還是很好哄的。

但她又怕肖珏真的生氣，因為禾晏心裡清楚，他過去，其實從未真的生她氣。

林雙鶴在她帳中忙碌了一天一夜，禾晏醒來的時候，帳中的燈火微微搖曳，有人靠著床坐在地上打瞌睡，禾晏一動彈，他就醒了。

「哎，林兄，」禾晏扯了個笑，嗓音有些乾澀，「朋友妻不可戲，你在這跟我睡了一夜？」

她居然還有心思開玩笑，林雙鶴看著她，神情嚴肅，道：「禾晏，妳必須休息。」

林雙鶴救人救得凶險，她的命是好不容易保下來的。只是命雖然保住了，如果不好好休息，還如從前一般蹦蹦跳跳，那麼她的這條腿，極有可能日後都保不住了。

禾晏臉色蒼白，對著他笑了笑，「那可不行，仗還沒打完呢。」

正如燕賀臨終前，明知道劇烈活動會讓毒性蔓延的更快，會成為他的催命符，他仍要帶傷上陣一樣，禾晏同樣如此。已經到了最關鍵的時候，若是不抓緊機會，讓烏托人得了反撲的機會，會很麻煩。

「你給我包紮緊一點，」禾晏道：「儘量不要影響我在戰場上出風頭。」

「妳不怕，妳的右腿……」

「大不了就是個跛子，」禾晏笑道：「而且，這不還有可能沒事嘛。」

她掙扎著起身，沒有任何停頓的安排接下來的戰事。

林雙鶴一度認為，禾晏的腿是真的保不住了。

但禾晏比燕賀幸運一點。

從吉郡到朔京的歸途，林雙鶴將畢生所學都用在禾晏身上。一開始，禾晏的情況是真的糟糕，糟糕到林雙鶴寫信的時候，都不知道如何落筆，到後來，禾晏好了一點，他在回信中將禾晏的情況和盤托出，結果偏偏驛站那頭出了岔子，令肖玨擔心了許多日。

不過這腿傷，如今得要好好養養。

禾晏望著他：「你真沒生氣？」

肖玨專心地望著面前的茶。

她倏而捂住胸口：「哎，我的腿……」

一瞬間，這人忙朝她看來，見她如此裝模作樣，動作一頓，嗤道：「妳傷的是腿，捂什麼胸。」

「疼的是腿，痛的是心。」禾晏幽怨地望著他，「我本來就很受傷了，你還如此冷漠……」

明知道面前人的謊話跟唱戲似的張口就來，他還是嘆了口氣，終是走到她面前坐下，問：「痛得厲害？」

禾晏正色道：「不錯，但你要是說兩句關心慰問的話，可能就不痛了。」

肖玨：「……」

他又被氣笑了。

見他笑了，禾晏托腮瞧著他，拉著他的袖子道：「好了，肖都督，不要生氣了。下回我一定好好照顧自己，不拿自己的性命玩笑，這回讓你擔心了這麼久，是我不對，我也不知道那驛站還能出錯啊！」

害她背了這口黑鍋。

肖珏的視線落在她身上，這人臉上嬉皮笑臉的，全然瞧不出半點沮喪，卻不知那時候找不到她時，自己內心的恐懼。

他不是生氣，更多的，大抵是在對方陷入危險時，自己幫不上忙的無力罷了。

可他也清楚，倘若再來一次，禾晏還是會做同樣的選擇，換做是他也一樣。

但她還在，能夠在自己面前歡喜打鬧，已經是上天的厚待，足夠了。

過了片刻，他看向禾晏，彎了彎唇，「好。」

禾晏大喜：「這就對了嘛，我……」

「但我不會幫妳喝完這碗湯。」

「……」

禾晏：「肖珏，你真的很小氣。」

又過了兩日，禾晏同肖珏去看了夏承秀。

禾晏原本以為，會看到一個哀傷的，鬱鬱寡歡的姑娘，但出乎她的預料，夏承秀看起來，竟還不錯。

禾晏看到她的時候，她正搖著一個紅漆小鼓，逗著竹籃裡的嬰孩。嬰孩睜著眼睛，眼睛隨著那個小鼓轉個不停，嘴裡咿咿呀呀不知在說什麼。夏承秀被他逗得發笑。

禾晏喚了一聲：「承秀姑娘。」夏承秀才看到她，訝然一刻，隨即道：「禾姑娘。」

夏承秀瘦了許多，顯得衣裳極寬大，不過瞧著臉色尚好，不知是不是做了母親的緣故，越發溫柔。禾晏原本想著要如何安慰她，才能讓夏承秀心中好受一些，如今瞧見了，發現自己原本準備的話，似是用不上。

「承秀姑娘，這些日子還好嗎？」禾晏想了許久，只問了這麼一句。

「尚好。」夏承秀笑道：「有慕夏陪著，日子也不算難捱。」

禾晏聞言有些難受，夏承秀看著她，反倒笑了，「禾姑娘，不必為我難過。剛得知燕賀的消息時，我難以接受，甚至想著，隨他一走了之。不過如今有了慕夏，原先一些執念，漸漸就消散了。」

「當年嫁給燕賀時，我就知道，或許會有這麼一日。只是沒想到來的這樣早。」她低頭笑笑，「但既然選擇了，也沒什麼好說的。燕賀已經走了，活著的人要好好生活。」她看向籃裡的慕夏，「我想，上天對我不算太過殘忍，至少，讓我還有慕夏。」

她本就活的通透，有些話不必禾晏說，夏承秀自己也明白。只是，禾晏想，有時候過分的聰慧與懂事，更讓人覺得心疼。

她又與夏承秀說了一陣子話，才起身告辭。

這之後，禾晏去了洪山家中。

洪山不像石頭與黃雄，家中尚有幼弟和老母。洪山的母親日日以淚洗面，禾晏幫忙尋了學館，讓洪山的弟弟能夠上學，又將他母親家中的用度接濟過來。正如夏承秀所說，死去的人已經不在了，留下來的人得好好生活。

她能幫洪山做的，無非就是替他照顧他的家人。

冬日，臨江的酒家，寫著「酒」字的旗幟被風吹得飛揚。有手提大刀的壯漢走到賣酒的婦人面前，粗聲粗氣地問道：「可有杏花酒？」

婦人抬頭望去，見這莽漢臉上帶著刀疤，匪氣縱橫的模樣，一時有些畏懼，小聲道：「對不住客官，冬日裡沒有杏花酒，只有黃酒。」

她以為這凶神惡煞的漢子必然要生氣，沒想到他只道：「來三碗黃酒。」將酒錢放在桌上，逕自往裡走了。

婦人愣了一下，隨即匆匆起身，走到酒罈邊拿木舀盛酒去。

王霸望著這不大的酒坊，神色沉默。

來這裡前他去了匪寨一趟，將此行掙得的賞銀交給了兄弟，告知他們日後都不要打劫，瞧寨子如今種種地養養魚過得很好，刀口舔血的生活，今後不要再碰了。

去九川的時候，黃雄曾同他說起這間臨江的酒家中，杏花酒格外清甜馥鬱。承諾等打完仗回來，就請他在這裡喝酒。他欣然答應，但如今，來這裡喝酒的，只有他一人了。

時光倏忽而過，沒有留下痕跡，卻又處處都是痕跡。他不再如當年剛進軍營那般，凶狠好鬥，寨子裡的小孩們說，他現在變得溫和了許多。

他不知道是怎麼回事，但這樣，也挺好。

能活著回來，對於他們來說，已經是被上天偏愛了。

三碗酒很快端了上來，自家釀的黃酒，酒水看起來渾濁，泛著樸實的辛辣，他一仰頭，將面前碗裡的酒全灌了下去。喉嚨至小腹，立刻如灼燒般滾燙起來。

「老哥，」他一抹嘴巴，吐出一口酒氣，不知道是在對誰說話，「酒不錯。」

無人回答他。

片刻後，他又端起剩餘的兩碗酒，走到窗前。窗前，一株細柳隨風搖曳，冬日裡，枝葉光禿禿的，可再過不了多久，春日到來，這裡又會生出新綠。

他反手，將兩碗酒倒進柳樹前的土地裡，酒水一點點滲進去。

他默默看了半晌，低聲道：「也請你嘗嘗。」

城東的麵館裡，忙碌的少女換上了淺藍色的襖裙，衣裳邊上繡了一圈茸茸兔毛，髮髻裡插著同色的絨花，將本就清秀的臉龐襯的更加嬌俏。

到了冬日，麵館的生意越好。寒冬臘月的清晨，早上起來吃一碗熱騰騰的陽春麵，能從心裡生出暖呼呼的熨帖。

孫小蘭忙得腳不沾地，最後一碗麵送上，方能暫時歇一歇，她正拿著帕子擦額上的汗水，冷不防在人群裡看到一個熟悉的身影。

是個有些黑俊的少年，從街邊走過，孫小蘭瞧著面熟，不由得多看了兩眼，隨即想起來，今年春日開頭，她曾見過這少年一面，同行的還有一位寡言的清俊少年，他們走後，桌上留下了一盆山桃花。

少女心中，倏而生出一陣欣喜，就要開口叫住他，身後有人道：「小姑娘，這裡再要一碗陽春麵——」

孫小蘭嘴裡應著，再抬頭去看，就見來來往往的人群中，早已沒有了那個影子。

人呢？

身後的催促聲令她無心多想，只暗道，罷了，這兩個少年既然在朔京，日後必然還有相見的機會。指不定，過幾日，他們就來這麵館了。

思及此，她心中又高興起來。人聲鼎沸中，唯有擺在麵館木櫃前的那盆山桃花，而花盆上描摹的妍麗鮮明，在冬日的伶仃蕭索中開出春日爛漫。

雪將屋簷壓得重重的。

禾晏從兵務府出來時，天已經黑了。

她雖腿上有傷，昭康帝也暫時准了她病假，可九川吉郡一戰後，後續的軍務繁忙，她還是得去兵務府中和諸位同僚議事幫忙。青梅不方便，白日出來時，是赤烏送她。不過今日待的時日久了些，出來的時候，已經這般晚了。

兵務府中，就剩下她一人，禾晏拄著拐棍出來，正想著請人找輛馬車，就看見臺階上站著一人，一身皎月色墨繡暗紋錦服，站在雪裡，似將雪地都映亮了。

「肖玨！」禾晏朝他揮了揮手。

他笑了一下，走上前。

「你今日怎麼有空？」禾晏待他走近，才問。要說她在兵務府忙得要命，肖玨比她還要忙。

「知道妳還沒回去，就來接妳。」他道。

禾晏忙挽住他的胳膊，一手扶著拐棍，跳一跳的單腿往前蹦。

她自己並未覺得有什麼，腿傷其實已經好了許多，只是林雙鶴不知道對肖玨說了什麼誇大其詞的話……總之，很多時候，禾晏都覺得自己如今，彷彿一個殘廢。

她走了兩步，肖玨突然停了下來。禾晏問：「怎麼了？」

他目光落在禾晏的拐棍上，想了想，走到禾晏身前，微微蹲下身，道：「上來吧。」

「你……你要背我？」禾晏問。

「快點。」

「這不好吧，」禾晏躊躇了一下，「這裡是兵務府，我每日要來這裡務工的，這要是被人瞧見，損了我的一世清名。旁人都知道我在九川的時候是如何勇武無敵，回頭一看媽呀，我連走路都要人背，豈不是很沒面子……」

「妳上不上來？」

禾晏道：「上上上！」

她往前一撲，兩隻手摟住肖玨的脖子，被肖玨輕而易舉地背起來。

肖玨背著她繼續往外走，禾晏湊到他耳邊，低聲道：「就算不管我的清譽，你的清譽呢？別人會不會說，大魏的玉面都督活閻王看著威風，哎呀，其實在家裡是個妻管嚴……」

「禾大小姐，」肖玨聲音很平淡，「妳不想說話的時候，可以不說話。」

禾晏道：「你承認自己是個妻管嚴了？」

這種時候，肖玨一般都懶得理她。

夜裡風聲陣陣，走在路上，清冷的很，他的脊背卻溫暖寬厚，似是可以撐起整個未來。

禾晏心道，肖玨果真比禾雲生厲害，禾雲生要是背她走這麼長的路，應該早就罵人了，還嫌她重。

「肖都督，」禾晏的聲音輕輕的，呼出的熱氣噴在他頸邊，帶著毛茸茸的癢意，「這是不是你第一次背姑娘？」

肖玨的聲音很冷酷，「妳是姑娘嗎？」

無人瞧見他微微彎起的嘴角，和眸中如水般動人的寵溺。

「我不是姑娘嗎？」禾晏疑惑地開口：「那你喜歡的難道是個男人？」

肖玨不說話了。

許是跟他在一起久了，禾晏如今氣人的本事，日漸增長。有時候肖玨也說不過她，或許，是懶得與她爭執罷了。

她贏了一局，便得意洋洋起來。

夜色空寂，雪與月亮是一樣的銀白，這一頭安靜，那一頭街道連著夜市，燈火闌珊。他們背對熱鬧行走，沿途街角，掛在簷下的殘燈映亮雪地，有人家後院種的梅樹開花，從籬笆裡疏疏的伸出一點，顫巍巍而美麗。

風雪無端，她的心情卻寧靜，回家的路上，夜色正美。

她趴在肖玨背上，望著天上的月亮，叫他：「肖玨。」

他「嗯」了一聲，聽見禾晏道：「你說，十年、二十年、五十年後的月亮，和現在會有什麼不同？」

肖玨一頓。

「不知道。」過了一會兒，他才回答。

「我想看看幾十年後的月亮，和現在有什麼不一樣。」

肖玨抬眸望去，涼月如眉，梨花點雪，背上人的聲音溫軟安靜，伏在他背上的時候，讓人安心。

「我也想知道。」他眸色柔和下來，瀲灩如秋水，輕聲開口：「所以……一起看吧。」

一起看……十年、二十年、五十年後的月亮。

禾晏嘴角慢慢翹起來。

以後……會是什麼樣子？

或許十年後的街道已經不是這個模樣，或許二十年後的風雪比現在更涼，或許五十年後她和肖玨已經白髮蒼蒼。

但月亮或許和今夜沒有不同。

就算是有不同，也沒關係。

十年、二十年、五十年後，山長水遠，世事故人，眼下她是不知道，但是她知道……

她永遠喜歡月亮。

一朵雪花落在面前人的髮梢，禾晏輕輕替他拂去。

只覺尋常多少，月明風細，今夜偏佳。

「回家吧。」她笑咪咪地催促。

「好。」

——《女將星》正文完——

番外、逍遙

四月的朔京，天氣日漸暖了起來。

河灘邊，稚童們正在放紙鳶，線拉的極遠，比誰的紙鳶放得更高。笑聲傳到長灘外，惹得行人駐足觀看。

靠城門的地方，幾輛馬車停著，似是有人要離京，親眷來相送。正對著馬車的地方，一名身穿長袍的年輕人嘴裡正絮絮叨叨說個不停，仔細聽去，盡是：「路途遙遠，你們此行千萬注意安全，遙遙最討厭顛簸，你們抱著她的時候，記得裹個毯子……」

「禾雲生，」他對面的女子忍不住打斷他的話，「你再這麼說下去，等天黑了我們都沒法出發。」

「就是，」站在禾雲生身側的女子嗔怪地瞪他一眼，看向禾晏，「姐姐，你們放心去濟陽，我和雲生會照顧好家裡的。」

禾晏點頭，讓馬車裡，正被肖珏抱著的肖遙對禾雲生與宋陶陶揮了揮手，肖遙奶聲奶氣地喊道：「舅舅、舅母，再見。」

「路上乖點，」禾雲生湊近肖遙，捏了她奶呼呼的小臉一把，面上露出笑意，「回來舅舅給妳買糖吃。」

肖遙咬著手指頭朝他笑。

「行了，你們回去吧。」肖珏道：「我們走了。」

馬車簾被放了下來，往城外的方向奔去。

時日過的很快，距離當年與烏托人一戰，已經過了七年。

七年，足以讓一個少年長成頂天立地的男子漢。禾雲生不再是當年那個隨著禾晏一同去街上賣大耐糕的青澀小子，這些年，他武藝出眾，又肯努力，僥倖得了昭康帝青眼，一步一步，穩紮穩打，如今已經做到了五營副統領。

官職是升了，旁人瞧著他，覺得他性情高傲疏離，可只有禾晏知道，禾雲生仍舊是如從前一般愛瞎操心。就這樣的性子，難為宋陶陶看得上。

宋陶陶在四年前與禾雲生成了親。

她與禾雲生的親事，確實是出乎禾晏的預料。畢竟當年與宋陶陶定親之人，是程鯉素。可當初的宋陶陶與程鯉素二人，本就沒能生出什麼愛慕之心，過了幾年之後，依舊是一樣，後來宋家與程家就將這樁婚約解除了。本來也沒什麼，誰知道剛解除婚約，宋陶陶就跑到禾家門口，勇敢示愛禾雲生，將所有人嚇了一跳。

宋老爺也是個讀書人，聞此消息差點沒氣厥過去，宋夫人更是覺得宋陶陶此舉太過出格，唯一支持宋陶陶的，竟然是她的前未婚夫程鯉素。

程鯉素偷偷跑到宋家門口，鼓勵她道：「不錯，宋姑娘，妳總算做了一件讓我佩服的事。別人說什麼妳不要在意，我禾兄可是朔京城數一數二的青年才俊，過了這個村就沒這個店了，妳千萬不要因為旁人的三言兩語就放棄，妳放心，我，妳的前未婚夫，」他拍了拍胸脯，頗講義氣地道：「一定會幫妳心想事成的！」

他這頭鼓勵了宋陶陶，那一頭又去找禾雲生，禾晏有一次親眼撞見程鯉素忽悠禾雲生：「禾叔叔，我那前未婚妻，雖然嬌蠻任性，矯揉造作，凶悍如虎，一無是處。但其實長得勉強還行，家中亦是富貴，更重要的是對你一往情深，要不，你就試著跟她處處？說不定處著處著，就處出感情來了？」

禾雲生冷眼瞧著他：「你自己怎麼不處？」

「哎，」程鯉素回答的很誠懇，「君子有成人之美嘛。」

不小心聽到對話全程的禾晏當時心裡就想，要說程鯉素，真是個唯恐天下不亂的那什麼棍。

禾雲生一開始，是不喜歡宋陶陶的。禾晏自認對這個弟弟頗為瞭解，按他自己所言，喜歡的姑娘應當是如夏承秀或者白容微那般溫柔可愛的女孩子，但一開始是宋陶陶黏他黏的緊，他郎心似鐵，不為所動，後來宋陶陶不來禾家了。禾雲生憋了許久，終有一日找到禾晏，忸怩了半晌，才說出想要她幫忙去宋家提親。

禾晏無言以對。

從肖玨的外甥媳婦一舉變成自己的弟媳，宋陶陶這身分變得有點大。禾晏倒是不在意外人怎麼說，只是心中感慨，緣分這事，果真沒有什麼道理。誰又能知道，最初的最初，宋陶陶原本是她的「未婚妻」呢？

少年人的事，說不準，隨他們折騰去吧，總歸是肥水不落外人田。以及，男人大抵都是口是心非的主。

至於那個「成人之美」的程鯉素，到現在仍舊是一個人。家中因著有先前宋陶陶的事，不敢為他胡亂定親。但程鯉素自己，也不將此事放在心上。他每日忙著交友串門，招貓逗狗，還是從前那個「廢物公子」。程家一開始還希望他上進些，後來索性懶得管了。

這世上，心大本身，其實也是一種幸福。

馬車顛簸，肖遙躲在肖玨的懷裡，瞪大眼睛望著馬車外的風景，不哭也不鬧，滿眼都是好奇。禾晏打了個響指，她「呼」的一下轉過頭，一眨不眨地盯著禾晏，眼睛濕漉漉的，禾晏「噗」的笑出聲來。

肖玨：「……」

他氣笑了：「有妳這麼當娘的。」

「長路漫漫，」禾晏不以為然，「不給自己找點樂子，那多無趣。」

肖遙快三歲了。出生的時候，林雙鶴把自己的父親、祖父全都叫了過來，等在肖家門口，免得有意外發生。好在肖遙出生的很順利，禾晏沒吃太多苦，小傢伙也很乖，她這性子，既不像禾晏跳脫，也不如肖玨沉靜，禾晏覺得，傻乎乎的，像個小笨蛋。給個草蚱蜢就能自己傻樂一整天，倒是很好帶。

正因為如此，此次去濟陽，她才決定將肖遙帶在身邊。

同肖玨去濟陽，是為了參加穆小樓的喜宴。

當年在濟陽從歹人手中救下穆小樓時，穆小樓還是個十一歲的小女孩，如今卻已經是個大姑娘了。不僅如此，穆紅錦也將王女的位子傳給了她。此次穆小樓與王夫成親，穆紅錦給禾晏夫婦下了帖子，希望他們若得空，來濟陽親自觀禮。

自打烏托人戰敗後，大魏安平和定，除了操練兵馬外，每日並無什麼事。禾晏與肖玨就跟昭康帝告假，帶著肖遙去濟陽一趟。禾晏想著，若是柳不忘還在世，應當很希望看見穆紅錦的孫女步入新的生活。柳不忘不在了，她就替柳不忘看看。

況且，她也挺想念濟陽的朋友。

馬車在城外行駛，路上有人賣桃子，前面的馬車便停了下來，禾晏聽到外頭林雙鶴的聲音傳來：「哎，禾妹妹，路途遙遠，買兩個桃子吃吧！」

飛奴停住馬車，禾晏下了馬車，林雙鶴正站在賣桃子的小販前，仔細地挑著竹筐裡的鮮桃，禾晏瞧著就想笑。

她倚著馬車道：「你不是說，不吃外頭小販的東西嗎？」

林雙鶴假裝沒聽到她的話，顧左右而言他，「這桃子看起來不錯，買點讓遙遙嘗嘗。」

七年過去了，林雙鶴從一個翩翩白衣公子，變成了年紀大了七歲的翩翩白衣公子。其實單從外表上瞧著，並無多大差別。這凡事講究奢侈的性子，也從未變過。不過，七年前烏托大戰，回到朔京後，他消沉了半年。後來在朔京城裡開了一家醫館，林家的醫館多得很，唯獨他開的這家格外不同。只因並不醫人，是傳授醫術，朔京城裡醉心醫術的大夫，常常去他的醫館裡一同鑽研，這幾年，倒是琢磨出不少新的妙方，林雙鶴如今的名氣，雖比不過林清潭，卻漸漸超過林牧了。

於醫術上頗有成就，但他的親事，一直都是林家頭疼的問題。程鯉素雖然遲遲不肯成親，到底年紀比林雙鶴小點，林雙鶴都是程鯉素的「叔叔」了，他周圍的同窗，譬如肖玨，連孩子都能在地上跑，唯獨他仍舊孤身一人。

但要說他冷冷清清可可憐憐，也著實算不上。滿京城的女子都是他的「妹妹」，他那醫館每日熱鬧的很，大抵他自己也沒有遇到真正讓他收心的女子，就不強求了。

禾晏走到林雙鶴身邊，隨著他一同挑起桃子。桃子皮粉嫩新鮮，瞧著就甜，她挑了幾個，又感嘆：「要是青梅在就好了，青梅最會挑這些果子了。」

「別了，」林雙鶴想也不想的回道：「一個肖懷瑾就夠了，難道妳要我在這裡看他們主僕二人一起帶孩子嗎？」說罷又扶額，「我以前真沒想到，男人當了爹後，居然是這個德行。」

肖玨有了肖遙後，但凡在外頭，都是抱著肖遙不撒手，素日裡對肖遙亦是千依百順。這也就罷了，好歹肖遙性情溫和，比較好帶。赤烏家那個臭小子，成日惹是生非，皮的要命，每每氣得青梅在院子裡拿著棒攆，次次雞飛狗跳。偏偏赤烏還要去護，一邊道：「孩子還小不懂事，妳別這麼凶，把木棒放下，有話好好說。」

這種結果，一般都是青梅連他一塊兒揍。

禾晏有時候都會看得嘆為觀止，她實在沒想到，當年那個總是哭哭啼啼的柔弱婢子，如今居然可以如此彪悍。

青梅是在烏托一戰後第三年和赤烏成婚的。

禾晏先前雖然總是玩笑青梅，但沒有真的放在心上，青梅喜歡什麼人，想要嫁給什麼人，要看青梅自己的心思。不過，他們二人還是有緣，兩情相悅順理成章，就在一起了。

此次去濟陽，一開始禾晏是打算讓青梅和赤烏一塊兒去的，誰知道這個節骨眼兒上，查出青梅有了身孕，不宜遠行，禾晏便叫青梅在府裡好好休養，赤烏陪著她。

禾晏挑了幾個桃子，林雙鶴付過錢，她就拿小販旁邊木桶裡的清水將桃子洗得乾乾淨淨，重新回到自己的馬車上。

「喏，」她把桃子遞給肖玨，「嘗嘗。」

肖玨接過桃子，用刀將桃子皮去了，削了一點點，餵給肖遙，肖遙吃了一點點，高興起來，奶聲奶氣地道：「還要——」

禾晏：「……」

她有時候覺得，她與肖玨做父母的位子彷彿反了。她教肖遙走路，甚至教她握小石子，打算等肖遙再大一點的時候教她武功。而肖玨則包攬了一切細枝末節的事，譬如……肖遙吃什麼、穿什麼、玩什麼……

在帶孩子這件事上，他所展露出來的耐心，和夏承秀有的一拼。

夏承秀……

慕夏如今已經七歲了，他生的很像燕賀，個子在同齡人中比較高。雖然他出生的時候，父親已經去世，但好在，燕家眾人，以及燕賀的朋友給足了他關心，讓他並未生出自卑和哀怨，他很活潑，好勝心很強，弓馬師父說他的馬術仍需進步，就苦練三月，直到在校驗上拿到第一。

上回見到慕夏的時候，小少年手持長劍，對肖玨趾高氣昂地道：「肖都督，再過幾年，你必成本少爺手下敗將！」

在一邊看著的禾晏忍不住笑出聲來，燕慕夏一抬眼瞧見她，哼道：「笑什麼笑，也包括妳！」

禾晏覺得這束著高高馬尾，銀袍長槍的小少年，真的和當年的燕賀一模一樣。

夏承秀笑道：「他就這性子，說了許多次都不改，妳別計較。」

「不，他很可愛，」禾晏也笑，「慕夏很像燕兄。」

夏承秀低下頭，「是啊，大家都這麼說。」

禾晏覺得，燕慕夏這性子，倒是再好不過了，至少他這樣神氣活潑，能帶給夏承秀許多慰藉。

夏承秀如今除了照顧燕慕夏，也會去學館幫忙。幾年前，朔京城裡新立了女子學館詠絮堂，由賢昌館館主魏玄章的夫人魏夫人所辦，昭康帝同意了，如今朝中有武安侯這樣的女將，未來多年，待詠絮堂培養出一批有才有志的姑娘，焉知會不會有女官？

雖然緩慢，但總歸是一點一點在變好。

禾心影也在詠絮堂中幫忙，魏玄章死後，禾心影日日陪著魏夫人，與魏夫人建立了很深的感情，魏夫人收她做乾女兒。她在詠絮堂做教授琴藝的先生，每日與年輕的女孩子們在一處，越發的開朗豁達，對於過去之事，不再如從前一般執著。

禾晏時常去看他，聽說，詠絮堂中一位教授珠算的年輕先生，私下十分傾慕禾心影。禾晏令人去查了那先生的底細，是個光風霽月之人。只是禾心影心裡怎麼想，還得問她自己。來日方長，倒是不急於一時。

肖遙吃飽了桃子，就趴在肖玨身上睡著了，禾晏低聲問：「累嗎？要不要我抱會兒？」

肖玨搖頭：「不累。」

禾晏瞧著掛在他身上的肖遙，心中感嘆，真不愧是她生的，能吃能睡，格外好養。

她掀開馬車簾子，往外看，外頭，沿途江水盡頭，堤岸青青，暖日和風，瞧著瞧著，便生出一陣懶懶的睏倦來。

她靠在肖玨肩頭，不知不覺，也如肖玨懷裡的小姑娘一般，睡著了。

七年後的濟陽城，比起七年前，看上去沒什麼變化。

城門口，得了消息的崔越之一大早就趕來了。

禾晏一行人下馬車的時候，首先瞧見的就是崔越之同他的四個小妾。崔越之還是那副老樣子，圓圓胖胖，憨厚粗豪，就是老了些。大姨娘和四姨娘懷裡，一人抱著個孩子，這就是崔越之的一兒一女，崔琰和崔瑩瑩，分別出自大姨娘和四姨娘。二姨娘還是如從前一般嬌嬈美豔，三姨娘走兩步就要弱不禁風的咳嗽兩聲，變化也不大。

禾晏走到他們面前，捏了崔瑩瑩的臉蛋一把，臉蛋軟軟的，同肖遙不相上下，笑道：「崔大人，這就是……」

「焱兒和瑩瑩，」崔越之得意地開口，「怎麼樣，大家都說他們二人，生得越來越像肖都督了，我瞧著也有點像。」

禾晏：「……」

雖然她承認崔琰和崔瑩瑩眉清目秀，不怎麼像崔越之，但這七歪八扭的，也不至於跟肖玨拉扯得上關係吧！

崔越之一眼瞧見肖玨懷中的肖遙，雙眼一亮，「哎呀，這就是遙遙吧，長得真可愛，和咱們焱兒真是金童玉女，要不……」

肖玨擋住他湊上前的手，冷冰冰的掃了他一眼，淡道：「崔越之。」

二姨娘忙挽住崔越之，笑道：「老爺真是愛說笑，肖姑娘還小呢……。」

肖遙不明所以地看看崔越之，又看了看肖玨，最後朝禾晏伸出手要抱抱：「娘──」

禾晏將她抱過來，林雙鶴站出來輕咳一聲：「這裡不是說話的地方，崔老爺，還是先到府上再說吧。」

崔越之府邸大，此番來濟陽，還是如上次一般住在崔府。只是上一回來的時候，禾晏與肖玨是清清白白的上下級關係，如今故地重遊，已經做夫妻了，還帶了個小拖油瓶，真是世事難料。

禾晏抱著肖遙走在後頭，好奇地看向身側的崔越之，低聲問：「既然大姨娘和四姨娘已經為崔大人誕下子嗣，為何還是崔大人的妾室？這樣的話，崔小公子和崔小姐豈不是成了庶子庶女？」

她原先以為崔越之既然有四個妾室，最後還是會娶一房妻室。可這麼多年，他並未娶妻，甚至妾室都誕下子嗣，這讓禾晏有些不明白了。

「小禾大人不知道，」崔越之笑道：「我們濟陽和中原的風俗不同。濟陽女子，一旦嫁娶，極少會改嫁，如果夫家出事，不幸守寡，就要守一輩子。我做這個中騎，不知道什麼時候就沒命了，娶妻是耽誤人家。妾室就不一樣了，就算我死了，她們還能自尋出處。」

「誰知道我命好，這些年活的好好的。只是也習慣了她們四個，要是扶哪個做正妻，院裡還能有消停日子過嗎？就這樣也挺好，」崔越之感嘆，「一視同仁，每個人都是我的最愛！都是庶子，也就沒什麼高下之分了！」

禾晏無話可說，只能說，崔越之不愧是走了四次情人橋的男人，看待事物的眼光雖然角度奇特，但自有一番道理。

到了崔府，一位中年管家前來相迎，林雙鶴就問：「鐘福呢？」他記得上次來崔府時，管家是個頭髮花白的老僕。

「鐘福一年前去世了，」崔越之道：「他年紀大了，在夢裡走的，這是鐘福的兒子，鐘貴。」

禾晏有些恍惚，似乎直到這時，才真切的感覺到，時間已經過去了七年，濟陽和過去的再如何相似，但到底不是七年前了。

崔越之早在他們來之前，就令人打掃了院子，禾晏他們將東西安頓好，肖遙已經睡著了，禾晏將她放到床上，蓋上被子，在屋子裡打量一番，忽然想起當年在這裡，她在這床榻前看崔越之為他們精心布置的春圖。

肖玨掃了她一眼，見禾晏站在床榻邊露出若有所思的笑容，挑眉道：「禾大小姐，妳是在遺憾，這一次崔越之沒有在這裡放圖嗎？」

禾晏回過神，搖頭：「這哪能，畢竟還有遙遙在，崔大人還是很懂分寸的。」

她果真露出一點遺憾的神情，意猶未盡似的。看得肖玨又生氣又好笑。

雖然肖遙已經快三歲了，但禾晏的臉皮一日比一日厚，或許是平日裡在演武場操練新兵，整日和那些少年青年們待在一處，越發豪爽，也越發的沒有顧忌了。

她見肖遙睡得香，就低聲道：「我有點餓了，讓丫頭過來看著遙遙，我們先去吃點東西吧。」

肖玨點頭。

崔府的飯菜還是一樣精緻，吃飯時，禾晏就說起穆小樓的王夫來。

崔越之道：「秦家的大公子，我見過，長得俊俏，身手還好，先前小殿下偷偷溜出去玩，遇到壞人，還是秦大公子救了她。小殿下眼光不錯，濟陽城裡，秦大公子這樣的美男子可不多見！」

崔越之看人，還是先看人的相貌。

不過禾晏知道，這位秦大公子，確實沒什麼問題。她令白鸝去查過，鸞影前些年在出任務時受了傷，不好四處勞動，白鷳長大了，就接替了鸞影的工作。他性情活潑，任務完成的極出色。他也很喜歡禾晏，尤其喜歡禾晏的刺繡，隔段時間，就要跟禾晏要一個，有一段時間，因為要的太勤，還惹得肖玨不悅，找了個機會把他打發去遠些的地方辦事。

禾晏雖然不怎麼喜歡做女紅，但這世上，能遇到一個欣賞自己的人不容易。尤其是白鷳還是發自肺腑的稱讚她女紅「精妙絕倫」，是以每一次白鷳的請求，禾晏都會儘量滿足。

白鷳打聽回來的消息，這位秦小公子是個正人君子，是能夠託付終身的良人。

雖然在肖玨看來，禾晏這是瞎操心，畢竟穆小樓要成親，穆紅錦定然許久之前就會將秦大公子的底細查清。但禾晏總覺得，穆小樓是柳不忘愛人之孫，於情於理，她都應當盡心盡力。

「明日婚宴的時候，你們就能瞧見他是什麼模樣了。」崔越之說著說著，又有些感嘆，「小殿下現在也長大了，殺伐果斷的樣子，和當年的殿下一模一樣。我們這些老頭子也老了，今後，就是年輕人的天下了。」

二姨娘嬌滴滴地道：「老爺可不叫老，叫秉節持重。」

禾晏：「……」

真是好一個秉節持重。

用過飯，又說了一會兒話，肖遙也醒了。大姨娘吩咐廚房做了適合小孩子吃的飯菜，禾晏和肖玨又給肖遙餵飯，待肖遙也吃飽了，才陪她玩。

天色黑了下來，四姨娘在門口敲了敲門，禾晏走出去，就聽見四姨娘道：「禾姑娘，妾身等下要去水市買明日紮在賀禮上的紅綢，您要不一起去挑一點？濟陽的紅綢和中原的不大一樣……」

禾晏扭頭問肖玨：「要不要一起去？」

「人太多了，遙遙不方便。」頓了頓，肖玨道：「妳去吧，我哄她睡著再來找妳。」

肖遙睡前必然要人哄，一開始是禾晏哄，直到有一日肖玨聽見她給肖遙講睡前話本：一個女俠，一刀砍掉了強盜的腦袋，腦袋咕嚕咕嚕，滾到女俠腳邊……

肖遙眨巴著眼睛盯著她，聽得津津有味。

後來，肖玨就不讓禾晏哄肖遙睡覺了。

禾晏對四姨娘道：「行，我們先去就是。」

四姨娘笑道：「好。」

濟陽城的水市，依舊熱鬧。

水神節已過，大大小小的商販卻並未就此離開。近兩年來，濟陽城城內通行令比先前放開了一些，許多商人來到濟陽做生意，水市越發繁華。從西域到江南的貨物，都能瞧見。

四姨娘年紀最小，同禾晏年紀差不多，一邊走一邊為禾晏說明：「如今城裡和從前不一樣了，小禾大人是不是也覺得比從前熱鬧許多？」

禾晏感嘆：「的確如此。」

河流上，大大小小的船舫上燈火通明，將兩岸照得亮如白晝，小販們賣力地吆喝賣貨，禾晏走走停停，偶爾瞧見新鮮的玩意兒，就買下來打算回頭給肖遙拿著玩兒。

她如今已經不是那個窮困潦倒的小兵了，好歹有俸祿，當年一戰的軍功，光是賞賜就堆滿了院子。這些年，荷包雖然不算飽滿，但也不是如從前一般，扁的跟塊薄餅似的。

她們二人走在其中，不時有濟陽青年走過，目光忍不住往往禾晏身上瞟。

禾晏注意到他們的目光，就問四姨娘：「我臉上是有什麼東西嗎？」

四姨娘「噗嗤」一笑，解釋道：「不是的，小禾大人，他們是看小禾大人生的好看，心中傾慕呢。」

禾晏以手低唇，低咳兩聲：「……過獎。」

四姨娘笑而不語。濟陽的漢子們，看不懂中原女子婦人與少女的髮髻差別，只看這年輕姑娘眉目靈動秀朗，如一陣清風熨帖，自然生出傾慕之心。畢竟愛美之心人皆有之，不過這肖二奶奶也不知是怎麼長的，七年過去了，時間留在她身上的，並不是衰老的痕跡，瞧著容貌，與當年無甚差別，但又有不同，眉目間的英氣中，隱約多了一絲溫柔。

這點溫柔與她的爽朗極好的結合在一起，走在人群中，就如會發光的明珠，很難讓人忽略。

禾晏瞧見前面有人圍在一起，往前走了兩步，就見小販坐在一口鐵鍋前，熟練地舀起鍋中紅糖，在白石板上勾畫，當即高興道：「是糖人！」

「朔京城沒有糖人麼？」四姨娘奇怪她何以這般激動。

「有是有，不過沒濟陽的師傅做的好看，種類也沒這麼多。」禾晏笑道：「既然來了，剛好買一支，晚點拿回去給遙遙吃。」

她對四姨娘道：「人太多了，妳在這裡等我，我買完就回來。」

四姨娘還想說什麼，就見禾晏已經撥開人群，往那買糖人的小販那頭去了。

禾晏擠到前頭去，掏出一串銅板，道：「小哥，我要一隻大老虎，煩請做的威風些。」

「好嘞——」

小販手很巧，不過須臾，一隻威風赫赫的大老虎便黏在了竹籤上，禾晏將錢遞過去，一手接過糖人，瞧著很是滿意。

先前青梅給肖遙做了一隻布老虎，肖遙喜歡的緊，吃飯也抱著，睡覺也抱著，後來那隻布老虎不小心被她落在火盆裡，燒壞了，肖遙哭了大半日。青梅還沒做好新的，禾晏他們又得啟程來濟陽。

肖遙如此喜歡老虎，看見這個糖做的老虎，應當會高興的。

禾晏手裡拿著糖老虎，從人群中擠出來，正要離開，忽然間，聽到身後有人喚自己的名字，帶著一點遲疑和不確定，道：「……阿禾？」

禾晏轉過頭，就見青衣男子站在離她不遠的地方，神情驚訝又複雜。

「楚……四公子？」

人來人往中，青衣廣袖的男子似春日的一道盛景，令夜色變得溫柔了起來。

禾晏怎麼也沒想到，竟會在這裡，遇到楚昭。

他容色溫雅，神情一如既往的柔和，比起多年前，愈發清瘦，只是眉眼間，似乎少了點什麼，如斂了光華的珠子，沉默而安然。

禾晏往他身邊走了兩步，站定後才問：「楚四公子……怎麼會在這裡？」

當年太子伏罪後，四皇子登基，後來，就再也沒聽過楚昭的消息。聽聞有人曾在城外見過他，猜測他離開了朔京。昭康帝繼位後，有意清理徐敬甫的舊部，楚家，自然也在打壓的名單中。這些年，楚家衰敗的差不多了，楚臨風連他的十九房小妾都遣散了，靠著楚夫人的娘家過日子。至於楚昭，所有人將他漸漸淡忘了。

畢竟，徐相，那已經是一個很久很久之前的名字了。

京中英俊勇武的少年們一年一年冒出來，大魏女子的春閨夢裡人中，肖家兩兄弟早已娶妻生子，這位幽蘭一般的楚四公子，如野曠山谷裡的一樁美夢，曇花一現後，就消失在時間的河流中。

然而他此刻又出現了，讓禾晏一瞬間彷彿回到多年前的那個濟陽。

楚昭笑了，他道：「我一直在濟陽。」

禾晏默然。

如果是在濟陽的話，天下人找不到他的下落，也就情有可原了。但或許，天子並非真的找不到，他在這裡，反而更好。

禾晏也說不出對楚昭是什麼感覺。他雖是徐敬甫的學生，但當年，其實沒有真的傷害過自己。無非是立場不同罷了，禾晏知道楚昭是一個頗有心計，並不如他表面上表現的那般無害的人，但很多年過去了，愛和恨漸漸淡薄，他們在這裡再遇，算不上朋友，也稱不了敵人，不過是……一個故人罷了。

她注意到楚昭身邊，沒有那位美豔嬌媚的婢子，心中已經料到了幾分，頓了頓，才問：「楚四公子，如今在濟陽做什麼？」

「我在這裡，開了一家字畫館，尚且謀生。」楚昭微笑著回答，「阿禾呢？怎麼會突然來濟陽？」

「王女殿下成婚，我和家人來觀禮。」禾晏沒有隱瞞，穆小樓成親是濟陽城大事，濟陽百姓都知道。

「肖都督也來了嗎？」他問。

禾晏點頭。

楚昭笑著看向禾晏，面前的女子神情仍然爽朗，後來他見過許多人，許多女子，但這樣坦蕩蓬勃的神情，只在她的臉上出現過。他的目光落在禾晏手中那個糖老虎上，怔了怔，輕聲問：「阿禾……有孩子了嗎？」

「有啊，」禾晏道：「有個女兒，如今快四歲了，叫肖遙。」

「……肖遙？」

「我取的名字，是不是很好聽？」禾晏得意道：「我對她沒什麼要求，只要她平安康健，逍遙恣意一生，就滿足了。」

她於詩詞歌賦上實在沒什麼天賦，唯有「肖遙」這個名字，大家都說好。

「白雲滿地江湖闊，著我逍遙自在行，」楚昭看向她，笑道：「阿禾很會取名字。」

「多謝。」禾晏笑問：「楚四公子，如今可有心上人了？」

當年楚昭夜裡將她騙出來，好一番肉麻至極的表白，惹得肖珏勃然大怒，她哄了好一陣子。如今時過境遷，許多事情早已釋懷，他雖然是「楚四公子」，可其實現在，他應該僅僅只是「楚昭」。

楚四公子會因為利益和立場，對她似真似假的表白真心，真正的楚昭，心上人又會是誰？他這般聰明有才華，無論如何，都不會缺人喜歡。

楚昭聞言，愣了一下，隨即低下頭笑了笑，「不是每個人都跟肖都督一般幸運。」

禾晏正要說話，突然間，有人的聲音傳來。

「妳在這裡幹什麼？」

她回頭一看，就見肖珏從夜色中走來，臉色微冷，目光如刀。

「肖都督，」楚昭亦是詫然，隨即笑道：「好久不見了。」

脂粉攤前的四姨娘嚇得瑟瑟發抖，方才禾晏去買糖人，買完之後遇著一位俊美公子，兩人站在一側說話。這本來沒什麼，或許是遇到了舊識，只是四姨娘看著看著，就看出不對勁來了。肖二奶奶神情坦坦蕩蕩，但那俊美公子的目光，竟像是對肖二奶奶有情。

但又不是那種癡纏之情，怎麼說呢，彷彿是曾深深愛過，又被拋棄的失落寂寥之情。

四姨娘與二姨娘混久了，自認練出了一番好眼力。只恨眼下沒有一盤瓜子，不然她能坐在這裡磕幾個時辰。情場失意的俊美公子，讓人心生憐愛，正當四姨娘心中胡思亂想著，這二人過去是有怎樣的糾葛，肖二奶奶又是如何負了這名青年才俊時，冷不防感覺到自己身邊多了一個影子，抬眼一看，差點嚇得魂飛魄散。

肖都督不知道什麼時候到了！

他就站在自己身側，平靜地看著遠處的兩人，眼睛微微瞇起。

四姨娘發誓，她看見肖都督按在腰間佩劍上的手指微微發白。

濟陽城裡爭風吃醋的漢子們，會為了心愛的姑娘打上一架，這也沒什麼，可是……看著那位柔柔弱弱的青衣公子，怕不是會被肖都督打死。還有肖二奶奶……聽聞中原人對女子婦道格外看重，紅杏出牆的罪名，不知道肖二奶奶擔不擔得起。

四姨娘有心想要提醒，卻又畏懼身側人的威壓，終是往後縮了兩步。但見前面肖二奶奶不知說了什麼，青衣公子的神情更失落了。

緊接著，肖都督走了上去——

禾晏見到肖玨出現的剎那，心裡就道了一聲糟糕，這人不知為何，每次在這種情況下，出現的總是格外湊巧。當年就對楚昭耿耿於懷，時隔多年，看他眼下這臉色，只怕也不會大度到哪裡去。

「我在這裡買糖人，湊巧遇見楚四公子，就說了兩句話。」禾晏委婉的解釋：「才說了兩句，你就來了。」

肖玨只看了楚昭一眼，目光落在禾晏身上，道：「走吧。」

兩個字，每個字都是涼颼颼的。

禾晏對楚昭道別：「那麼，楚四公子，我們先行一步了。」

楚昭笑著點頭，目送禾晏二人遠去，直到人群中再也看不到那兩個人的身影，他才收回目光。

濟陽的水仍然是清凌凌的，他以為過了這麼多年，對於故人，早已心如止水，但原來看見她的那一刻，才知道從未放下過。

不過，也只能如此了。

賣糖人的小販前擠滿了熱鬧的人群，青衣公子走了進去，垂眸輕聲道：「小哥，我要一個花籃。」

肖玨走得很快。

禾晏跟在他後面，一個頭兩個大，嘴裡叫著：「等等，肖玨，四姨娘還在後面……」

「她已經回去了。」

禾晏：？

四姨娘竟然如此不講義氣，就這麼把一個炮仗丟到自己面前，這哄人的事，還要她自己來。

禾晏三兩步追上肖玨，也不管他樂不樂意，是什麼神情，一把挽住他的胳膊，「肖玨……」

「怎麼，不跟妳的楚四公子繼續敘舊？」他語帶嘲諷。

「沒有敘舊，就只是打了個招呼。」禾晏心想，肖玨上輩子和楚昭怕不是有什麼孽緣，一遇到楚昭就格外激動，人生在世有三防，防火防盜防楚昭。

「我就算再有能耐，也不能未卜先知啊。」禾晏看著他，「我也沒料到他現在會在濟陽城。你說，這事皇上知道嗎？」

肖玨嗤道：「早就知道了。」

雖然已經隱隱猜到一點，不過肖玨說出來，禾晏還是有些唏噓，楚昭既然進了濟陽城，想來日後，也不可能再出去了。他的後半生，就如同被囚禁在此一般，只是……對於他來說，未必不是一個好結局。

瞥見她的臉色，肖玨冷笑一聲：「妳對他倒是諸多擔憂。」

又來了，禾晏無奈，只道：「大哥，都多少年了，你怎麼還耿耿於懷。我可是時時刻刻都念著你，你看，」她順勢將手中的糖老虎往他嘴邊湊，「我這可是花了大價錢買的糖人，送給你啊，算作賠禮──」

肖玨將她的手拂開，被她面不改色說瞎話的功夫氣笑了，道：「妳現在連騙人都不肯用心了嗎？」

「誰騙你了，要不要我站在屋頂上叫一聲，我，禾晏，最喜歡肖都督，我們一起看過圖──」

「禾晏──」

禾晏笑嘻嘻道：「你明明心裡都知道……」

肖玨看了她半晌，終於敗下陣來，罷了，反正她總有一萬種辦法另闢蹊徑來哄人，儘管有時候哄的不是很有誠意。

他警告道：「這次就算了，禾晏，妳要是再和他私自見面……」

禾晏就想，說得好像她會經常來濟陽似的，此次一過，下次來這裡，不知又是何時了。

「不過，」肖玨掃了她手中的糖人一眼：「我不接受這個賠禮。」

「那你想怎麼賠禮？」

他揚眉，一言不發，直勾勾盯著她。

禾晏：「……」

她咬牙道：「肖玨，你就是貪圖我的美色，覬覦我的身子！」

肖玨「嗯」了一聲，從善如流地回答，「不錯。」

禾晏無話可說。

這一夜，又是糊里糊塗的一夜。

第二日一早，肖遙醒了，那隻糖老虎在夜裡化成了一攤糖水，禾晏拿著光禿禿的竹籤，在肖遙面前認真地道：「老——虎——看到了嗎？這是老虎——」

肖遙一臉懵然地看著她。

肖玨從外面走進來，見她又在調戲肖遙，無言片刻，走過來將肖遙抱起，道：「吃飯了。」

崔家的早飯一如既往的豐盛，待吃過早飯後，崔越之要去王殿幫忙，濟陽城的風俗和中原不同，大婚的正禮在晚上。

肖珏一邊照顧小的，還不忘將禾晏愛吃的菜推到她面前，路過的四姨娘見狀，呆愣了片刻。待用過飯後，偷偷的將禾晏拉到一邊，躊躇半晌，才小聲問：「肖二奶奶，妳的馭夫之術，可否也給妾身傳授一二？」

禾晏險些懷疑自己聽錯了，她問：「妳說什麼術？」

「馭夫之術啊！」四姨娘有些不好意思地開口：「昨夜不是妾身先走，實在是肖都督來了，妾身不好打擾，絕對不是不講義氣故意拋下您一人的！不過……當時肖都督看著著實不太高興，今兒一早瞧著又同從前一樣了，妾身就想問問，您是怎麼做到的？」

她是怎麼做到的？這得問問她的腰。

禾晏尷尬地笑了兩聲：「其實我也沒什麼馭夫之術……」

「怎麼可能？」四姨娘急了，「當年您在府裡同凌小姐她們說的話，妾身都還記著呢。這麼多年過去了，想必二奶奶的馭夫之術又精益了許多，您給妾身傳授一二，妾身保準不外傳。」

這還不外傳呢，真當是什麼祕笈了？禾晏怎麼也沒想到，當年在崔府的一通胡編亂造，居然還能被人引為經典。

只是迎著四姨娘求知若渴的目光，禾晏也不好讓她失望，便又開始胡侃道：「這馭夫之術，看似在馭，其實在放，妳就……張弛有度，若即若離，時而冷若冰霜，時而烈女纏郎，咳，也許馭著馭著，就熟能生巧了。」

「張弛有度？」四姨娘喃喃道。

禾晏拍了拍她的肩，「妳且慢慢琢磨，我先走了。」她逃也似地跑了，留下四姨娘一個人站在原地悉心感受。

待回了屋，林雙鶴正站在門口，一看見禾晏就催促道：「禾妹妹，妳跑哪去了？咱們得馬上去王府裡，大婚還未開始，先去見見王女殿下吧。」

禾晏忙應了。

趕緊收拾了一番，幾人就乘著馬車，隨著崔越之一道去了王府。

因為穆小樓大婚，王府比當年熱鬧了不少，處處張燈結綵，到處都貼著剪好的「喜」字，於是原本因空曠顯得冷清的王府，變得富麗堂皇了起來。

甫一進門，婢子就迎了上來，笑道：「崔大人、肖都督、禾大人、林公子，殿下已經在等你們了。」

禾晏幾人隨著這婢子往裡走，待走到正殿中，聽到一個帶笑的聲音傳來：「你們來了。」

禾晏抬眼一看。

穆紅錦從殿後走了出來。

她穿著濟陽王室的禮服，今日是穆小樓大婚，自然該穿紅色，只是這紅色，與當年熱烈的正紅不同，帶著點暗色，襯的她的臉不如從前威嚴冷豔，多了幾分柔和。

女子長長的髮辮盤在腦後，沒有戴冠，她已不是王女，便只插了一支暗紅色的絨花，眉眼仍舊美豔，只是細細去看，盤著的髮辮中，有星點花白，她老了，更溫柔了，看向他們的目光，如看久別重逢的故友，帶著久違的欣喜。

「殿下。」禾晏幾人同她行禮。

「這裡許久沒有如今日這般熱鬧了，你們能來參加小樓大婚，我很高興。」她道。

林雙鶴笑咪咪道：「多年未見，殿下還是如從前一般耀如春華，天姿國色。」

他這逗女子開心的功夫，這些年又長了許多，穆紅錦「噗嗤」一聲笑了，而後搖了搖頭，撫了撫一邊的鬢髮，嘆道：「老了，說什麼天姿國色。」她的目光被肖玨懷裡的肖遙吸引，輕聲道：「這就是肖都督的千金？今年幾歲了？」

禾晏道：「叫肖遙，快三歲了。」

穆紅錦朝肖遙伸出手，肖遙猶豫了一會兒，才伸出肥胳膊，示意可以抱。穆紅錦將她抱在懷裡，肖遙很親近她，咯咯咯笑起來，嘴裡嚷道「姨姨」，又「吧唧」一口親在穆紅錦臉上。

禾晏心裡盤算著，當年柳不忘與穆紅錦若是沒有陰差陽錯，說不準該叫穆紅錦一聲師祖母的，偏偏叫「姨」，輩分差的可以。

不過穆紅錦沒計較肖遙這般亂喊，反而很高興，順手從手上褪下一支寶石戒指，塞到肖遙手裡，道：「叫我一聲『姨』，我該送遙遙一點禮物，這個可喜歡？」

肖遙兩眼放光，死命點頭，脆生生道：「喜歡！」

禾晏不忍直視，要說肖遙在肖家也算掌上明珠，平日裡吃的喝的也沒少她，怎生這般財迷，怪丟人的。

穆紅錦抱著肖遙，正與他們說著話，不多時，又有一個侍衛前來，道：「殿下，秦家人快來了。」

禾晏瞧見這侍衛有些眼熟，不由得多看了兩眼，崔越之笑道：「肖二奶奶，可還認識木夷？」

木夷？禾晏想了起來，當年濟陽一戰時，她曾與一個叫木夷的濟陽城軍並肩作戰，最後臨走時，年輕人還送了她一幅木頭畫，那木頭畫被她好好保存著。不過，眼前的木夷，和當年的木夷實在大不一樣，青澀和稚氣盡數褪去，現在看上去，是個成熟的男人了。

只是，木夷瞧見禾晏之後，那點成熟與穩重便飛速消散，變得踟躕而激動起來，似是想看又不敢看，莫名有點羞澀。

崔越之就道：「木夷現在是殿下的貼身侍衛統領了，可不是當年的毛頭小子。木夷，你可還記得肖二奶奶，當年的禾姑娘？」

木夷撓了撓頭，小聲道：「記得。」

肖珏冷眼瞧著他們二人，林雙鶴咳了幾聲，趕緊岔開話頭，不讓這年輕的侍衛統領往肖二少爺的逆鱗上撞，假意好奇道：「那小殿下呢？咱們來了這麼久，還沒見著小殿下，當年小殿下還不到我胸口高呢，不知如今長高了多少？」

穆紅錦就笑道：「你們去瞧瞧，小樓怎麼還不過來？」

正說著，殿後傳來女子的聲音：「祖母，急什麼，我這不是來了麼？」

自後頭走出來的姑娘，一身嫁衣如火，濟陽城最好的繡女織造成的嫁衣上，綴了細碎的流蘇和鈴鐺，走起路來時，叮咚作響，裙擺極長，如綻開的花。比這嫁衣還要豔麗的是姑娘的臉，金冠襯的她的臉龐潔白又小巧，她生的和穆紅錦格外相似，眼尾描了飛紅，精緻又奪目，但又比穆紅錦多了幾分肆意活潑。

一看，就是在濟陽城裡野蠻生長的女孩子。

她一眼瞧見禾晏一行人，眼裡掠過一絲喜悅，偏還要做高傲的姿態，假裝滿不在乎地開口，「你們來了啊。」

「多年不見，小殿下都長成大姑娘了。」林雙鶴瞧著瞧著，竟生出一點為人父的欣慰之感，不過倏而，他就嘆道：「沒想到小殿下都成婚了，我居然還是孤身一人。」

穆紅錦笑起來：「林公子要是覺得孤單，不如在濟陽城留一陣子，城中好姑娘多得很，說不準，就遇到了林公子的緣分。」

「緣分這種事，強求不來。」林雙鶴一展扇子，「況且我志不在此，得之我幸不得我命，上天自有安排，何必急於一時。」

穆紅錦就道：「林公子豁達。」

沒有太多時間敘舊，濟陽王室成婚正禮繁瑣複雜，秦家的人也快到了，穆紅錦便與穆小樓去外頭的禮臺。禾晏他們跟著婢子的安排先行休息。

到了晚上，天色暗下來的時候，王府裡的燈籠一盞一盞的亮起來，原本空曠的禮臺前，長長的臺階上鋪滿了紅綢，燈火將高臺映照的華麗而肅然，四周是見禮的禮官，一對璧人互相攙扶著，走向高臺之上。

禾晏瞧見秦大公子，是個濃眉大眼的青年，穿著喜服，看起來頗為英武。不過，他也會細心地幫穆小樓整理過長的裙擺，望向穆小樓的目光裡，盡是赤誠的愛意。

從此後，世間又多了一對眷侶，他們會成為濟陽城的守護者，守護這一方水土，一方百姓。

禾晏忍不住看向臺下的穆紅錦。

眉目深豔的婦人含笑望著臺上年輕的男女，嘴角分明是笑，眼裡卻依稀有淚光。

或許，當年她披上這身喜服的時候，充滿了無奈，對命運陰差陽錯的憤怒，可如今，穆小樓走上了臺階，至少這一刻，穆小樓是幸福的，她是真切的愛著面前這個男人。能親眼見證幸福誕生，本身就是一件幸福的事。她過去的遺憾和不甘，似乎透過眼前的穆小樓，達成了圓滿。

禾晏悄悄握緊肖玨的手，肖玨抬了抬眼，唇角微微一翹。

林雙鶴極愛熱鬧，看旁人成親，比他自己成親還要高興，隨著正禮的禮成高興的四處尋人喝酒乾杯，但酒量算不得多好，多喝了幾杯，就醉得直嚷嚷老天不公，他生的如此英俊瀟灑，到現在居然還是伶仃一人，十分可惡。

禾晏聽得一陣無語，待他喝得爛醉如泥，一塌糊塗，要到桌子底下找人的時候，才叫崔府的下人幫忙，將他抬上馬車送回崔府去。

四周都是熱鬧的恭賀聲，禾晏也同認識的人喝了幾杯，她如今的酒量，比當年在涼州衛的時候好了一些，雖然比不過前生做飛鴻將軍時，也不至於喝一杯就背書給人聽的地步。不過，畢竟還有肖遙在，禾晏也不敢多喝。倒是肖玨，被人連連敬酒，神情絲毫未變，確實是真的千杯不醉。

肖遙年紀小，時辰到了後，就睏得腦袋一點一點，雞啄米似的。禾晏望了望外頭，夜已深，便同穆紅錦說明情況，先帶肖遙回去了。

穆紅錦很喜歡肖遙，輕輕摸了摸肖遙的頭，道：「回去吧。」

禾晏想了想，終是笑道：「小殿下與秦公子如今已鴻案相莊，鴛鴦璧和，殿下也請多保重。」

穆紅錦喝得多了，臉色有些微醺，聞言失笑道：「好。」

待他們走後，穆紅錦端著酒盞，走到殿中靠窗的地方，窗外，柳樹隨風微微晃動，似是回到了許多年前的春日，像是有白衣少年翩然前來，一步一步走近，琴聲清越，長劍瀟灑，依稀如昨。

熱鬧的大殿中，嘈雜的樂聲似乎漸漸遠去，這應該是個罕見的美夢，穆紅錦尋了個舒服的位置，將頭倚在軟榻的布枕上，慢慢闔上雙眼。

廣袖中露出的皓腕上，戴著一支粗糙的銀鐲，鐲子邊緣刻著細小的野雛菊，層層疊疊，鮮妍爛漫。

有婢子躡手躡腳走近，見婦人閉眼假寐，唇角含笑，似是做了美夢，於是便「噓」了一聲，叮囑身後人：「殿下睡著了，別打擾她。」替她輕輕蓋上一層薄毯，又躡手躡腳的離開了。

外頭，禾晏同肖玨往馬車那頭走去。

濟陽城似乎沒有秋日和冬日，永遠都是這般如夏綿長，河風送來颯爽涼意，禾晏與肖玨並肩走著，肖遙趴在肖玨肩上，呼吸平穩，睡得正香。

似乎能隱隱聽到王府裡傳來高歌歡笑的聲音。

她低下頭，心裡是從未有過的寧靜。

曾以為奢侈而不可擁有的東西，如今都在自己身邊，她原本要求的不多，不過平淡而已。

此生逍遙天休問，古來萬事東流水。

什麼都比不過眼前的這一刻，自在逍遙。

許是夢到了什麼好吃的，睡夢中的肖遙砸了咂嘴。

禾晏瞅了她片刻，笑問：「肖玨，你想不想吃糖葫蘆？」

番外、月亮的祕密

肖珏一直覺得，禾晏是個騙子。

外人眼中的禾晏，仗義、豪爽、瀟灑、慷慨，他眼中的禾晏，能吃、能睡、胡說八道，還貪財小氣。

每個人都有祕密，人活在世上，並非全然的善惡黑白，人心複雜，人性矛盾，但禾晏大抵是他有生以來見過最矛盾的女人。

藏匿在黑暗中不願意讓人發現真心的可憐人，與戰場上驍勇善戰飛揚自信的女將，看起來實在太過不同，以至於過去的那些年裡，從未有人將「禾晏」與「禾如非」聯繫起來。

譬如演武場上的撫越軍們總是說，他們的頭領歸月將軍心胸比男子還要寬大，行事比男子還要灑脫，從來不看回頭路，永遠大步往前走，有她在，軍心就穩，哪怕天塌下來，不過就那回事。

但肖珏知道，禾晏並不是一個從來不看回頭路的人。

對於過去，她有著比旁人更長久的眷戀和深情，尤其是那些好的、珍貴的回憶，她悉心保存，從不輕慢。

金陵城花遊仙時常讓人送新釀的甜酒過來，她每每嘗過，認真地寫一封回信，喝完了，還要將酒罈子好好收起來。潤都的女人們每個季節都會送她她們親手縫製的衣衫和靴子，刺繡精緻，裁剪合身，禾晏自己都許久沒有買過新衣。

林雙鶴有時候看到了，偷偷地在肖玨耳邊憂心忡忡道：「懷瑾，你說我禾妹妹這樣下去，不會是下一個楚臨風吧？」

肖玨賞了他一個「滾」字。

濟陽城的崔越之偶爾也會來信，與她說說近來的好事，還有九川那頭……她將信仔細看過，小心收藏，書房裡的木屜裡，信件整整齊齊疊在一起，摞得老高……她捨不得燒。

她看似灑脫，對於「失去」，又格外恐懼。

二毛死的時候，禾晏很難過。

世上之事，生老病死是人間常態，無論是人還是動物，都會有離世的那一日。禾晏不愛流眼淚，二毛死的時候她沒哭，只是後來那幾日，肖玨發現她時常坐在院子的門檻上，望著二毛過去喝水的那個碗發呆。

他就走過去，沒說什麼，陪她一起坐了會兒。

禾晏對「失去」，並不如表面上的瀟灑。當年烏托一戰後，並肩的同伴戰死，前有戰事，她逼著自己不去想那些，後來回到朔京，其實難過了很久。

而他唯一能做的，就是陪在禾晏身邊，至少「失去」這一項上，永遠不會出現他的名字。

這兩年裡，有許多人家的夫人暗中與白容微說，肖玨有沒有納妾的打算。畢竟肖家兩兄弟，格外出挑，肖璟就罷了，與白容微成親這麼多年，有了女兒肖佩佩後，仍舊對白容微一往情深，實在尋不出空。肖珏卻不同，從前世人都認為他空長了一副好皮囊，實則性情過於冷傲無情，這輩子都不會娶妻，然而後來卻娶了校尉之女禾晏，且對妻子十分寵愛。

冷心冷性的人一旦開竅動情，遠比溫柔深情之人更讓人來的心動。尋常人最愛想的一件事無非就是：她可以，我為何不可以？何況禾晏如今尚未誕下肖家子嗣，又是武將，定然不如那些會撒嬌可愛的姑娘懂得抓住男子的心，因此，許多人都認為，自己是有機會的。

白容微替肖珏拒絕了一茬又一茬，耐不住有人膽大包天，過分自信，又被美色沖昏了頭腦的，什麼五花八門的手段都用，肖珏往門外丟了幾次人，有一次被氣狠了，差點找對方一大家子麻煩，好在後來被禾晏勸住了。

禾晏笑咪咪地道：「愛美之心人皆有之，我都沒生氣，你在氣什麼？」

不說這話還好，一說此話，肖珏就更生氣了。

林雙鶴來串門的時候總是說，「誰能想到我們肖家二公子，懷瑾少爺，如今被我禾妹妹吃得死死的呢？你要知道，」他嘆道：「男女之事，誰計較的多，誰就輸了，我原先認為你是占上風的，怎麼過了幾年，你都被踩在地上去了？」

肖珏不喜歡他這斤斤計較的理論，人的情感並非打仗，還要用兵法攻心，不過，他也承認，林雙鶴說的沒錯。

撫越軍的那些兵士，總覺得是禾晏遷就他，對他說些甜言蜜語，但事實上，他總是輕易而居的被禾晏挑動情緒，無論大事小事。

或許，用林雙鶴的那番理論來說，他喜歡禾晏，比禾晏喜歡他更多一點。

不過，這也沒什麼。

這世上，能有一個人喜歡，本就是不是一件容易的事。世上人千千萬，或有緣無分，或有份無緣，人如河中砂礫，相遇別離，不過轉瞬，能於廣闊無垠的天地裡，遇到喜歡的人，已是幸運。

是以，誰更喜歡誰這一點，就無須過分追究了。

但禾晏時常在夜裡逼問他道：「肖都督，其實你上輩子就對我動心了吧？若我是男子，你定然是個斷袖。」

肖珏嗤道：「我不是斷袖。」

「呵，」這人根本不信，「我上次去演武場的時候，聽見沈教頭與梁教頭說話，說從前在涼州衛，我還沒被揭穿女子身分時，就以為你我是那種關係。」她上下打量肖珏一番，摸著下巴道：「不過以你的姿色，縱然是個斷袖，也當是在斷袖中極受歡迎的那種……」

這種時候，肖珏一般都懶得跟她理論，帳子一扯，戰場見分曉。

夜深了，她睡得香甜，肖珏替她掩上被子，雙手枕於腦後，星光從窗外照了進來，將屋子照出微弱的亮光。

他望著帳子一角，心中格外平靜。

是什麼時候對禾晏動了心，肖珏自己也不太明白。禾晏總嘀咕說前生在賢昌館念書時，他對她如何特別，但現在想想，那時候對禾晏的照顧，大抵是因為他在這「少年」身上，見到了自己過去的影子。唯一不同的是，她又比自己多了一點於渾濁世事中，仍要執拗堅持的天真。

一個戴面具的少年，與別的少年本就不同，又因為堅持著自己的祕密不能被人發現，所以形單影隻。她笨拙，但是努力，沉默，但是樂觀，弱小，又有憐弱之心，少年時的肖玨偶爾會好奇，覆蓋的嚴實的面具下究竟是一張怎樣的臉。

他在樹上假寐的時候，在假山後曬太陽的時候，在賢昌館的竹林裡喝茶的時候，總是能看到各種各樣的「禾如非」。

她看起來如此不起眼，如此渺小，但渾身上下又閃著光，旁人注意不到，偏被他看見了。少年肖玨其實從沒懷疑過，「禾如非」日後必有作為。

倘若她一直這樣堅持的話。

但那時，也只是被吸引，談不上喜愛。就如在夜裡看到了一顆星星，這星星不怎麼明亮，偏偏閃爍個不停，一旦被看見，就難以忽略。

同窗之情不是假的，所以在玉華寺後，他連「禾如非」的「妹妹」都會順手相助。

一次是意外，兩次是偶然，三次是緣分，第四次，大抵就是命中註定了。

肖玨從未懷疑過，他與禾晏是命中註定。

否則老天爺為何要一而再，再而三的讓她出現在自己面前？而他的目光，又註定被此人吸引。

禾晏好像從未變過。

夜色下拉弓練箭，努力跟上隊伍步伐的少年，和當年賢昌館暗自勤學的小子沒什麼兩樣，但脫去面具的她，終於露出真正的自我。瀟灑的，俐落的，在演武場縱情馳騁的，熱烈而純粹，如一道光。

但她又是小心翼翼的，習慣付出，而不安於被「偏愛」，對於更親密的關係，總是無所適從。

他一開始只是覺得這人是個身手不錯的騙子，再後來，目光不知不覺得在她身上停留更多，被她牽動情緒，生平第一次嘗到妒忌的滋味，他會開懷，會憤怒，會為她的遭遇不平，想要撫平她曾經歷的所有傷痛。

禾晏讓他覺得，這人世間，還是有諸多值得期待的事。

就如林雙鶴總說：「你知道自己會有這麼一天嗎？」

他不知道，自己會有這樣一天。

原來人間除了背負責任與誤解，背叛和殺戮外，還能有這樣滿足的瞬間。他原先不知道的，禾晏帶他一一知曉。

身前的人翻了個身，滾到他的懷裡，下意識雙手摟住他，他微一愣神，頓了片刻，唇角露出一絲笑意。

誰喜歡誰多一點，又有什麼關係？

他更感激上天於他殘酷的人生裡，贈送的這一點暖意，讓他能遇到摯愛，相守無離。

禾晏很喜歡演武場。

烏托一戰後，大魏兵馬休養生息，至少十幾年內，烏托人沒那個精力捲土重來，然而練兵還是要練的。她如今是撫越軍的首領，練兵的時候，總讓撫越軍一些老兵們想到當年的飛鴻將軍。

同樣俐落瀟灑，但又比那戴著面具的女子，多了幾分俏皮和親切。

亦有新兵們不相信禾晏的本事，演武場上，女子一一演示刀馬弓箭，神采飛揚的模樣，如明珠耀眼。

禾晏本就生的漂亮，大魏朔京城美麗的姑娘數不勝數，但美麗又這般英氣的姑娘，只有這一人。當她穿上赤色的勁裝，含笑抽出腰間長劍，或是喝令兵陣，或是指點兵馬，場上的年輕人們，皆會被她的光芒驚豔。

林雙鶴來看了兩次，都替肖玨感到危機重重，只道當年在涼州衛時，禾晏女扮男裝，軍營裡的兄弟們尚且不知她的身分，如今換回英氣女裝，日日與這些少年、青年們混在一處，熱情似火的毛頭小子們，幾乎無法掩飾對她的愛慕之心。

禾晏自己沒有覺得。

在她看來，這些年輕兒郎們，和當年的王霸他們沒有什麼兩樣，都是好漢子，好兄弟。

烏托戰事後，涼州衛的兄弟走了一半，剩下的幾人，接受了戰場的淬煉，如今已經格外出挑。就是在涼州軍裡，也是佼佼者。江家的武館因為出了江蛟這麼個人名聲大噪，江館主以江蛟為豪。

王霸的銀子，大多送回了匪寨中，他過去待的那處匪寨，如今已經不做強盜的營生，挖的魚塘收成蠻好。聽說匪寨裡時常收養沒人要的孤兒，王霸偶爾也會去看看，他如今脾氣好了很多，小孩子也敢親近他了。

小麥在石頭走後，成長的最快。當年有石頭護著，他是個一心只念著好吃的貪玩少年，如今成熟了許多。他的箭術突飛猛進，準頭已經比石頭更好，他也不如從前那般貪吃了，與禾晏說話時，寡言了許多，不如從前開朗。

禾晏心裡很悵然，可人總要成長，命運推著人走上各自的道路，有些人永遠不變，有些人，會慢慢長大。

時間和風一樣，總是無法挽留。

她翻身下馬，方才一番演示，手中弓箭牢牢正中紅心。

撿回箭矢的年輕人瞧著她，目光是止不住的傾慕，半是羞澀半是激動地道：「將軍厲害！」

「過獎，」禾晏拍了拍他的肩，笑道：「你多練練，也是如此。」

那年輕人望著她，向前走了兩步，喚道：「將軍——」

禾晏回頭，問：「何事？」

「我……我弓箭不好，您……能不能為我指點一二？」他不敢看禾晏的眼睛。

對於小兵們的「求指點」，她向來是不吝嗇的，便道：「當然可以。你先拿弓試試，我看一看。」

遠處，林雙鶴搖著扇子，幸災樂禍地開口：「兄弟，這你都能忍？」

肖玨不動聲色地看著遠處。

「我看著演武場上的男人，都對禾妹妹圖謀不軌，」他唯恐天下不亂，「你我都是男人，最懂男人的心思。你看看那小子，表面是求賜教，不就是想藉機親近？這一招我上學的時候就不用了，他居然這般老套？嘖嘖嘖，哎……你怎麼走了？」

禾晏站在這小兵身後，正要調整他拿弓的動作，身後響起冷淡的聲音：「等等。」

她回頭一看，那小兵嚇了一跳，話都說不清楚：「……肖都督！」

「你怎麼來了？」禾晏問。

「今日輪到我值守，」肖玨掃了那面色慘白的年輕人一眼，唇角一勾，嘲道：「我來教他。」

小兵的臉色更難看了。

禾晏不疑有他，只道：「那就交給你了，我去那邊看看。」放心地走了。

小兵望著禾晏的背影，有苦說不出，偏偏面前的男人還挑眉，目光怎麼看都凝滿了不善，道：「練吧。」

林雙鶴在一邊笑得樂不可支，心中默默為這位小兵掬一把同情的淚。

待到日頭落山，一日的練兵結束，禾晏去演武場旁邊的屋子裡換衣裳時，又看見了下午那位小兵。只不過這時分明是深秋，他渾身上下卻都濕透了，跟從水裡撈出來似的，嘴唇發白，禾晏走過去奇道：「你這是怎麼了？」

小兵往後一退，避她如蛇蠍，低著頭道：「沒事，就是練久了，多謝將軍體恤。」

禾晏望著他匆匆離開的身影，若有所思地進了屋，一進屋，肖玨已經在裡面了。她將外頭的輕甲脫下，一邊拿自己的衣服，一邊問肖玨：「剛剛在外面瞧見那位兄弟，你做了什麼，他怎麼累成這樣？」

「不累怎麼叫練兵。」肖玨輕描淡寫地飲茶。

禾晏一邊扣著衣領上的扣子，一邊道：「雖是如此，也不要太過嚴苛了。我看這批新人中，有好幾個資質不錯的，今日你來的晚，沒有看見，有幾個少年身手不錯，姿容清俊，早晨在演武場練槍時，打起來漂亮的很，」她像是在回味般，「身段又飄逸，我瞧著都覺得不錯……」

肖玨臉色陰得要滴出水來，緩緩反問：「漂亮的很？」

「是啊，」禾晏披上外袍，「大抵是腰細吧，飛起來的時候個高腿長的。」

他眼神幾欲冒火：「禾晏。」

「噗嗤」一聲，禾晏大笑起來，指著他笑道：「肖都督，你怎麼如此霸道，每次在你面前誇誇別人，你就生氣得不得了。這小心眼可要不得！」

她笑得開懷，肖玨方明白她是故意的，雖然如此，心中還是有些不悅，抿著唇不想理她。

禾晏湊到他身邊，知道他不高興了，就道：「不過是玩笑罷了，他們這些人在我眼中，男人女人沒什麼差別，不過肖都督，你就算不相信我的品性，也得相信你自己，他們再漂亮，也比不過你，身段再好，我也只喜歡你的腰——」話到最後，尾音帶了點曖昧的調調，勾得人心癢癢。

肖玨抬眸看著她。

禾晏如今越發不正經了，大抵是想著反正是老夫老妻，也不必裝模作樣，不過每每對她來說的無心之言，不甚有風情的撩撥，總能引得他心神蕩漾。

他哼笑一聲，揚眉道：「等著。」

「等什麼？」

肖玨沒回答她。

到了晚上，一夜鏖戰後，禾晏就懂得。

青梅叫人送了熱水進來，她洗過澡，滾到肖玨懷中，哼哼唧唧道：「你說，若是我日後有了孩子，是像你還是像我？」

不等肖玨開口，她就自語道：「罷了，還是像你好，我想了想，無論是男孩還是女孩，生的像你，就是個美人了。」

肖玨對於外貌沒有什麼想法，林雙鶴說，人擁有什麼，就不在意什麼，容貌、家世、頭腦或是身手，於他而言都有，也不那麼重要，倘若日後他們有了孩子，肖玨以為，只要那孩子快樂就好了。

但禾晏與他成婚幾年，還沒有孩子。

當年她去涼州衛那幾年，日日跟著新兵們日訓，為了不被人發現，大冷的天去五鹿河洗涼水澡，又四處奔波，去九川打仗……到底傷了身子。林雙鶴為她開了方子，慢慢調養著。肖家的親戚，譬如程鯉素的母親總是旁敲側擊地問禾晏何以還沒有懷孕，甚至有不不知死活的人去白容微面前暗示，既然禾晏生不出來，不如讓肖玨先納一房妾室，肖二公子總不能無子吧。

恰好路過的肖玨當著說話人的面冷道：「妳以為，什麼阿貓阿狗都能誕下肖家的子嗣？」

他厭惡這樣處心積慮。

對於孩子，肖玨並無太多的幻想，倘若日後他真的喜歡上孩子，那也是因為是禾晏與他的孩子，與別的事無關。誰說男人就一定要傳宗接代？肖璟當年娶了白容微，不也多年無子，那又如何？肖家的男人，娶妻生子只為心中所愛，如果是為了延續後代，如本能一般繁衍，與禽獸有何差異？

倘若禾晏日後沒有孩子，那就沒有孩子，他專心用餘生對付她一人足矣。

禾晏並不知他心中所思所想，對於這些事，她總是有諸多美好期待，並且，她一直認為，上天願意給她和肖玨兩世緣分，必然不會吝嗇給他們一個最好的結局。

「雲生最近有些魂不守舍，」禾晏又開始操心起別的事來，「悶悶不樂的模樣，是不是在外面受欺負了？我成日忙著練兵，這些日子倒是沒有顧得上他，你知道他是出什麼事了嗎？」

肖玨無言片刻，提醒她道：「宋陶陶半月沒去禾府了。」

宋陶陶喜歡禾雲生，就差沒昭告整個朔京城了，這孩子的喜歡也是直接，雷厲風行的，喜歡就是給禾雲生送東西，衣食住行什麼都送，半點也不矜持，禾晏欣賞歸欣賞，心裡也同情宋陶陶的父母——得操多少心啊！

而且禾雲生這死小子還這般冷淡。

不過……她轉向肖玨，驚訝道：「你的意思是，雲生喜歡陶陶？」

肖玨笑了笑，算是默認，禾晏頓感悚然，看禾雲生那個橫眉冷對小姑娘的臭脾氣，說喜歡，還真沒看出來。

禾晏確實沒看出來禾雲生喜歡宋陶陶，畢竟禾雲生比肖玨還會藏，直到後來又過了一段日子，他來找禾晏，請禾晏與禾綏上宋家提親，禾晏才驚覺，原來肖玨說的是真的。

「你真的喜歡宋陶陶嗎？」她問，「你若不是真心，就別瞎撩撥人家。」

「我當然喜歡……」禾雲生聲音低下去，有些赧然，紅著臉不耐道：「總之，我娶了她，就會一輩子對她好！」

禾晏這才放下心來。

雖然禾綏沒有官職在身，但架不住禾雲生有個做將軍的姐姐和姐夫，禾雲生雖年少，但已經在仕途上嶄露頭角，未來前途不可估量，加之宋陶陶自己喜歡，宋家當然樂見其成這一樁親事。

幾乎沒費什麼周折，這樁親事就定了下來。

禾晏原先還以為，禾雲生得罪了宋陶陶，要是這樣貿然上去提親，說不準會被宋陶陶趕出來，沒料到這小子平日裡看起來不言不語的，還挺會哄姑娘，沒多久，禾晏就瞧著宋陶陶又歡歡喜喜的去禾家給禾雲生送吃的了。

親事定下來後，禮程走的很快。

除了禾家與宋家外，最高興的，竟然是程鯉素。禾晏有時候琢磨，程鯉素那模樣，不像是禾雲生娶妻，像是他娶妻似的。時常來禾家幫忙，朔京城裡做人前未婚夫做成這樣的，他是頭一個。

禾晏逮著機會問他：「陶陶成親，你怎麼如此高興，你心裡真的沒有半點不開心？」

「我怎麼會不開心？」程鯉素笑得跟撿了銀子一般，「那個潑婦……宋小姐，如今被禾叔叔收了，我就自由了！否則還要日日擔心哪一日家裡又將這樁親事撿回來。這叫……死道友不死貧道！」

他還挺得意，禾晏想了想，為了怕日後程鯉素後悔，小外甥和弟弟一不小心搞成仇敵，還是問了一句：「你真的一點點都不喜歡陶陶？」

「不喜歡！」程鯉素笑道：「舅母，我知道妳和舅舅覺得我不靠譜，不過，喜歡什麼，不喜歡什麼我還是分得清的。宋陶陶同我可不是一路人，我喜歡的姑娘，當然要如我一般，能發現我身上的好，宋陶陶一見我，就覺得我不思進取，廢物公子，妳說，我能和她做夫妻嗎？做朋友都要分場合！」

禾晏瞧他說得頭頭是道，心道也罷了，少年人自有少年人的心思，既然程鯉素是真的對宋陶陶無意，事情走到如今這步，也算另一種圓滿。

她又幫著禾雲生操持親事起來。

禾雲生成親那一日，禾晏很傷感。

分明禾雲生才是娶妻的人，她活像是送女兒出嫁的老母親般，眼裡生出潮意。禾綏做爹的都不如禾晏激動，禾心影站在禾晏身側，瞧著她的神情，低聲道：「今日是禾公子大喜之日，姐姐怎麼看著很傷心。」

禾晏道：「我不是傷心，我是高興壞了。」

她前生雖有家人，可因為許多原因，並不能親近，哪怕是身邊的禾心影，她們姐妹二人真正開始親近，是在禾家倒臺後的今生。

可禾雲生不同，打從她變成「禾大小姐」睜開眼的那一刻，禾綏與禾雲生，就成為了她如今的「家人」。雖然貧窮，但他們給了她從未享受過的溫暖。眼下，那個當初在後山上彆彆扭扭吃著她遞過來的糕點的青衣少年，終於長成了成熟的男子，有了自己心愛的姑娘，成為一個大人。

人在面對過分圓滿之事時，常常會生出不真實之感。有時禾晏都懷疑眼前一切不過是她做的一個漫長美夢，生怕夢醒之後，一切成空。

禾雲生牽著新娘邁進了禾家的院子，周圍頓時響起了歡呼聲。禾家院子被擠得滿滿當當，她許多朋友，禾雲生的親事，大家都願意來湊個熱鬧。王霸幾人自不必說，涼州衛的教頭們也來了，還有白容微、肖璟……肖玨站在她另一側，如禾雲生的兄長，目送一雙新人走進了喜堂。

林雙鶴在熱鬧裡誇張地道：「連雲生都成親了，我居然還是孤身一人。」

程鯉素拍了拍他的肩，「沒事，林叔叔，我也是孤身一人，我們一起。」

林雙鶴：「……」

一雙新人拜堂成親，酒席熱鬧，禾晏也喝多了。

她除了逢年過節外，喝酒很是節制，畢竟誰知道會不會一喝醉了就去人前背書。肖玨看到也就罷了，要是傳到外人嘴裡，傳到撫越軍耳中，誰知道日後會用什麼樣的眼光看她這個將軍。大抵覺得她愛炫耀，一喝醉後就原形畢露，非要展露自己的才華吧。

但禾雲生成親的大喜日子，該喝的還是要喝的。

肖玨過來的時候，禾晏已經喝醉了。

她坐在桌前，看見他，朝肖玨擺了擺手，喊他：「肖都督！」

肖玨將她扶起來，對禾綏道：「晏晏醉了，我先送她回去。」

「去吧去吧。」禾綏也道：「時候也不早了，你們回去，明日一早得空再來喝陶陶的茶。」

肖玨點頭，將禾晏扶出了大堂，一邊提醒她，「有臺階，小心腳下。」

禾晏一扭頭，攔腰抱住他，不肯走了。

肖玨深吸口氣，垂眸看向面前的人：「禾大小姐，回家了。」

「肖都督，」她抬眼看著他，光看模樣，實在看不出是醉了，嘴裡道：「我跟你說個祕密。」

「說吧。」

身後的喜堂裡，絲竹歡笑聲漸遠，夜風冷清，他將禾晏的外裳往裡拉得更緊一點，就見禾晏指了指房頂的月亮，道：「……我喜歡月亮。」

他忽然怔住。

記憶裡也有某個時刻，她這麼對自己說過。

那時他還沒有完全愛上禾晏，但心動無可避免，她在自己耳邊輕語，被當成隨口的玩笑，竟不知那時的玩笑裡，藏了多少真心。

如果註定要藏匿在黑暗裡，月亮照不到的地方，她只是遠遠站著，將祕密藏在心底。面前的女子朝他露出大大的笑容，眼睛明亮似星辰，伸手摟住他的脖子，在他耳邊輕聲道：「我再告訴你一個祕密。」

她踮起腳，在他唇上輕輕一點。

「月亮是你。」

剎那間，月色如詩畫雋永，世間煙火，萬種風情，都抵不過眼前這刻永恆。

月亮孤獨又冷漠，懸掛在天上，直到有一日，她在這黑暗前路裡，跌跌撞撞，踽踽獨行，他隨手灑下一縷光，照亮了前方的路。

於是在那瞬間，他瞧見芳菲世界，暖日明霞。

禾晏似是倦極，靠在他的懷中，眼睛一閉，沉沉睡去，他怔了片刻，低頭在她額上落下虔誠一吻，將她打橫抱起，往屋外走去。

秋夜漫漫，庭中綠草萋萋，飛蛾向燭，風似嘆息，男人一步步往外走，唇角勾起的弧度裡，盡是年少的歡喜。

她不知道，月亮也有自己的祕密。

她是月亮的心事，是月亮的愛人，是他的心動的起始，也是相守的終點。

這就是，月亮的祕密。

番外、長相思

夏承秀第一次遇到燕賀，是在隨表姐踏青的春宴上。

說是春宴踏青，其實是適齡的貴族公子小姐，尋個機會相看罷了。彼時的夏承秀才十六歲，京中這個年紀的小姐，雖也有已嫁人成親的，可夏大人寵女心切，並不打算早早將夏承秀嫁人。

是以，夏承秀只是跟著表姐出來遊樂罷了。

正值四月春，草長鶯飛，泗水濱邊，嫩草毛茸茸的。夏承秀隨著表姐夏芊芊下了馬車，已經有認識的小姐放起了紙鳶。

夏芊芊見狀，立刻就讓婢子拿出準備好的紙鳶，往友人那頭走去。

夏芊芊今年十八歲，在一群小姐中，姿容尤其出眾，格外甜美嬌豔，她亦是很明白自己容貌的長處，穿著茜色的薄紗繡花窄領長裙，勾勒出窈窕的身段，人群中，一眼就能瞧見她。

她的家世，亦是這群小姐中最優越的，不過須臾，就被人圍在中間，恭維誇讚起來。

彼時夏承秀還是一個十六歲的小姑娘，至多只能稱得上是清秀，更勿提與表姐夏芊芊相比，夏大人平日裡被人稱作書呆子，夏承秀就被人在暗地裡稱作小書呆子。她恪守禮儀，在同齡人或是姐妹中，就顯得又些木訥寡言，不夠討人喜歡。

夏芊芊與夏承秀的關係，算不上親密，不過是普通的表姊妹罷了。不過，有了夏承秀這個呆頭呆腦的無趣書呆子在一邊，倒是襯的夏芊芊嬌俏輕靈，聰慧解語。

夏承秀自己倒不覺得有什麼，見表姐與友人說的熱鬧，就自己拿起書坐在一邊看。夏芊芊也懶得管她，又過了一會兒，眾人在泗水濱旁架起長席，長席上放著各家小姐從府裡帶出來的點心與小食，待到了晌午，可以在這裡用食。

不知過了多久，夏承秀聽見身側的小姐們從一開始談論的哪家新上的胭脂顏色漂亮，變成了「今日燕家公子也會來」。

「燕家公子」指的是當今左右翼前鋒營統領府上的小少爺燕南光，今年十八歲，聽說矯勇善戰，生的一表人才，年紀輕輕前途無量，夏芊芊的父親有意與燕家結親，今日踏青，與燕家老爺夫人心照不宣，就是看兩個小輩可有緣份。

夏承秀對此也有耳聞，不過這是表姐的事，她今日出來，就是當個襯托表姐的擺設，曬曬太陽看看書罷了。

正想著，冷不防身側有人輕聲喊道：「他們來了！」

夏承秀抬眼一看，就見泗水濱前的長柳岸邊，自遠而近走來一群少年，為首的少年穿著一身銀袍，這顏色實在太扎眼了，但他生的俊俏，個子又高，竟不覺得奇怪，他的頭髮束成馬尾，紮得很高，眉眼間盡是桀驁不馴，似是有些煩躁不耐，將他在一眾少年中，襯得格外不同。

人人都說朔京城中有三美，肖大公子和若春風，肖二公子澶如秋水，楚四公子雅如幽蘭，這少年卻似一柄銀槍，有些誇張，過分華麗，卻又帶著一股率直的衝動。

春日裡走出來的俊俏少年郎，總是格外美好，饒是夏承秀平日對這些事並不怎麼感興趣，也忍不住多看了兩眼，心道以這人的容色，應當可以算作第四美的。

正想著，坐在夏芊芊身側的小姐就推了夏芊芊一把，低聲道：「芊芊，這就是燕公子，看起來同妳可真般配！」

夏芊芊莫名有些臉紅。

來之前，她雖然聽過燕賀的名字，卻並未見過真人，不知道他長得是何模樣，今日一見，才知道原來他生的如此俊俏。一時間，有些心動了。

那群少年們並未走近，遠遠的，幾個少年嘻嘻哈哈的，也拿出準備好的紙鳶，趁著東風開始玩樂。

泗水病的長空上，一時飛著許多紙鳶、沙燕、喜鵲、二龍戲珠……

銀袍少年被人簇擁著，推搡著，終於滿臉不耐煩地令人拿來一支「黑金剛」，握在手上。「黑金剛」飛得很快，這少年很會放紙鳶，少女們遠遠瞧著，都忍不住暗暗喝彩，卻又說不出為之喝彩的，究竟是那支飛得最高的紙鳶，還是放紙鳶的少年。

夏芊芊瞧著瞧著，忽然站起身，笑道：「我們也去放。」

其實在此之前，小姐們已經放了一陣子了，只是這些富家小姐們體力嬌弱，放了一陣子就要坐下休息，剩下的就交給下人。夏芊芊站起身，走到正放著她那支「百蝶圖」的婢子邊，道：「我來吧。」

坐在長席邊的小姐們立刻笑起來，有人小聲道：「看來芊芊是喜歡了。」

夏承秀聞言有些不解，不過沒有開口，她本來就不是一個多話的人。只是見著夏芊芊扯著紙鳶的線，往河邊走，再看天上的兩支紙鳶距離越來越近，猶豫著要不要開口提醒，下一刻，就聽見自己的表姐嘴裡「哎呀」一聲驚呼，那支「百蝶圖」和「黑金剛」的線繞在了一起，糾糾纏纏撞成一團，往樹林那頭栽去。

身側的貴女們笑得更大聲了，伴隨著低聲地議論：「芊芊好手段。」

夏芊芊手裡還握著紙鳶線團，神情是不知所措的慌亂，眼裡卻有著得意的竊喜。

她對自己容貌有著十足的自信，若她想要抓住一個少年的心，應當不是困難的事。她今日的妝容很美，裙子也很漂亮。她回頭看了那正蹙眉盯著糾纏在一起的紙鳶的銀袍少年一眼，一轉身往紙鳶掉下去的樹林裡跑去。

與此同時，坐在一邊的夏承秀也放下手中的書，站起身來。

身側的貴女問：「乘秀姑娘，妳是要做什麼？」

「姐姐的紙鳶掉了，我去幫忙。」夏承秀回答。

「妳去幫什麼倒忙。」說話的貴女捂著嘴笑，看她的目光像是看個傻子，又含著複雜的酸氣，「芊芊現在才不需要妳幫忙呢。」

夏承秀抿了抿唇，到底是不放心夏芊芊一個人，便提著裙子跑了過去。

貴女們喚了她幾聲，見她不理會，也就罷了。

紙鳶掉進的那一處樹林，離河邊並不遠，只是裡頭生長著叢叢灌木，女孩子在裡頭走，要當心帶刺的枝葉劃破裙角。夏承秀費力地撥開草木，見不遠處露出表姐茜色衣裙的一角，心頭一鬆，正要走過去，突然聽到夏芊芊開口：「燕公子。」

夏承秀的動作一頓，這才看見夏芊芊面前還站著一個人，是那位今日相看的主角，燕公子。

夏芊芊的聲音溫柔甜美，帶著幾分慌張和歉意，「燕公子，對不起，我不是故意的。」

燕賀只是蹙眉看著她。

他的目光明亮又銳利，看得夏芊芊無端有幾分心虛，夏芊芊不安地抓著衣角：「燕公子，現在紙鳶纏在一起，怎麼辦呢？」

夏芊芊眉眼含羞，聲音甜蜜，夏承秀終於後知後覺的明白了表姐大概在「勾引」這位燕公子，只是她現在走也來不及了，怕驚動兩人，只得被迫觀看接下來的畫面，一邊心想，接下來這位燕公子大概會說「沒關係，不關妳的事」諸如此類的話，再輕言安慰，送夏芊芊回家，之後這樁親事就定了……應該是這樣的了吧？

「沒關係。」剛想到這裡，前面就傳來那少年的聲音，夏承秀心道果然如此，抬眼看去，就看見燕賀滿不在乎的一笑，順手抽出腰間小刀，乾脆俐落的將兩支紙鳶間糾纏的絲線一刀斬斷。

夏承秀目瞪口呆。

震驚的不只她一人，夏芊芊愣了片刻才問：「你在做什麼？」

「這樣就分開了。」燕賀將刀收好：「妳放心，我這人心胸寬大，妳故意弄壞我紙鳶這件事，我不會跟妳計較的。」

夏芊芊長這麼大，從來都是被人捧著的，何曾有人這般對她說話，一時間，羞恥感湧上心頭，帶著哭腔喊道：「誰故意弄壞你的紙鳶！」摑了燕賀一巴掌，提起裙子哭著跑了。

夏承秀嚇得大氣也不敢出，心道這個燕公子真是出人預料……

「喂，」有人沒好氣的聲音響起，「那邊那個偷看的，看夠了嗎？」

夏承秀一怔，被發現了？

下一刻，那人已經走到她的面前。

夏承秀下意識後退一步。

湊近看，這個叫燕賀的少年，長得確實很俊俏，就是看人的時候總帶著幾分居高臨下。

燕賀瞧見夏承秀，亦是一怔，蹙眉道：「是妳。」

在長席邊的貴女群中，他老早就看見夏承秀了，她既不與那些貴女交談說笑，也不去放紙鳶，只是坐在夏芊芊身邊看書，跟個擺設一樣。

「剛剛那個，」他問：「是妳什麼人？」

夏承秀道：「表姐。」

燕賀「哼」了一聲，厭惡地開口：「造作。」一把推開夏承秀，往前走去。

夏承秀沒想道燕賀會突然推自己，她一個手不能提肩不能扛的小姐，燕賀是習武之人，被這麼一推，後退幾步，沒留神手擦過帶刺的樹枝，霎時間手背多了一條紅痕。

白皙的皮膚上多了這麼一條紅痕，看起來十分刺眼，燕賀也愣住了，沒料到這嬌滴滴的小姐如此易碎，怎麼碰一下都能受傷，他有點煩躁，又不能坐視不理，上前一步欲探看她的傷勢，沒料到夏承秀立刻後退一步。

「妳受傷了。」燕賀道。

「我知道，」夏承秀神情沉靜，似是沒有將手背的傷口放在心上，語氣平淡，「但是男女授受不親。」

燕賀有點費解，面前的女孩子遠遠不及夏芊芊明麗，穿著淺鵝黃的裙子，脂粉未施，看起來是不懂情事的年紀，怎麼就「授受不親」了？

他道：「小丫頭年紀不大，倒挺古板。」

夏承秀只是側身避著他：「我心胸寬大，燕公子故意推我這件事，我是不會跟燕公子計較的。」

燕賀愕然。

夏承秀說完這句話，轉身就走，燕賀摸著下巴，這傢伙是給她表姐報仇呢。他還是第一次被女子這般嗆聲，看起來斯斯文文，原來不是個吃悶虧的主兒。

夏承秀離開樹林後，長席上的貴女們已經三三兩兩的散了，大概是夏芊芊在燕賀這裡找了不痛快，哭著坐馬車要回去，夏承秀匆匆跟上。以至於燕賀出來的時候，那群貴女們已經各自登上了馬車。

先前長席邊的草叢裡，還躺著一本書。燕賀記得來的時候只有夏承秀坐在這裡看書，這書大概是她的，走得匆忙忘記了。他俯身撿起，翻開來看，是一本遊記。上頭有人標注，字跡極漂亮，清雅舒展，讓人想起剛剛在樹林裡，不動聲色嗆他的姑娘。

燕賀撇了撇嘴，低聲道：「書呆子。」卻又鬼使神差的，將那本遊記揣進懷裡。

同夏芊芊的這次相看，自然無疾而終。夏芊芊的父母，甚至有一段時間對燕統領橫眉冷對，燕統領回頭將燕賀罵了個狗血淋頭，燕賀本人不以為然。

但這樁「親事」，就此沒有了後續。

時日過得飛快，又過了一年，夏承秀十七歲了，夏大人思索著，應當為夏承秀開始相看朔京城裡合適的青年才俊。

燕賀回府的時候，聽見自家母親正與姨母商量，要撮合自己的表哥與夏承秀。

「夏承秀？」燕賀往屋裡走的腳步停住了，扭頭問道：「可是國子監祭酒府上的小姐？」

「你怎麼知道？」燕母疑惑地問：「你不是最記不得這些小姐的名字了嗎？」

燕賀沒有回答母親的問題，只皺眉問：「表哥比我還年長兩歲，那夏小姐年紀還小吧？論年紀，不是我更合適嗎？」

燕統領罵他：「夏小姐是書香門第，知書達理，你不是說你最討厭舞文弄墨的人了嗎？你不是最討厭書呆子了嗎？撮合你，你願意嗎？」

燕賀沒說話，回到自己屋裡，望著窗外的池塘發了半日的呆，從書桌抽屜最底下抽出一本書來。

那是一本遊記。

當日大半夜，燕府裡狗都睡著的時候，燕賀披著外裳敲響了自家爹娘寢屋的大門。

「燕南光你大半夜的嚇死人，到底要幹什麼！」燕統領怒不可遏。

燕賀道：「我願意。」

那之後，就是漫長的追逐日子。

燕賀費盡心思，去討美人歡心。夏大人很凶又古板，燕賀每次見了他都有點怕，比夏大人更可怕的是夏承秀，分明是個手無縛雞之力的小書呆子，可是每次她只是用那雙沉靜的眸子看他，燕賀就不知所措了。

燕統領在家裡罵他：「平日裡跟個鬥雞一樣，怎麼連正經追姑娘都不會！人家為什麼看不上你，你自己不能好好想想嗎？」

燕賀想不出來，他覺得自己挺好，姿容出色，身手矯捷，家世不差，在朔京城的青年才俊中數一數二，夏承秀為什麼沒看上他，肯定是因為那小書呆子根本不懂得如何欣賞男人，有眼無珠。但這話他不敢當著夏承秀的面講。

見兒子整日心事重重，燕夫人既欣慰又無奈，只得旁敲側擊的敲打他：「你既然喜歡人家，就對人家好一點。多關心照顧姑娘家一點，夏姑娘總歸能看見你的好。」

燕賀覺得他娘說的有道理，不過，他不懂要怎麼對一個人好，送的首飾衣綢都被退了回來，寫的情詩第二日又回到自己小廝手中。他有時候也會懊惱，當初第一次見夏承秀，不應該表現的那般粗魯輕狂，好過如今拼命補救，仍覺成效不佳。

一個天子驕子，終於感受到了為愛忐忑，輾轉難眠的滋味。

而無論他對夏承秀如何，這個姑娘，從頭到尾待他都是不冷不熱的。所以讓燕統領上夏府提親的時候，燕賀一開始，是抱著失敗的心情去的。可是他馬上要領兵出征了，戰場上生死無常，如果不提親，他怕自己再也沒了機會，嘗試過後失望，總比沒有嘗試過就失望好一點。

他是這樣想的，但沒想到，燕家的提親，夏大人竟然答應了。

他不敢置信。

這本是一件喜事，可臨到頭了，燕賀自己反倒退縮了，如果他此去死了，定了親，夏承秀豈不是要背上剋夫的罵名？

他心事重重地走出夏家，快出門的時，有人在背後叫他：「燕公子。」

燕賀回頭一看，夏承秀站在他身後，安靜地望著自己。

「我……」燕賀一時詞窮。

「燕公子。」這個寡言安靜的姑娘，第一次對他綻開笑容，溫柔清婉，如泗水濱邊的春柳，全是茸茸暖意。

「早點回來。」她道。

他愣了一下，莫名其妙的臉紅了，就在日光下直勾勾地盯著這姑娘，盯得夏承秀身側的婢子拿出掃帚準備攆人時，才輕咳一聲，小聲道：「我會的。」

走了兩步，回過頭來，若無其事的補了一句：「妳等我。」

每次燕賀出征時，夏承秀都會在府裡等著他。從一個人變成了兩個人等，最終等來的卻是噩耗。

燕賀走後的第一年，所有人都認為夏承秀會以淚洗面，終日哀傷，但她表現出來的，是令人心驚的平靜。

慕夏被她照顧的很好，林雙鶴時常來看看。夏承秀仍然會笑，有條不紊地做著手裡的事，只是有時夜裡醒來，會下意識的摸一摸身邊，直到手觸及到冰涼的床褥，才察覺溫暖自己的那個人已經不在了，終是慢慢的沉默下來。

燕賀走後的第五年，燕統領和燕夫人主動勸夏承秀改嫁。夏承秀這個年紀，並不算大，朔京城裡也不是沒有寡婦改嫁的。她性情溫和柔婉，又是夏大人的女兒，來說道的人家裡，未必沒有好的。被夏承秀婉言謝絕了。

夏承秀道：「我有慕夏，已經夠了。」

京城裡新開了「詠絮堂」，夏承秀常常去幫忙，她將自己的生活安排的滿滿當當，繼續過著沒有燕賀的生活。禾晏常常來找她說話，夏承秀知道她是擔心自己，不過，自小到大，她就是個不會讓人擔心的性子。就如當年燕賀第一次看到的她那樣，從不讓自己吃虧。

燕賀走後的第十年，慕夏已經有了小少年的模樣，他眉眼生的很像燕賀，又比燕賀多了幾分秀氣。槍術耍得很好。禾晏與肖玨得了空都會來指點他劍術。他時常挑釁肖玨，束著高高的馬尾，手持銀槍，道：「肖都督，再過幾年，你必成我手下敗將。」

當然，結局就是被肖珏丟到樹上。不過，他雖打不過肖珏，卻是借著比試的名義在肖遙的身上找回了場子，所謂「父債女償」。

燕賀走後的第十五年，慕夏有了喜歡的姑娘。

少年人正看著手中的東西發怔，見母親進來，忙不迭地藏起心上人送自己的香囊，夏承秀了然一笑，在他身邊坐了下來。

「你很喜歡這個姑娘啊？」她問。

燕慕夏下意識反駁，「誰喜歡她了？」耳根卻悄悄紅了。

夏承秀摸了摸他的頭：「那你記得對她好一點。」

少年故作鎮定地別開目光，憋著一張紅臉，沒什麼底氣地道：「哼。」

燕賀走後的第二十年，燕慕夏娶了戶部尚書的千金，正是他十五歲喜歡的那個姑娘，誕下一個女兒，取名燕寶瑟，小字嫋嫋。

燕慕夏對嫋嫋母女很好，當年朔京城傳言歸德中郎將燕南光是個妻管嚴，如今見到燕慕夏待妻女的模樣，才知是子承父業，一脈相承。

嫋嫋長得像娘親，和祖母夏承秀最親，她的性子不如燕慕夏飛揚，也不如娘親活潑，旁人都說，極似當年的夏承秀，溫和沉靜，柔軟堅強。

燕賀走後第二十五年，五歲的嫋嫋在府中玩耍，從祖父舊時的床底下翻出一個布包。

燕賀的書房，這些年一直沒有人動過，保持著原先的模樣，每日都會由夏承秀親自打掃，一堅持就是二十多年。沒留神讓嫋嫋溜了進去，嫋嫋個子小，鑽到了書房小榻最裡面，竟找到了被紅布包著的寶貝。想了想，嫋嫋還是獻寶般將布包交到夏承秀手中。

時隔多年，再看到燕賀留下來的東西，夏承秀撫著紅布的手竟有些顫抖。她打開布包，日光從窗外透進來，曬得她微微瞇起眼睛，這麼多年過去，她已經老了，眼睛不如過去清明，看了好一會兒才看清楚，那是一本書，上面寫些《歡喜遊記》。

這書存放了很久，書頁泛黃，又因長年放在陰暗處，有種腐朽的潮意。嫋嫋早已被院外的百靈鳥吸引跑了出去，夏承秀的目光長長久久落在這書頁上，終是想起當年某個春日，她隨著表姐前去泗水濱踏青賞花，遺落的那本書。

那時候她才十六歲，正是最好的年華，就在那個春日裡，泗水濱的紙鳶纏纏繞繞，少年一刀斬斷了對面姑娘的情絲，果斷的像個沒有感情的惡人，一轉身，卻在另一人身後，拾起她遺落的遊記，珍藏了這麼多年。

她緩緩地翻開書頁，隨即愣住了。

書籍的扉頁，不知何時，被偷偷摸摸寫上一行小字。

——「花深深，柳陰陰。度柳穿花覓信音。君心負妾心。」

字跡剛硬輕狂，一看就是男子所書，她並不陌生，那是燕賀的字跡。

時光倏忽而過，一瞬間，似乎穿越多年的歲月，看見對面銀袍馬尾的輕狂少年坐在案前，煩躁不安地咬著筆桿，幾乎是咬牙切齒的在扉頁上寫下這麼一句飽含委屈和埋怨的詩句。彷彿怨婦痛斥心硬如鐵的負心人一般。

誰能想到這是燕賀能做出來的事？

夏承秀愕然片刻，「噗嗤」一聲笑了。

日光溫柔的落在她髮間，將她已生的星點白髮都模糊了，笑靨如花的模樣，如第一次動心的的二八少女，盡是甜蜜與開懷。

當日夜裡，她就見到了燕賀。

他如多年前一般，穿著簇新的銀袍，姿態狂妄又囂張，站在她面前。而她穿著鵝黃的薄裙，嫋嫋婷婷，站在他面前，語氣平靜地質問：「你為什麼拿走我的書？」

少年人不可一世的神情迅速變化，慌亂轉瞬而生，卻還要竭力維持鎮定，輕咳一聲道：「我撿到的，就是我的。」

「你還在上面亂塗亂畫。」她溫和地指出他的惡行。

燕賀的臉更紅了，辯解道：「那不是亂塗亂畫……」

「不是亂塗亂畫是什麼？」

「是……」他煩躁地撥了一下馬尾，語氣有點破罐子破摔的凶狠，尾音卻帶了一絲委屈，「就是妳想的那個意思！」

夏承秀盯著他不說話。

他如紙老虎，問：「妳……妳看我幹什麼？」

夏承秀忍不住笑了。燕賀不知所措地看著她，過了一會兒，似是被夏承秀的笑所感染，也跟著笑了起來，躊躇著伸出手，想去拉夏承秀的手……

「啪——」

風把窗吹得作響，夏承秀睜開眼睛，沒有燕賀，身側的床褥空空蕩蕩。她默然望著帳子半晌，慢慢坐起身，赤腳下了床。

夜深了，地上很涼。

這是燕賀走後的第二十五個春日，她從夢中醒來，悲不能寐，慢慢坐在地上，將頭埋進膝蓋，這麼多年間，第一次無聲痛哭起來。

說日子過得慢，一日也是漫長，說過得快，眨眼就是一生。

燕賀走後的第三十年，夏承秀病故了。

子孫們守在她榻前，這女子一生沉靜溫和，永遠從容和婉，臨終之際，只將一本書交到燕慕夏手中，囑咐他將自己與燕賀合葬。

棺槨入土時，是一個風和日麗的晴日，泗水濱的紙鳶飛滿長空，芍藥開的嫣紅多情，如多年前的某日，他從滿是新柳的長堤走來，俯身拾起那本遊記，卻在無意間，遺落了滿心歡喜的少年心事。

番外、長願

肖遙六歲時，入詠絮堂進學。

如今大魏女子書院遍布各處，無論是富貴官家還是平民百姓家的女兒，皆可如男子一般入學。朝中亦開始考量廢除只允男子科舉拜官的時策，想來過不了多久，大魏也要出幾個女狀元了。

因如此，各家養女兒的，格外盡心教導，指望著自家閨女能在今後的應試中一鳴驚人，替家族光耀門楣。

不過，這期望並沒有落到肖家。

因為肖遙看上去實在不像是女狀元的苗子。

這小姑娘幼時瞧著文靜乖巧，聰慧可愛，旁人常說，一看就是個讀書的料，頗有乃父之風。誰知道肖遙於念書一事上，卻是實實在在的隨了母親。十分努力，依舊倒數。

肖玨自小念書就出色，從前在賢昌館時，沒考過第二。少時試卷現在都放在賢昌館用來激勵後輩，偏生的女兒卻是執著，次次拿著倒數第一回來，從無例外。

來肖家串門的林雙鶴看著好友對著女兒考卷一臉疲倦地揉著眉心時，忍不住幸災樂禍道：「如今我才知道，原來上天是公平的。嘖嘖嘖，肖懷瑾，你現在可知道當年我們這些學問不佳的同窗心情了吧！」

「這就叫，風水輪流轉，今日到我家！」

肖玨淡淡地看他一眼：「等你也生了女兒再來跟我說這句話。」

林雙鶴冷不防心上被扎了一刀，他如今連夫人都沒有，哪裡來的女兒，遂一展扇子，憤憤道：「要什麼女兒，我可不想隔三差五被請到書院訓話。」

肖玨：「……」

肖遙雖在念書一事上無甚天分，身手卻極好，畢竟爹娘都是大魏悍將。小姑娘剛進書院不到半年就打遍書院無敵手。她不僅身手好，還性情衝動，愛打抱不平，與燕慕夏拜了把子成了兄弟，結成「世間不平自有我做主正義武盟」，二人一個左盟主一個右盟主，成日在京城「行俠仗義」，惹得雞飛狗跳無數。

以至於夏承秀與肖玨時時要出來為小崽子們擦屁股，書院的夫子隔三差五就請他們二人來坐坐。

不過燕慕夏雖然愛闖禍，念書卻隨了他父親燕賀，從未落下，次次考第一，先生們總對他偏愛幾分。肖遙就不同了，一個總是倒數卻又愛伸張正義的女英雄，在這世間受到的為難總是更多。

今日是出月試結果的日子，肖玨下差得早，去書院門口等她放學。

小姑娘背著白容微縫的粉色小書袋，蹦蹦跳跳的與肖佩佩拉著手出來。一見到肖玨，便高高興興地撲了上去：「爹爹！」

肖玨對她露出笑，彎腰將她抱起來。

肖佩佩比肖遙纖瘦高挑一些，看起來沉靜得多。只站在一邊，微笑著看向肖玨：「二叔。」

肖佩佩在詠絮堂可是個香餑餑，肖家子弟會念書的血脈，在肖佩佩身上延續了下去。和肖遙不同，佩佩兩歲識字，三歲背詩，五歲就能出口成章了，又次次校考都是頭名，實在很受書院夫子們的喜愛。

肖遙摟著肖玨的脖子，笑咪咪道：「爹爹，我這次月試進步了！」

「哦？」肖玨眉梢一動，這半年以來，肖遙次次倒數第一，結果已經無甚懸念了。陡然得此喜訊，遂問：「進步了多少？」

小姑娘伸出一根手指在他面前晃了晃，得意道：「我進步了——整整一名！」

倒數第一進步一名，也就是倒數第二。

肖玨：「……了不起。」

似是窺見了肖玨心底的複雜情緒，肖佩佩善解人意地開口：「二叔，遙遙這月念書念得很是認真，白日裡還常常請教先生題目，能進步一名，是努力的成果。」

不說此話還好，一說此話，肖玨心中更複雜了。努力從倒數第一考到倒數第二，也不知是隨了誰。

他拍了拍肖遙的腦袋，將先買好的糖葫蘆遞給肖佩佩，笑道：「說得不錯，晚上慶祝一下。」

晚上為了慶祝肖遙從倒數第一進步到倒數第二，白容薇吩咐廚房做了好大一桌菜。禾晏趕不上回來吃，近來場上新來了一批新兵，她披星戴月早出晚歸的，忙得不可開交。

是以禾晏回來時，肖遙已經睡下了。

屋子裡點著燈，肖玨披著件中衣正在燈下看書。自古燈下看美人，這人本來就生得俊美風姿，如今年歲漸長，越發誘人。黑髮垂在肩頭，側臉英俊，整個人瞧著如玉如冰。

禾晏剛洗完澡，從背後抱住他的肩膀，在他臉上親了一口：「肖都督，這麼晚了還這麼努力，想把誰比下去啊。」

肖玨無言，只道：「給妳留了飯菜，我讓廚房熱熱。」

「我在校驗場吃過了。」禾晏看著他，伸出一根手指點了點他的額心，「怎麼瞧著有心事？肖都督有什麼不開心的，不如說來我聽聽。」

肖玨抬眼看向眼前人。

女子容貌秀美英氣，一雙眼睛清澈又盈滿朝氣，時時刻刻精神飽滿神采飛揚。她如今是大魏的歸月將軍，受百姓愛戴，君王器重，過得恣意灑脫，眉眼間都是瀟灑，再不見當年賢昌館進學時的膽怯隱忍。

這樣的禾晏看多了，他都快記不起那個戴面具的同窗了。要不是如今的肖遙於念書一事上重演了母親當年的境況，他差點忘記，禾晏也是一個從倒數第一進步到倒數第二，垂頭喪氣屢敗屢戰的小姑娘。

他忍不住有了一絲笑意。

禾晏狐疑地看向他，摸了摸自己的肩膀：「你那是什麼眼神，看得我雞皮疙瘩都起來了。不過，這是什麼，」她順手摸向肖珏桌前的書卷，「誰家的考卷嗎？」

下一刻，禾晏就被滿考卷鮮紅的筆跡震住了。

她道：「遙……遙遙的啊。」

這考卷粗獷飛揚的程度，比她當年有過之而無不及。

「不高興嗎？」肖珏挑眉，注意著她的神情，「妳女兒這次可進步了。」

「嗯？」禾晏面色一喜，「果真？」

「真的。」他慢條斯理地開口，「從倒數第一進步到倒數第二。」

禾晏：「……」

真是好一個有其母必有其女，不愧是她的女兒。

她絞盡腦汁地為肖遙開脫：「我覺得，有進步是好事，學如逆水行舟不進則退，她現在進了，我們應當鼓勵，對吧？」

肖珏：「既是好事，妳心虛什麼？」

禾晏：「……」

她心虛什麼？自然是心虛怕旁人說肖遙於念書一事上沒有天分是隨了她啊！

雖然這可能是事實。

縱觀她周圍的人，青梅家老大也好，燕慕夏也好，每次月試完都是喜氣洋洋，唯有他們家瞧著尷尬。詠絮堂的先生曾委婉地告訴他們夫妻二人，以肖遙的資質，從武比習文更好。

禾晏也不是真想要肖遙考個女狀元，只是讀書明理，未來從武也好，做別的也好，總好過一無所知。

她嘆了口氣：「肖玨，對不住。這事兒怨我。」

肖玨是賢昌館第一，肖璟和白容薇才華橫溢，肖佩佩詩文出眾。整個家裡就她一個念書拖後腿的，這鍋她真是不想背也得背。

不等肖玨說話，她又往前湊近一點，道：「說起來，當年我也如遙遙一般，次次倒數。多虧肖都督暗中與我授小課，可遙遙如今念的是女子書院，也沒個青梅竹馬的俊俏少年來暗中為她授小課……」兀自想著不著調的事，禾晏思緒越發飛揚，「要真有就好了，一來能幫遙遙進步，二來，說不準還能培養個小女婿。」

「胡說八道。」禾晏的話顯然戳到肖玨某個痛點，聞言神色驟然一冷，道：「什麼女婿，想都別想！」

禾晏盯著他：「你這麼生氣做什麼，日後遙遙要是真看上哪家少年，莫非你還能攔著她？」她又笑咪咪地湊上前，語氣調侃，「說不準她也與我一般，一挑，就挑到最好的。」

肖玨不言，只哼笑一聲。

禾晏近來甜言蜜語的功力見長，演武場不少已有妻室的教頭，禾晏與他們一起操練的時候常聽這些教頭談論哄夫人的高招。聽得多了，一些話也是信手拈來，別的不說，反正肖玨很吃這套。

禾晏摟著他的脖子，嘆氣道：「我們肖都督還真是命苦，少時要教夫人，如今又要教女兒。我能教她騎馬舞劍，念書一事上確實愛莫能助。只能辛苦你了。」她眨了眨眼睛，「你就跟教我一樣教她唄。我瞧著青出於藍而勝於藍，遙遙比我肯學。說不定爭取爭取，還能爭取個倒數第三呢！」

聞言，肖珏被氣笑了，他盯著禾晏：「妳還挺得意是嗎？」

「進步了就該獎勵。」

「嗯。」他揚眉，乾脆俐落地將禾晏抱起，往榻邊走去，「今日肖遙進步一名，是該舉家慶祝。獎勵妳教女有方，女英雄生了個小女英雄。」

「過獎過獎。」禾晏欣然接受他的誇獎，抱拳道：「軍功也有你一半，我可不敢貪功。」

二人笑鬧間，屋中暖帳落下。

起夜的肖遙瞧見爹娘屋中燈火幽暗，迷茫地揉了揉眼睛，喃喃道：「爹娘這麼晚了還沒睡啊？」

青梅輕咳一聲：「少夫人和少爺還在處理公務呢，小小姐不必擔心。」

肖遙似懂非懂地點點頭，心中暗暗道：「爹娘如此用功，倒是我貪懶了……明日一定要更加努力念書才行。」

這頭肖遙的努力還未迎來下一次月試的倒數第三，中秋到了。

如今大魏兵強馬壯，天下太平，年年中秋，京城都熱鬧得很。中秋宴各戶都要辦，禾晏與肖珏在朝為官，收到的帖子堆得厚厚一疊。

禾晏在其中選了幾場，青梅皺眉道：「夫人一夜要去三場，也太趕了吧！」

禾晏扳著指頭給她算：「營裡那場肯定要去的，都是過命的兄弟，我若不去像什麼樣子。同僚那場也是要去的，雖然都是酒肉吹捧……陛下都發話了，也不能太叛逆。咱們自家人這場肯定更不能缺。別怕，區區三場，我肯定沒問題。」

「夫人嘴上說得輕鬆。」青梅一邊替她在妝匣裡找合適的首飾，一邊埋怨，「去年也是這般說的，結果被那些老東西灌醉了送回來，少爺發了好大的火。」

她這麼一說，禾晏才記起，去年她剛領了陛下賞賜，朝中有些人對她不滿，故意將她灌醉。回頭肖玨來接人時，差點將宴席桌子給劈碎了。後來還有人將此事參到天子案前，說肖懷瑾目無同僚，十分狂妄。

不過天子並未理會。大魏封雲將軍愛妻如命，早已舉朝皆知。對帝王來說，一個疼愛妻子、有家眷軟肋的臣子，總歸更讓人放心。

禾晏想了想，道：「那我提前帶幾顆醒酒丸在身上。」

等收拾好後，禾晏先去了自己營下的酒宴。

肖玨去九旗營那頭了，禾晏如今的兵馬與他不同。酒宴直接設在演武場中央，圓月升起來，將演武場照得雪白。

營中沒那麼多規矩，禾晏素來又十分親和，與她相熟的下屬便道：「將軍，這裡！」

禾晏走過去，微微一愣：「小麥？你怎麼來了？」

眼前男子已然褪去少年的天真與稚氣，看起來是個男子漢了。他膚色曬黑了一些，不說話的時候，神情與當初的石頭很像。石頭走後，小麥迅速成長，他箭術不錯，心志堅定，這些年，也是個小武官了。

「今日中秋，王霸哥自己做的月團，他走不開，托我給阿禾哥送來。」小麥笑道。他每次叫禾晏「阿禾哥」時，總讓禾晏想起過去在涼州衛時的日子。也讓禾晏覺得，世上有些事情變了，但有些事情，永遠不會改變。

王霸如今已經不在營裡了，他年紀稍大，放不下自己山裡的那幫孩子。恰好江蛟家裡開武館缺人，便帶著山中那一幫孩子在江家武館裡幫忙。那些孩子也能隨著王霸學武，想來再過幾年，又是一群意氣風發好兒郎。

至於江蛟……近來他在準備親事，年後就要娶妻。未婚妻是本地一戶珠寶商戶家的大小姐，傾慕江蛟年少風采，請了媒人上門。禾晏沒見過那姑娘，聽王霸說生得花容月貌，一見面就將江蛟迷住了，天天學著別人寫酸詩，黏黏呼呼的。

禾晏覺得王霸這話說得，很有幾分酸氣。

不過他想要娶妻，在將自己暴躁脾氣改好之前，恐怕有些困難。

和下屬們在一起的酒宴總是最輕鬆的，禾晏和一腔精力無數釋放的孩子們比完箭術比馬術，比完馬術比博戲，又陪他們喝了一壇酒，聽完兩個葷段子，才匆匆趕往下一場。

這一場酒宴，則設在京中的天芳閣。都是同僚和家眷，酒席是最豐盛的，風景是最風雅的，客人是最煩人的。

禾晏很不耐煩應付這些。

才到天芳閣門前，還未進去，就有人大聲喊道：「禾將軍來了！」

禾晏深吸一口氣，一腳踏進去，笑道：「不好意思各位，我來晚了。」

眾人都抬眼朝她望去。

她今日穿了件深紅繡蝠紋圓領錦袍，袖口和腰身都收窄。成日在演武場裡打轉的人，身段自然出色，看起來高挑修長又蘊含力量。偏又長了一張英氣又秀麗的臉，長髮用小小的銀冠高高豎起，眉眼顧盼間神采飛揚，讓在座賓客都忍不住眼前一亮。

這人扮男裝英姿颯爽，扮女裝亦明朗清麗，朝中好些人都罵肖玨妻管嚴，堂堂男兒，凡事總隨婦人胡鬧，夫綱何在？但每每看到歸月將軍賞心悅目的身影，又忍不住捫心自問，要是換了自己，會對歸月將軍如此寬容嗎？

應該……會的吧。

畢竟歸月將軍長得還挺好看的。

禾晏不知自己這一桌同僚百轉千迴的心思，在一眾質疑、豔羨、妒忌、欣賞的複雜目光中，在肖玨身邊坐了下來。

肖玨聞到她身上的酒氣，頓了頓，道：「喝酒了？」

「推不掉嘛。」禾晏面不改色地說謊，「就喝了一杯，我還帶了醒酒丸。」

肖玨看了她一眼，沒有拆穿她這不走心的瞎話。

倒是禾晏湊近他，悄聲贊道：「肖都督這新衣裳真好看。」

禾晏素日裡忙得很，自己的新衣都常常忘了做，白容薇實在看不下去她翻來覆去就那幾件常服，每次有了新料子，先讓人給禾晏和肖珏做了。

這身深藍滾邊寶相花錦緞是白容薇新得的料子，肖璟素來穿淡色，料子就給了肖珏做錦衣。這顏色極適合他，非但不顯得老成，反將他眉眼襯得清冷矜貴，格外出挑。把這一群同僚都襯得俗氣又灰暗。

禾晏也在心中暗暗讚嘆自己的好眼光。

肖珏長得好，有時候演武場上累一天，回來看看肖珏的臉，就感覺好像沒那麼累了。只是出挑的人到哪都出挑，旁人又不是瞎子，這份好顏色自然也落入別人眼中。禾晏就瞧見，隔壁女眷席上，有小姑娘頻頻朝這頭肖珏的位子看來。

一旁有看熱鬧不嫌事大的同僚對禾晏低聲道：「那是沈御史夫人娘家的姪女，今年才十六歲，聽說琴棋書畫樣樣精通，近來在京中很出名呢。」

禾晏點頭，贊道：「真有才華。」

同僚見她如此，不甘心道：「長得亦是出色，比當初的京城第一美人還要美上三分。」

禾晏低頭喝酒：「確實很美。」

同僚氣悶，索性道：「我瞧著她頻頻看向肖將軍……」

禾晏將酒杯往桌上重中一頓。

眾人目光都朝她看來。

同僚心中一喜，這是挑撥成功了？

禾晏嘆道：「好酒！」

同僚：「……」

肖玨一把將她手中的酒盞奪走，道：「少喝點。」

禾晏嘆了口氣：「你管得真寬。」

卻沒再動酒盞了。

因有去年的前車之鑑，今年沒有不長眼的同僚過來灌禾晏酒了。誠然，也是因為肖玨就在旁邊。誰不知道肖二少爺記仇得很，誰要是為難了他夫人，可能他夫人自己都忘了，肖二少爺也會在未來某一天讓人加倍奉還。

是以，沒人會在明面上想不開。

酒酣耳熱之際，肖玨離席，去外頭吩咐人送點茶水過來。禾晏酒量不好，說帶了醒酒丸，誰知道她喝了多少。天芳閣外的花園裡，秋菊淋漓盛開，姹紫嫣紅的一大片淋上銀白月光，如映了斑斕的雪。

遠處有人來了。

「肖將軍。」女子走到他面前，說話帶幾分羞澀。

是個精心打扮的年輕姑娘，淡粉如意煙紋裙迤邐及地，將人襯得嫋嫋婷婷，膚光若雪，極為清純嬌美。她望著肖玨，嬌靨慢慢騰起一陣紅暈，越發楚楚動人。

肖玨只看了她一眼，移開目光，彷彿沒瞧見她這個人般，逕自越過她往前走去。

美人臉色一白，有些著急地道：「肖將軍！」

肖玨的聲音冷淡，似含幾分不耐：「有事？」

柳媛咬著唇看他。

她並非第一次見肖珏，來京不久後，有一次隨兄長從演武場外經過，恰好見肖珏操練手下，那時候，她就對肖珏一見鍾情。

這樣英武不俗、風姿出眾的青年，卻已有妻室。若這妻室是個光豔逼人、文采斐然的大美人便罷了，偏偏是個舞刀弄槍的武官。

女子就應溫柔綿順，為夫君打整府邸，開枝散葉才對。可肖珏的夫人禾晏，每日忙著練兵舞劍，根本未將心思放在自己夫君身上。聽聞肖珏的衣物還是他大嫂準備，而禾晏更不會有時間替他管家，成親至今多年，甚至只有一個女兒……一樁樁一件件，哪裡有為人賢妻的模樣？

柳媛在心裡為肖珏不值，也替自己不甘心。

她自認容色出眾，才華橫溢，禾晏根本比不上自己。若她是肖二夫人，絕不會是禾晏這般憊懶的模樣。她會精心照顧肖珏，替他打理好家中一切，更為肖珏誕下嫡子……

她會比禾晏更好。

「肖將軍……」柳媛鼓起勇氣道：「方才您在席上替夫人多喝了幾杯，烈酒傷身，小女已經令廚房做了些清爽茶點解酒……」

月光流過面前人身上，她低著頭，沒太看清楚肖珏的神情，只見肖珏沒說話，彷彿得了鼓勵，大著膽子道：「夫人實在是太不夠體貼了，女子家成日舞刀弄家、不通人情世故便罷了，今日壽宴，只顧與同僚喝酒談笑，都沒顧得上伺候您……」

不等她說完，肖玨冷漠地打斷她的話：「閉嘴。」

柳媛呼吸一滯。

這人生得俊美優雅，風姿卓絕，又對夫人耐心細緻，以至於時常讓人忘記他是上過戰場的「玉面修羅」。當他不再掩飾怒意時，目光凌厲迫人。

然而柳媛在家自小嬌生慣養，又慣受男子吹捧，這般不留餘地被拒絕，一時頭腦一熱，口不擇言道：「她心中只有自己，你又喜歡她什麼？」

心中只有自己？肖玨險些失笑，他倒是巴不得禾晏心中只有自己。可惜的是這麼多年過去，禾大小姐還是沒學會凡事將自己放在第一位。否則今夜的宴席不必來，也不用看這些莫名其妙的人了。

「喜歡她什麼？」他盯著眼前人，眼神很冷，語氣很淡，彷彿要故意氣人一般：「我喜歡她舞刀弄槍，不通人情世故。」

「你！」

柳媛氣得眼圈一紅，還要說話，身後傳來人的聲音：「表妹，母親正四處尋妳。妳在這裡做什麼？」

來人身穿白衣，裙裾飛揚，月色下一張俏臉清麗脫俗，神情冷冷清清，竟是沈暮雪。

柳媛見了沈暮雪，就如老鼠見了貓，面上生出幾分畏懼，細細叫了一聲「表姐」便不作聲了。

「妳離席太久，母親不放心，托我來瞧瞧。」沈暮雪淡淡開口：「還不回去嗎？」

柳媛咬著唇，面上似是難堪，又不肯就此離開矮了氣勢，只僵在原地，又聽沈暮雪道：「禾將軍乃朝廷官員，當初率軍出征，軍功斐然。妳背後妄議武將，傳到陛下耳中，伯父也要被連累。妳若要正大光明指責禾將軍，至少得先做到禾將軍官職。」她看向柳媛，「表妹？」

這話一出，柳媛真的羞憤欲絕了，沈暮雪的話也讓她有些慌了。她爹官位還不如禾晏大呢，當今天子又格外看重禾晏，真要傳出去，未免麻煩。思及此，狠狠瞪一言沈暮雪，轉身走了。

沈暮雪倒是對自家表妹的不滿不甚在意，看向肖玨道：「我曾以為你對我說話已經夠不留情面了，今日一見，才知當年你已經留了幾分餘地。多謝。」

肖玨不置可否地一笑。

沈暮雪這些年一直在行醫，後來又自己開了醫館，與肖玨見面的機會還沒有與禾晏見面的機會多。她如今也已成親，夫君比她還要小上三歲，是太傅家的小公子。聽說是當年受了傷在醫館裡瞧見沈暮雪，對沈暮雪驚為天人，一番死纏爛打，總算是抱得美人歸。

那位小公子性情很好，又對沈暮雪一腔真情。前幾年沈暮雪開醫館，沈御史覺得沈暮雪一個姑娘家開醫館未免招惹麻煩，又有些托大，一開始不同意。那位小公子同沈御史寫了整整一年的信，信件比沈暮雪書房裡的醫書還高，字字懇求，聲聲真情，總算是讓沈御史改變了主義。

也就是那件事後，沈暮雪便對這少年另眼相待。

她追逐肖玨太久了，卻在多年後，發現比起清冷的月亮，她更喜歡和煦的太陽。

沈暮雪看了肖玨身後一眼，道：「不過，禾晏還是沒追出來，她倒是對你一如既往的放心。」

這話說得促狹，肖玨噎了一噎。

被年輕姑娘表白這件事，肖玨處理得已經得心應手。沒辦法，禾晏對這些事一向不擅長，曾有許多不懷好意的人試圖挑撥他們夫妻間的關係，想要引起禾晏的嫉妒心，然而離間計用了一大把，如同對牛彈琴，對禾晏沒有絲毫影響。

可以說，大魏後宅中最愚鈍的男子，遇到這些事都比她表現得要敏感一些。

她的心胸之寬闊，直讓人嘆為觀止。

沈暮雪微微揚起唇：「也是，畢竟禾將軍身邊鶯鶯燕燕眾多。演武場上覬覦夫人的不少，肖將軍還得仔細些。」

她不喜歡肖玨後，對肖玨便沒有從前那麼客氣了。看肖玨吃癟，還怪有成就感的。

又與肖玨說了幾句話，沈暮雪才離開。待回到席上，那位柳家小姐已經不見了，肖玨讓人將清茶送到禾晏面前。禾晏看了看隔壁席面，對肖玨低聲道：「又去傷小姑娘心啦？」

肖玨沒好氣地將茶盞往她手上一塞：「喝妳的茶吧。」

禾晏就笑，笑著笑著又笑不出來了。話說每次拒絕人的是肖玨，說狠話的是肖玨，得罪人的也是肖玨，可到最後，那些姑娘們卻將一腔怒意栽到她身上。明明她什麼都沒做，還屢次勸慰肖玨說話時可以委婉些，可最後這黑鍋還是她背了。

真是天理何在。

待這場酒宴結束，夜已經很深了。

禾晏拉著肖玨匆匆趕回府，外頭禾綏正在陪肖遙翻花繩，看見禾晏就往裡道：「晏晏回來啦——」

肖遙撲到禾晏懷中，屋子裡傳來白容薇的笑聲：「回來得正好，月團才剛剛上桌。如璧，把酒擺上來。」

不同於演武場酒宴的粗豪，也不同於天芳閣酒宴的奢侈，自家的宴席溫馨了許多。青梅小兒子還小，赤烏和青梅陪老二睡得早些。禾雲生和宋陶陶將酒菜一一擺好，禾雲生才倒好酒，被肖玨將禾晏面前的酒盞移開，對禾雲生道：「她剛剛喝過兩場了。」

禾雲生大手一揮，將禾晏面前的水酒換成了梨汁。

禾晏：「……」這是在羞辱誰？

似是看穿禾晏心中所想，禾雲生哼道：「禾晏，妳懂點事吧。喝酒容易誤事，妳沒聽說隔壁閣老家女婿喝醉了和丫鬟滾做一堆，被閣老千金一怒之下掃地出門的事嗎？」他又看肖玨一眼，恨鐵不成鋼道：「妳什麼時候能學學姐夫，看看人家多有分寸！」

禾晏酒量差酒品不好，還總是躍躍欲試，真是又弱又愛玩。

「對對對，」宋陶陶也道：「這外頭對姐姐起歪心思的人不少，我聽程鯉素說，前些日子還有位小姐偷偷對姐姐表白了呢。這要是哪天有人趁著姐姐喝醉爬了姐姐的床……」

那大概會被肖玨打死吧，禾晏心想。

「伯娘說的是劉家那位姐姐嗎？」這還有個火上澆油的，肖遙一臉天真地開口：「我知道，劉家姐姐每次看到娘親都會臉紅，還給娘親繡荷包呢！」

禾晏心中一驚：「沒有的事！別胡說！」

「說的是趙家遠房的小叔叔吧，」肖佩佩想了想，「上回二嬸練劍，他還給二嬸送茶點呢。」

禾晏感到自己後腦勺有些發涼。

肖璟看肖玨不算愉悅的臉色一眼，輕咳一聲，舉起酒盞笑道：「今日難得相聚，還是別說這些了。」

禾晏實在不願意自己成為飯桌上談論的中心，忙將話頭岔開。說著說著，又說到最近程夫人正為程鯉素的親事操碎了心。如今程鯉素也老大不小了，偏生沒個成家立業的打算，成日跟林雙鶴混在一處。程夫人生怕程鯉素也如林雙鶴一般，到了恁大年紀還是孤家寡人一個，私下同禾晏抱怨：「那林公子雖不成家，身邊姐姐妹妹卻一大堆，真要安定下來，到底也不難。再看我家這個……禾將軍，不瞞您說，我這頭髮都愁白了許多。」

禾晏當時安慰她幾句，心中卻想，程鯉素每日忙著招貓逗狗玩蛐蛐，想要抽出時間來思考自己的終生大事，恐怕很難。

待家宴結束，夜已經很深了。

肖遙睏得不行，下桌就想睡了，拽著肖佩佩的衣角不撒手——兩個小姑娘感情好，素日裡吃睡都在要一處。肖玨把肖遙和肖佩佩抱到榻上，待回到屋，禾晏已經換洗好衣裳，坐在小几前等他。

肖玨走了進來，將手中圓盒放到桌上。

禾晏一愣：「這是什麼？」

盒子只有尋常圓碟般大，做得很是精緻，紅木蓋子上雕刻了嫦娥奔月的花樣。禾晏將盒蓋打開，就見裡頭躺著兩枚月團，做成了小兔子的形狀，十分可愛。

她看向肖玨：「給我的？」

肖玨將外裳搭在屏風上，「嗯」了一聲。

「這不是遙遙吵著要的月團嘛？」禾晏奇怪，「怎麼還有一盒？」

兔子月團是京城紅香齋的新品，統共就沒出多少，全送進宮裡給小皇子和小公主們了。肖遙之前吵著要，小姑娘們喜歡得緊，肖玨托林雙鶴弄了一盒，今夜肖遙同肖佩佩分著吃了。

禾晏狐疑地看向他。

肖玨輕描淡寫道：「多了一盒。」

「你不是故意留給我的吧？」禾晏瞪大眼睛，「何至於此！」

說起來，自打有了肖遙後，肖玨的怪毛病越來越多了。肖遙有的東西，他總要給禾晏準備一份。什麼木雕糖人、雞毛紮的毽子、會唱歌的小狗圓盒，更勿提吃的用的。肖遙要去逛廟會，他一定會將禾晏帶著一起去，到最後，給禾晏買的東西比給肖遙買得還多。林雙鶴常在禾晏跟前說：「禾妹妹，我怎麼瞧著懷瑾兄這是把妳當女兒養了呢？知道的說他是寵夫人，不知道的還以為他是寵女兒嘛。」

晃了晃腦袋，禾晏道：「還是給遙遙留著吧，我又不是小孩子。」

她正要合上蓋子，被肖玨攔住，這人很堅持：「不用，留給妳的。」

禾晏無奈，只睨著他：「你該不會是想強買強賣，給我留一盒月團，好騙我送你什麼吧？」

肖玨聞言，微微揚眉：「送我什麼？妳繡錯了名字的帕子？」

禾晏：「……」

她的繡工十年如一日的沒有長進，除了白鷳外，無人能夠欣賞。先前花了大半年給肖玨繡了方帕子，因對自己的女紅有自知之明，便沒有托大繡什麼鴛鴦白鶴的，只繡了一個肖玨的「玨」。誰知繡帕子比騎馬射箭難得多，禾將軍一個不小心，將「玨」繡成了「珍」。

偏肖玨還日日帶在身上，後來就有風言風語穿出，說肖玨養了個外室，小字叫「珍珍」。引得禾綏與禾雲生提刀去找肖玨對質，禾雲生還不由分說揍了肖玨一拳，真是好大一個誤會。

提到此事，禾晏難免赧然，忙撚了一塊月團咬住，又拿起另一塊塞到肖玨嘴裡，再一頭撲過去摟住肖玨的腰，討好道：「那除了帕子，肖都督要什麼都可以嘛。」

她每每這般攔腰抱住肖玨的時候，就像抱住一根木樁子，抱得死緊。肖玨稍稍掙扎了兩下，便任她這般抱著，只低頭嗤道：「抬頭，我看看妳現在什麼神情。」

「為你我夫妻情分感動的神情。」禾晏咬著月團，含含糊糊道。

月光冉冉，桂樹芬芳。他靜了靜，便如拍小孩兒般，輕輕拍起禾晏的背來。

禾晏咽完嘴裡月團，嘀咕道：「肖玨，我發現你現在對我怎麼越來越像對遙遙了？不會是因為我以前喝醉了管你叫爹，就真當自己是我爹了吧？」

肖玨動作一頓，沒好氣道：「閉嘴吧。」

禾晏輕哼一聲。

肖玨垂眸。

他一直知道，禾晏與普通的姑娘不同。但有了肖遙後，肖玨才真正的明白，禾晏幼時失去的是什麼。

肖遙買糖人的時候，肖玨就會想，幼時的禾晏有沒有買過糖人。肖遙吵著要逛廟會時，他便忍不住猜測，從前的禾晏是不是也是這麼眼巴巴地盼著能隨爹娘出去，在廟會上盡興玩鬧。

他認識的禾晏，是賢昌館同窗的禾晏，是在後山寺廟裡意圖尋死的禾晏，是在演武場上神采飛揚的禾晏。他沒有見過尚是小女孩的禾晏，但想來，她那時過得不太容易。

旁人在爹娘懷中撒嬌的時候，她只能扮作男子，收起自己的孺慕之情。別的小姑娘能穿漂亮的花裙子，她只能盯著院子裡的鞦韆，遠遠地望上一眼。

她其實本該有一個同肖遙一般快樂的童年的。

但她什麼都沒有。

所以肖玨總是想要盡力去補償她。肖遙有的糖老虎，他給禾晏買一個，肖遙想去看皮影戲，禾晏也跟著一起去看。紅香齋出的月團，他給肖遙一盒，給禾晏也留一盒。

他總覺得，這樣做，或許禾晏記憶裡的那個小姑娘就能快樂一點。

她過去不曾擁有的，他在未來一一為她補足。

禾晏抬起頭，笑盈盈地看著他。

他忽然一怔。

她卻笑了，指了指窗前明月，道：「中秋三五夜，明月在前軒。」

又伸手捧住肖玨的臉，喃喃道：「白玉尤皎潔，清輝照人圓。」

她再湊近，盯著肖玨的眼睛，「我有同心人，心上又眉間……」

女子眼眸澄淨，像是倒映窗外那彎月，溫柔又明亮。

他便沒忍住，低頭吻住面前人。

月光姍姍，月影纏綿。遠處有長夜笛聲，如清鶴長唳。

良辰勝景，樂事佳月。

我有同心人，心上又眉間。

長願今夜景，新年勝舊年。

——《女將星》番外完——

——《女將星》全系列完——

高寶書版集團
gobooks.com.tw

YE 103
女將星（卷八）
作　　者　千山茶客
責任編輯　吳培禎
封面設計　張新御
內頁排版　賴姵均
企　　劃　何嘉雯

發 行 人　朱凱蕾
出　　版　英屬維京群島商高寶國際有限公司台灣分公司
Global Group Holdings, Ltd.
地　　址　台北市內湖區洲子街88號3樓
網　　址　gobooks.com.tw
電　　話　(02) 27992788
電　　郵　readers@gobooks.com.tw（讀者服務部）
傳　　真　出版部(02) 27990909　行銷部 (02) 27993088
郵政劃撥　19394552
戶　　名　英屬維京群島商高寶國際有限公司台灣分公司
發　　行　英屬維京群島商高寶國際有限公司台灣分公司
法律顧問　永然聯合法律事務所
初　　版　2024年12月

本著作物由瀟湘書院（天津）文化發展有限公司授權出版。

國家圖書館出版品預行編目(CIP)資料

女將星/千山茶客著. -- 初版. -- 臺北市：英屬維京群島商高寶國際有限公司臺灣分公司, 2024.12
冊；　公分. --

ISBN 978-626-402-139-5(卷7：平裝). --
ISBN 978-626-402-140-1(卷8：平裝)

857.7　　113018301